아르센 뤼팽 전집 20

마약 수사원 빅토르

Arsène Lupin

아르센 뤼팽 전집 **20**

마약 수사원 빅토르 | 모리스 르블랑

Victor, De La Brigade Mondaine | 양진성 옮김

황금가지

차례

서문

　1932년, 모리스 르블랑은 『마약 수사반 빅토르』의 집필을 마쳤다. 그해 12월, 모리스는 이 소설의 원고를 《르 주르날》 문학부 편집장인 뤼시앵 데카브에게 보냈다. 《르 주르날》은 1910년부터 뤼팽 시리즈를 발표해 온 곳이었다. 하지만 발표가 늦어지자 모리스는 1933년 5월 9일, 원고를 돌려 달라고 요청했다. 그는 자신의 친구인 피에르 라피트가 이사로 있던 《파리수아르》 신문사에 원고를 보냈다. 당시 《파리수아르》는 연재되던 조르주 시므농의 『에클뤼즈』 1편이 끝나자 1933년 6월 17일부터 7월 15일까지 『마약 수사반 빅토르』를 연재했다. 《파리수아르》는 첫 장에 「아르센 뤼팽 시리즈 중 가장 아름다운 이야기 중 하나」라며 극찬을 아끼지 않았다.

　이 소설은 1933년 9월, 단행본으로 출간되었으며 그 다음해, 『물음표』 시리즈로 재출간되었다.

마약 수사반 빅토르는 국방부 채권 도난 사건과 연달아 일어난 레스코 살인 사건과 엘리즈 마송 살인 사건, 그리고 아르센 뤼팽과 끈질긴 싸움을 통해 명성을 얻었다. 빅토르는 이 사건이 있기 전만 해도, 유능하지만 교활하며 성미가 까다로워 주위 사람들을 짜증 나게 만드는 늙은 경찰관일 뿐이었다. 일도 마음이 내킬 때만 했다. 희한하고 약간은 지나칠 정도로 제멋대로인 그의 수사 방식은 언론에도 여러 번 보도되었다. 경찰청장은 빅토르가 수차례 고소당하는 일이 벌어지자 충격을 받고, 고티에 국장에게 비밀 조서를 꾸미라고 명령했다. 하지만 고티에가 작성한 조서를 보면 자기 부하 빅토르를 두둔하는 내용으로 가득했다. 조서 내용은 다음과 같다.

빅토르 수사관 관련 조서
빅토르 오탱. 40년 전 툴루즈에서 사망한 검사의 아들. 한때 식민지에서 살았으며, 어렵고 위험한 업무만 맡아서 일하는 훌륭한 공직자였음. 여자 관계가 복잡해 가끔 여자들의 남편이나 아버지들에게 고소를 당했으나 교묘히 피해 감. 일련의 추문으로 행정부 고위직에 오르는 데는 문제가 있었음.
상당한 재산을 상속받고 수년간 조용하게 지냄. 그러나 일을 하고 싶어 마다가스카르에 사는 본인의 사촌 한 명을 찾아갔고, 사촌은 본인에게 빅토르를 천거함. 본인의 사촌은 빅토르 오탱을 매우 높이 평가함. 사실, 경찰로는 나이가 많고 지나치게 독단적이며 성격이 까다롭지만, 유능하고 신중하며 야심도 없고 비난을 두려워하지 않아 비정규 직원으로는 적격이라는 판단이 섬. 본인은 그 점을 매우 높이 평가함.

8

솔직히 이 조서를 꾸밀 당시만 해도 빅토르는 자신의 상관이나 동료들에 가려 그다지 큰 명성을 얻지 못했다. 그가 확실한 명성을 얻게 된 계기는 별나고 대단한 인물인 아르센 뤼팽이 갑자기 그의 앞에 나타나면서부터였다. 빅토르는 미궁에 빠진 국방부 채권 도난 사건에 뤼팽이 개입했다는 사실을 알면서부터 이 사건에 특별한 의미를 부여하고 관심을 가지기 시작했다. 나이 든 빅토르는 이미 뛰어난 수사관이었지만 어쩔 수 없는 상황 때문에 뤼팽이라는 신비로운 적과 대치하면서 능력이 최고조에 달했다.

두 사람은 은밀하면서도 치열하고 냉혹하며 증오에 가득 찬 싸움을 전개해 나갔다. 빅토르는 처음에는 비공개 수사를 하다가 나중에 공개 수사로 수사 방식을 변경했다. 사건이 종국으로 치달으면서 예기치 않던 일들이 터졌고, 마약 수사반 빅토르의 이름은 뤼팽의 명성과 더불어 전 세계에 널리 알려졌다.

달리고 또 달리고······ 도둑을 잡자······*

일요일 오후, 마약 수사반 빅토르는 우연히 발타자르 극장에 들어갔다. 오후 4시경, 미행이 실패로 돌아갔을 때 그가 걸음을 멈춘 곳은 사람들로 북적거리는 클리쉬 대로였다. 그는 복잡한 장터를 피해 한 카페의 테라스에 앉았다. 그리고 석간신문을 훑어보다가 짤막한 기사 하나를 읽게 되었다.

세계적으로 유명한 도둑 아르센 뤼팽은 몇 년간 조용히 지내다가 요즘 다시 빈번하게 사람들의 입에 오르내리고 있다. 지난 수요일에는 파리 동쪽에 있는 한 마을에서 그를 본 사람이 있다고 한다. 그래서 뤼팽을 잡기 위해 파리에서 수사관들이 파견되었다. 하지만 이번에도 그는 경찰의 수사망을 피해 갔을 것이다.

---

* 프랑스 동요 제목이자 가사의 일부──옮긴이

10

「버러지 같은 놈!」

빅토르가 중얼거렸다. 그는 도둑을 천하에 못된 놈으로 여기는 준엄한 경찰답게 험한 말도 서슴지 않았다.

그래서 기분이 나빠진 빅토르는 휴식을 취할 겸 극장 안으로 들어갔다. 안에서는 한창 인기 있는 탐정 영화가 2회째 상영 중이었다. 그는 무대 옆 발코니석에 자리를 잡고 앉았다. 중간 휴식 시간이 끝나 가고 있었다. 빅토르는 극장으로 들어온 것을 후회하며 투덜거리고 화를 냈다. 도대체 이곳에는 뭐 하러 왔지? 그는 다시 나가려고 일어섰다. 그런데 그 순간, 정면 좌석, 그러니까 몇 미터 앞에 아주 아름다운 여자의 모습이 보였다. 그녀는 얼굴이 창백하고 다갈색 머리에 붉은색 머리띠를 하고 있었다. 옷차림이나 몸짓 따위로 일부러 주의를 끌려 한 흔적은 보이지 않았지만 그 자체로 매우 아름다워 사람들의 시선을 한 몸에 받는 여성이었다.

빅토르는 걸음을 멈췄다. 실내등이 꺼지기 전에 그는 다시 한 번 여자의 붉은 머리띠와 반짝이는 맑은 눈을 볼 수 있었다. 영화는 절정 부분을 넘어서고 있었지만 여전히 지루해서 빅토르는 영화 내용에는 조금도 관심을 기울이지 않았다. 하지만 영화가 끝날 때까지 꾹 참고 있었다.

빅토르는 이미 여자의 환심을 살 수 있는 나이는 넘어선 지 오래였다. 물론 빅토르 자신도 그 사실을 잘 알았다. 사나운 표정에 별로 호감이 가지 않는 인상, 거친 피부, 희끗희끗한 앞머리……. 전체적으로 깐깐한 인상이었으며 쉰 살은 족히 넘어 보였다. 우아하게 보이려고 노력한 흔적이 보였지만 옷이 몸에 너무 꼭 맞아 다분히 인위적인 느낌이 들었다. 하지만 그런 빅토르도 여성의 매력에 빠져드는 일에는 전혀 싫증을 느끼지 않았고, 미녀를 보면 기분이 좋아졌다. 게다가 그는 자신의 직업을 사랑했다. 신비롭거나 비극적인 장면, 또는 아주 간단한 장면이라도 눈에 띄면 곧바로 파헤치고 싶은 욕구가 생겼다.

다시 불이 들어오자 여자가 환한 빛 한가운데 일어섰다. 그녀는 키가 크고 매우 우아해 보였으며 옷차림도 무척 훌륭했다. 보면 볼수록 흥분되는 여자였다. 빅토르는 그녀를 만나 보고 또 그녀에 대해 알고 싶어졌다. 그는 개인적인 호기심뿐만 아니라 직업적인 관심 때문에 그녀를 쫓아가기로 결심했다. 하지만 그녀를 향해 다가가는 순간, 발코니 아래에서 관객들이 술렁이더니 갑자기 소동이 일었다. 비명이 들리고 나서 한 남자의 목소리가 들렸다.

「도둑이야! 저 여자! 저 여자가 내 물건을 훔쳐 갔소!」

정면 좌석에 있던 미녀도 몸을 기울여 1층 관람석을 내려다보았다. 빅토르도 몸을 아래로 몸을 기울였다. 아래층 중앙 통로에서 작고 뚱뚱한 젊은 남자가 얼굴을 잔뜩 찌푸린 채 주위 사람들을 헤치고 나아가려 난리 법석을 피우고 있었다. 빅토르의 눈에는 달려가거나 도망치려 하는 여자의 모습은 보이지 않았다. 남자가 손가락으로 가리키며 잡으려고 하는 여자는 이미 멀리 달아난 모양이었다. 그래도 남자는 계속 숨을 헐떡이며 소리쳤고, 발끝으로 서서 팔꿈치와 어깨로 사람들을 밀어내며 앞으로 나갔다.

「저기……! 저기요……! 문을 지나고 있소……. 검은 머리 여자요……. 검은 옷에…… 챙 없는 모자를 쓴……」

남자는 숨이 가빠 여자의 인상착의를 제대로 말할 수가 없는 모양이었다. 결국 그는 사람들을 난폭하게 밀어붙이더니 길을 뚫고, 입구 로비로 달려가 커다란 문이 열려 있는 곳까지 뛰어갔다.

빅토르도 서둘러 발코니 아래로 내려가서 로비 입구에서 그 남자를 따라잡았다. 다시 남자가 소리쳤다.

「도둑이야! 저 여자를 잡아요!」

밖으로 나오니 노점상 상인들이 좌판을 두드려 대는 소리가 시끄럽게 들렸고, 공중에 떠다니는 먼지가 저녁 어스름에 훤히 드러났다. 젊은 남자는 도망친 여자를 시야에서 놓쳤는지 당황하며 인도에 이삼 초간 서 있었다. 그는 정면과 왼쪽, 오른쪽 길을 차례로 바라보며 눈으로 여자를 좇았다. 그러다가 여자를 발견했는지 갑자기 자동차와 전차 사이를 가로질러 클리쉬 광장 쪽으로 달렸다.

남자는 이제 더 이상 소리를 지르지 않았다. 그는 도망친 여자를 갑자기 뒤에서 덮치려는 듯, 사람들 사이로 훌쩍 뛰어넘기도 하면서 빠른 속도로 달렸다. 그러다가 그는 극장에서부터 누군가가 계속 자기를 따라와 나란히 달리는 느낌을 받았다. 그리고 같이 달리는 사람 덕분에 자극을 받아 속도를 두 배로 낼 수 있었다.

목소리가 들려왔다.

「아직도 그 여자가 보이나……? 귀신이 아니고서야 그 여자가 보일 턱이 없지……?」

남자는 숨을 몰아쉬며 말했다.

「아닙니다……. 그 여자는 이제 보이지 않지만 분명히 이 길로 갔을 겁니다……」

남자는 좀더 인적이 드문 길로 접어들었다. 그 길에서 다른 사람보다 빠른 걸음으로 걷는 여자가 있다면 금방 눈에 띌 게 분명했다.

네거리에 이르자 남자가 말했다.

「오른쪽 길로 가십시오……. 전 이쪽 길로 가겠습니다. 저 길 끝에서 다시 봅시다……. 키가 작고 머리는 갈색, 검은 옷을 입은 여자입니다……」

하지만 남자는 숨이 끝까지 차서 벽에 기대느라 그가 말했던 길로 스무 걸음도 가지 못했다. 그런데 상대는 그의 말을 따르지 않고 걸음을 멈췄다.

남자가 화를 내며 말했다.

「어! 뭐죠! 왜 아직도 거기 계십니까? 제가 저쪽 길로 가시라고 말하지 않았습니까……」

「그랬지. 하지만 클리쉬 광장에서부터 따라오며 지켜보니 자네는 정말 아무렇게나 뒤를 쫓더군. 생각을 해야지. 난 이런 일에 일가견이 있네. 때로는 움직이지 않아야 더 빨리 갈 수 있는 법이지」

젊은 남자는 명령조로 이야기하는 나이 든 남자를 바라보았다. 나이는 꽤 들어 보였는데 여태까지 달려와 놓고도 조금도 숨이 차지 않는 모양이었다.

젊은 남자가 무뚝뚝한 표정으로 말했다.

「아! 이런 일에 일가견이 있으시다고요……?」

「그래. 경찰일세……. 수사관 빅토르라고 하지」

젊은 남자는 빅토르에게 시선을 고정시키고 조심스럽게 말했다.

「경찰이라고요……? 전 경찰관은 한 번도 만난 적이 없습니다」

이런 순간에 경찰을 만나 기분이 좋다는 걸까? 나쁘다는 걸까? 어쨌든 그는 빅토르에게 악수를 청하며 인사를 했다.

「그럼, 안녕히 가십시오……. 감사했습니다……」

남자는 이미 멀어져 갔다. 빅토르가 그를 따라잡았다.

「하지만 여자는……? 그 도둑 말이야……」

「상관없습니다……. 그 여자는 다시 찾을 수 있을 겁니다……」

「내가 도움을 줄 수 있을 걸세. 그러니 정보를 몇 가지 줘 봐」

「정보요? 뭐에 대한 정보 말입니까? 제 실수로 그저 여자를 놓친 것뿐입니다」

남자는 빠른 걸음으로 걷기 시작했다. 수사관도 같은 속도로 남자를 따라 걸었다. 남자가 더 이상 이야기하고 싶지 않은 것 같자 빅토르는 더욱더 가까이 다가갔다. 두 사람은 말도 하지 않았다. 젊은 남자는 서둘러 어떤 목표에 다다르려고 하는 것 같았다. 하지만 아무 길로나 무턱대고 가는 것을 보니 그 목표가 도둑을 잡는 일은 아닌 모양이었다.

「이리로 들어가지」

수사관은 남자를 잡아끌었다. 그곳에는 붉은 네온사인으로 〈경찰서〉라고 씌어져 있었다.

「여기요? 뭘 하려고요?」

「할 얘기가 있어. 길 한복판에서 얘기하기는 불편하잖나」

남자가 저항하며 말했다.

「미쳤군! 날 내버려 두시오……!」

「난 미치지도 않았고 네놈을 가만 내버려 두지도 않을 거다」

빅토르는 그 남자 때문에 극장에서 본 미인을 따라가지 못한 것이 화가 나서 더 퉁명스럽게 말했다.

남자는 경찰서로 들어가지 않으려고 저항하다가 빅토르에게 주먹을 한 방 날렸다. 하지만 빅토르가 남자에게 주먹을 두 방 날리자 바로 기가 죽었다. 빅토르는 그를 경찰서 안으로 밀어 넣었다.

그 안에는 제복을 입은 경찰관이 스무 명가량 있었다.

빅토르가 안으로 들어서며 말했다.

「마약 수사반의 빅토르요. 이 남자와 할 이야기가 좀 있어서 들어왔는데 방해가 되진 않겠지?」

경찰계에서는 빅토르의 이름이 유명했기 때문에 경찰관들은 호기심이 발동한 모양이었다. 경찰관이 자리를 내주자 빅토르가 짧게 사건에 대해 설명했다. 젊은 남자는 의자에 쓰러지듯 주저앉았다.

빅토르가 소리쳤다.

「이제 기진맥진해졌나 보군? 그런데 왜 그렇게 쏜살같이 달렸나? 자네는 극장에서 나와 금방 시야에서 도둑을 놓쳤어. 그런데 뭐 때문에 그렇게 달아난 거지?」

남자가 반항하며 말했다.

「귀신같이도 보셨군요. 어쨌든, 내가 다른 사람을 쫓아서 달릴 권리도 없단 말입니까?」

「공공장소에서 물의를 일으킬 권리는 없지. 철로에서 아무 이유 없이 경보를 울려서는 안 되는 것과 마찬가지로……」

「전 아무에게도 해를 끼치지 않았단 말입니다」

「아니. 나한테 해를 끼쳤네. 난 아주 흥미롭게 추적을 하던 중이었거든. 그런데, 빌어먹을……! 어서 신분증 내놔……」

「없습니다」

빅토르는 재빨리 남자의 웃옷에서 지갑을 꺼내 신분증을 살피며 중얼거렸다.

「자네 이름이 알퐁스 오디그랑인가? 알퐁스 오디그랑……. 경관, 아는 이름인가?」

경관이 대답했다.

「전화해 보면 알 수 있습니다……」

빅토르는 수화기를 들어 경찰청을 대 달라고 말했다. 잠시 기다린 후에 그가 말했다.

「여보세요……. 경찰청 부탁합니다……. 여보세요, 르페뷔르 씨입니까? 전 마약 수사반 빅토르입니다. 르페뷔르 씨, 지금 오디그랑이란 자를 붙잡았는데 좀 수상해서요. 아는 이름입니까? 아! 뭐라고요? 예, 알퐁스 오디그랑……. 여보세요……. 스트라스부르 발 전보요? 읽어 주십시오……. 좋습니다……. 아주 좋아요……. 예, 작고 뚱뚱합니다. 수염이 아래로 축 늘어졌고……. 지금 함께 있습니다……. 담당자가 누굽니까? 에두앙? 주임 수사관이오? 그분께도 알려 주십시오. 그리고 위르생가에 있는 경찰서로 보내 주십시오. 감사합니다」

빅토르는 수화기를 내려놓고 오디그랑을 바라보며 말했다.

「추잡스러운 사건이군! 자네는 동유럽 중앙 은행에 근무하다가 지난 목요일, 국방부 채권 아홉 장을 훔쳐서 잠적했어. 자그마치 90만 프랑어치 채권이었지! 그리고 그 채권을 조금 전에 극장에서 도둑맞은 거겠지? 누군가? 그 채권을 훔쳐 간 여자는 도대체 누구야?」

오디그랑은 반론도 하지 못하고 울었다. 그는 바보처럼 전부 털어놓았다.

「그저께 지하철에서 만난 여자입니다……. 그리고 어제 만나서 점심과 저녁 식사를 했습니다. 그 여자는 제가 주머니 속에 노란 봉투를 숨기고 있는 것을 두 번이나 봤습니다. 그리고 오늘 극장에서는 계속해서 저한테 기대 안겨 있었죠……」

「그 노란 봉투 안에 채권이 들어 있었군?」

「예」

「그 여자 이름은?」

「에르네스틴입니다」

「에르네스틴, 그리고 성은?」

「모릅니다」

「가족은 있나?」

「모르겠습니다」

「직업은?」

「타자수요」

「어디서 근무하지?」

「화학 약품 회사에서요」

「어디 있는 회사?」

「모릅니다. 마들렌 근처에서 만나곤 했습니다」

남자가 어찌나 흐느껴 우는지 빅토르는 그의 말을 제대로 알아들을 수가 없었다. 빅토르는 더 이상 질문할 필요가 없다고 느껴 자리에서 일어섰다. 그러고는 신중을 기하기 위해 경찰관과 다시 의견을 교환하고 저녁을 먹으러 나갔다.

빅토르는 오디그랑이란 남자의 일 따위는 중요하게 생각하지 않았다. 단지 그는 오디그랑 때문에 극장에서 본 여자와 만날 기회를 놓친 사실이 아쉬울 뿐이었다. 얼마나 아름답고 신비로운 여자였는데! 그 빌어먹을 오디그랑은 멍청하게 왜 그녀와 빅토르 사이에 끼어든 걸까? 왜 하필이면 아름다운 여자를 만나 그녀의 비밀을 캐내려던 빅토르 앞에 나타난 걸까?

빅토르는 테른 구역에 살았다. 작지만 편안한 집이었고 집 관리는 나이 든 하인이 도맡았다. 재산도 어느 정도 있고 혼자 행동하며 여행광인 그는 경찰청에서 능력을 인정받았지만 언제나 제멋대로 굴었다. 경찰청 사람들은 그를 괴팍한 인물로 여겼으며 규칙에 따라 일하는 정식 직원이라기보다는 임시직 직원으로 생각했다. 빅토르는 자신이 흥미 없다고 생각하는 사건은 아무리 명령을 내리고 협박을 해도 맡지 않았다. 반면에 뭔가 끌리는 점이 있으면 앞뒤 안 보고 달려들어 끝까지 밀어붙였고, 든든한 후원자인 경찰 국장에게 사건의 해결책을 제시하곤 했다. 사건을 해결하고 나면 사람들은 더 이상 그에 대해 이러쿵저러쿵 말하지 않았다.

다음 날인 월요일, 빅토르는 신문에서 오디그랑을 체포한 일에 관해 에두앙 주임 수사관의 인터뷰 내용을 읽었다. 그런데 에두앙이 지나치게 세세한 내용까지 언급해 짜증이 났다. 훌륭한 경찰관은 신중하게 행동해야 한다고 생각했기 때문이다. 그래서 빅토르는 다른 장으로 넘겼다. 아르센 뤼팽이 파리 동쪽에 있는 한 마을에 나타났다는 기사가 있었다. 빅토르는 기사에서 가리키는 마을이 스트라스부르라는 사실을 알아차렸다. 그렇다면 채권은 스트라스부르에서 도둑맞은 것이 분명했다! 아니, 우연의 일치일 뿐이다. 그 바보 같은 오디그랑과 아르센 뤼팽 사이에 닮은 점이라고는 눈곱만큼도 없으니까. 하지만 어쨌든…….

빅토르는 곧바로 전화번호부를 뒤졌다. 그리고 오후에는 마들렌 구역에 있는 화학 약품 회사를 찾아보았다. 오후 5시, 에르네스틴이라는 타자수도 찾아냈다. 그 여자는 몽타보르가에 있는 화학 약품 회사에서 근무하고 있었다.

빅토르는 사장에게 전화를 걸어 곧 사무실을 방문하겠다고 말하고는 서둘러 그리로 갔다.

사무실은 안 그래도 평수가 작은 데다 칸막이 벽으로 나뉘어 있어 빈 공간이 거의 없었다. 빅토르가 사장실로 들어가자 사장은 바로 이의를 제기했다.

「에르네스틴 페이예가 도둑이라뇨! 오늘 아침 신문에서 난 사건의 주인공이 그 여자라뇨? 그럴 리가 없습니다, 수사관님! 에르네스틴의 부모님도 아주 존경할 만한 분들이세요. 에르네스틴은 부모님과 함께 살고 있습니다……」

「그 여자한테 질문을 좀 할 수 있을까요?」

「질문하는 거야 뭐……」

사장은 벨을 눌러 종업원을 불렀다.

「에르네스틴 양을 불러오게」

호리호리한 여자가 모습을 드러냈다. 신중한 태도에 친절해 보이는 인상이었다. 빅토르가 나쁜 소식을 가져왔다고 생각하는지 그를 보며 얼굴을 찡그렸지만 조금도 당황하지는 않았다.

그러나 곧 빅토르가 험상궂은 얼굴로 노란 봉투에 대해 묻자 에르네스틴의 태도가 달라졌다. 오디그랑처럼 저항도 하지 않고 의자에 쓰러져 울면서 더듬거리며 말했다.

「그 사람이 거짓말을 한 거예요……. 노란 봉투가 바닥에 떨어져 있는 것을 봤어요……. 전 봉투를 주웠을 뿐이에요. 그런데 아침 신문에서 보니 그 사람이 제가 훔쳐 갔다고 말했더군요……」

빅토르는 손을 내밀었다.

「그 봉투는? 지금 봉투를 가지고 있습니까?」

「아뇨. 그 남자를 어디서 찾아야 할지 몰라서 제 사무실에 두었습니다. 타자기 옆에 있어요.」

「가 봅시다」

그녀가 앞장서서 걸었다. 그녀의 책상은 칸막이로 가려진 구석 자리에 있었다. 자기 자리에 도착해 책상 가장자리에 있던 편지함을 들어 보던 그녀가 깜짝 놀란 표정을 지었다. 그러고는 불안해하며 서류들을 마구 흩뜨리면서 물건을 찾았다.

마침내 그녀는 어안이 벙벙해서 말했다.

「아무것도 없어요. 봉투가 없어졌어요.」

빅토르는 주위에 있던 직원 열댓 명에게 명령했다.

「아무도 움직이지 마십시오. 사장님, 제가 전화를 했을 때 사무실에 혼자 계셨습니까?」

「그런 것 같기도 하고……. 아닌 것 같기도 하고……. 아, 회계사인 샤생 부인이 옆에 있었습니다」

「그렇다면 통화 내용을 엿들으면서 중요한 사실을 눈치 챘겠군요. 전화 통화를 할 때 사장님께서 저를 수사관이라고 부르셨고 에르네스틴 양의 이름도 말씀하셨죠. 샤생 부인도 신문에서 노란 봉투 사건에 대해 읽었을 테고, 에르네스틴 양이 의심받고 있다는 사실을 알아챘을 겁니다. 지금 샤생 부인이 여기 있습니까?」

직원 한 명이 대답했다.

「샤생 부인은 6시 기차를 타러 매일 5시 40분에 퇴근합니다. 생클루에 살고 있죠」

「십 분 전에 제가 에르네스틴 양을 불렀을 때는 퇴근한 뒤였습니까?」

「아직 퇴근 전이었습니다」

빅토르가 에르네스틴에게 물었다.

「샤생 부인이 퇴근하는 모습을 봤습니까?」

「예. 모자 쓴 모습을 봤어요. 그때 부인과 몇 마디 대화를 나눴습니다」

「그리고 사장님이 부르신다는 말을 듣고 노란 봉투를 타자기 옆 서류 속에 끼워 넣고 나왔습니까?」

「예. 그 전까지는 블라우스 안에 넣어 두었어요」

「샤생 부인이 당신이 서류를 그곳에 끼워 넣는 모습을 봤을까요?」

「봤을 거예요」

빅토르는 시계를 보고 나서 샤생 부인에 대해 자세히 물었다. 그녀는 갈색 머리에 통통한 사십대 중년 부인이며 연두색 스웨터를 입고 있다고 했다. 빅토르는 즉시 그 자리를 떠났다.

빅토르는 회사 밖으로 나와 에두앙 주임 수사관을 만났다. 에두앙은 어젯밤에 알퐁스 오디그랑의 소식을 들은 모양이었다. 에두앙이 당황하며 말했다.

「뭐야, 벌써 이곳에 와 있었나, 빅토르? 오디그랑의 여자는 만나 봤어……? 에르네스틴이라 했던가……?」

「예. 다 잘됐습니다」

서둘러 택시를 타고 가자 6시 열차 시간에 맞춰 역에 도착했다. 빅토르가 탄 객차에는 연두색 스웨터를 입은 부인이 보이지 않았다.

곧이어 열차가 출발했다.

주위의 승객들은 전부 석간신문을 읽고 있었다. 그들 중에 빅토르 옆에 있는 두 승객은 노란 봉투와 채권 도난 사건에 대해 이야기를 나누고 있었다. 이제 채권 도난 사건을 모르는 사람은 별로 없는 것 같았다.

그는 십오 분 후, 생클루 역에 도착했다. 빅토르는 곧바로 역장에게 가서 동의를 얻고 출구를 감시하기 시작했다.

그가 탄 열차에서 내린 승객들은 무척 많았다. 잠시 후, 갈색 머리의 부인이 모습을 드러냈다. 회색 코트를 여민 사이로 연두색 스웨터가 보였다. 그녀가 손에 열차 표를 들고 출구를 통과하려는 순간, 빅토르가 다가가 낮은 소리로 말했다.

「저를 따라오십시오, 부인……. 경찰입니다……」

부인은 깜짝 놀라 몇 마디를 중얼거리다가 빅토르 수사관과 역장을 따라 사무실로 갔다.

빅토르가 말했다.

「화학 약품 회사에서 근무하시죠? 부인께서 에르네스틴이 타자기 옆에 놓아둔 노란 봉투를 실수로 가져가셨습니까?」

여자는 침착하게 대답했다.

「제가요? 뭔가 잘못 아셨나 보군요」

「그렇다면 강제로라도……」

「수색을 하겠다고요? 그렇게 하시죠? 마음대로 하세요」

여자가 너무 당당하게 나오자 빅토르가 오히려 머뭇거렸다. 정말 결백하기 때문에 변론도 하지 않으려는 것일까?

빅토르는 여자 역무원과 함께 샤생 부인을 사무실 안으로 들여보냈다.

샤생 부인의 몸에서는 노란 봉투는 물론이고 국방부 채권은 한 장도 발견되지 않았다.

빅토르는 당황하지 않고 단호하게 말했다.

「댁이 어딥니까?」

또 다른 파리 발 열차가 도착했다. 에두앙 주임 수사관이 서둘러 열차에서 내려 빅토르에게 다가왔다. 빅토르가 주임 수사관에게 조용히 말했다.

「샤생 부인은 이곳으로 오는 동안 봉투를 안전한 곳에 감출 시간이 충분히 있었습니다. 어제저녁 주임 수사관님께서 기자들에게 그렇게 정보를 흘리지만 않았어도 사람들이 어마어마한 액수가 든 노란 봉투에 대해 알지 못했을 것이고 그럼 샤생 부인도 그 봉투를 훔칠 생각을 하지 못했을 겁니다. 그럼 제가 에르네스틴의 블라우스 안에서 봉투를 가져올 수 있었을 테고요. 경찰이 하는 일이라는 게 보시다시피 이렇습니다」

에두앙이 발끈했지만 빅토르는 계속해서 말했다.

「요약해서 말씀드리죠. 오디그랑, 에르네스틴, 샤생…… . 도난당한 채권은 24시간 동안 세 사람의 손을 거쳐 갔습니다…… . 그럼 이제 네 번째 사람을 찾아가야겠죠」

파리 행 열차가 출발했다. 빅토르는 어리둥절한 표정으로 플랫폼에 서 있는 에두앙 주임 수사관을 남겨 두고 열차를 탔다.

빅토르는 화요일 아침부터 하루 종일 낡은 4인승 사륜구동 차에 앉아 안전띠를 매고, 생클루를 돌아다니며 주의 깊게 수사에 착수했다.

그는 다음과 같은 추론을 바탕으로 수사를 진행했다. 샤생 부인은 월요일 5시 40분부터 6시 15분까지 노란 봉투를 가지고 있었다. 그러나 열차에서 처음 내렸을 때는 봉투를 가지고 있지 않았다. 논리적으로 볼 때 다른 누군가에게 봉투를 넘겨주었을 것이다. 그 사람을 어디에서 만났을까? 파리에서 생클루로 오는 열차 안에서 건네주었을까? 그렇다면 그녀와 같은 칸에 탔던 사람을 대상으로 수사를 진행해야 한다. 특히 샤생 부인과 친밀한 관계의 사람을 찾는 것이 관건이다.

샤생 부인은 일 년 전 퐁투아즈에서 철물상을 하는 남편과 이혼 소송에 들어갔다. 그때부터는 어머니의 집에서 살았는데, 두 모녀는 평판이 매우 좋았으나 친하게 지내는 사람은 오래된 친구 세 명뿐이었다. 하지만 그들 중 어제 파리에 있던 사람은 한 명도 없었다. 또 샤생 부인은 겉모습만 보면 전혀 범죄를 저지를 사람 같지 않았다.

수요일에도 수사는 거의 진전이 없었다. 빅토르는 걱정이 되기 시작했다. 여태까지 봉투를 훔쳐 갔던 세 사람의 예를 보아도 네 번째 도둑은 그동안 충분히 시간을 벌 수 있었다.

목요일, 빅토르는 생클루 옆에 있는 가르슈 마을로 가서 체육관에 딸린 작은 카페에 자리를 잡고 앉았다. 그는 하루 종일 카페 근처에서부터 빌다브레, 마른라코케트, 세브르까지 돌아다녔다.

그러고는 생클루에서부터 보크레송까지 이어진 대로를 지나 다시 가르슈 역 앞에 있는 카페로 돌아왔고, 그곳에서 저녁 식사를 했다.

오후 9시, 빅토르는 갑자기 찾아온 에두앙 주임 수사관을 보고 깜짝 놀랐다.

에두앙이 말했다.

「오늘 아침부터 이 주변을 얼마나 찾아다녔는지 모르네. 국장님도 화가 나셨어. 도대체 살았는지 죽었는지 알 수가 있어야지. 전화는 됐다 뭐 하나! 도대체 어디 있었어? 뭔가 알아내기는 했나?」

빅토르가 작은 소리로 물었다.

「주임 수사관님은요?」

「아무것도」

빅토르는 음료수 두 잔을 주문했다. 그는 퀴라소(Curaçao. 알코올에 쓴맛이 나는 오렌지의 껍질을 넣어 조미한 단맛이 나는 양주로, 알코올의 농도는 30~40퍼센트이며 빛깔은 무색, 갈색, 녹색 등이다. 서인도 제도에 있는 쿠라사우 섬에서 생산된다──옮긴이)를 천천히 마신 다음 말했다.

「샤생 부인에게 애인이 있습니다」

에두앙은 소스라치게 놀랐다.

「미쳤군! 그 얼굴에 애인이라니!」

「두 모녀는 일요일마다 산보를 합니다. 4월 셋째 주 일요일에는 포스르포즈 숲으로 산책을 갔는데 그들 모녀 외에 한 남자가 더 있었습니다. 그로부터 일주일 뒤, 그러니까 지금으로부터 2주 전에 보크레송에서 그 세 명을 본 사람이 있습니다. 그 세 사람이 나무 아래에서 식사를 했다더군요. 그 남자의 이름은 〈레스코〉이며 가르슈 북쪽, 생퀴퀴파 숲에서 멀지 않은 저택에서 살고 있습니다. 〈작은 집〉이란 이름의 저택이죠. 제가 울타리 너머로 그 집을 들여다봤습니다. 레스코는 나이 쉰다섯 살. 작은 체구에 턱수염이 희끗희끗한 남자입니다」

「정보라고 하기엔 너무 보잘것없군」

「그의 이웃 주민 중에 역무원으로 일하는 바이양이란 사람이 있습니다. 그자가 좀 더 자세한 정보를 줄 겁니다. 지금은 부모님 중 한 분이 편찮으셔서 부인을 베르사유에 데려다 주러 갔습니다. 지금 그 역무원을 기다리는 중입니다」

그들은 아무 말 없이 몇 시간을 기다렸다. 빅토르는 너무 지루해서 졸 지경이었으나 대화를 나눌 기분은 아니었다. 에두앙은 신경질적으로 담배를 피워 댔다.

마침내, 밤 12시 반이 되자 역무원이 돌아왔다. 그가 말했다.

「레스코 씨야 잘 알죠! 그 사람 집과 우리 집은 100미터도 떨어져 있지 않은걸요. 사람들과 어울리는 걸 좋아하지 않는 사람이에요. 항상 정원만 가꾸고 지내죠. 가끔씩은 저녁 늦게 한 부인이 그 집 안으로 들어가서 한두 시간 머물다가 나오곤 합니다. 하지만 레스코 씨는 절대로 밖으로 나오지 않아요. 일요일에 산책할 때하고 일주일에 한 번씩은 파리에 갈 때를 빼면요」

「파리에 가는 요일은 언제죠?」

「보통 월요일에 갑니다」

「그럼 지난 월요일에도 갔겠군요……?」

「예. 기억납니다. 레스코 씨가 파리에서 돌아올 때 제가 표를 받았거든요」

「그게 몇 시였습니까?」

「레스코 씨는 항상 같은 열차를 탑니다. 가르슈 역에 저녁 6시 19분에 도착하는 열차요」

잠시 침묵이 흘렀다. 두 수사관은 서로 마주 보았다. 에두앙이 물었다.

「그 이후로 레스코 씨를 봤습니까?」

「전 보지 못했지만 아내가 봤답니다. 제 아내는 빵 배달을 하거든요. 글쎄 지난 화요일과 수요일 저녁에…… 제가 근무 중이었을 때 아내가……」

「뭐라고 하던가요……?」

「〈작은 집〉 근처를 누군가 맴돌고 있었다지 뭡니까? 레스코 씨는 개를 한 마리 키우고 있는데 그놈은 항상 개집에서 으르렁거립니다. 그날도 개가 짖어서 주위를 둘러봤더니 모자를 쓴 남자의 그림자가 있었답니다」

「누군지 알아보진 못했답니까?」

「알아봤을 테죠……」

「지금 부인께선 베르사유에 계시죠?」

「내일까지 그곳에 있을 겁니다」

바이양은 진술을 마치고 돌아갔다. 주임 수사관은 잠시 후에 결론을 내렸다.

「내일 아침 일찍 레스코를 만나러 가세. 서두르지 않으면 봉투가 또다시 네 번째 도둑의 손을 떠날지 모르니까」

「그때까진……」

「레스코의 집을 둘러보세」

그들은 아무 말 없이 언덕 위쪽으로 뻗은 길을 따라 걸었다. 길을 지나는 사람은 아무도 없었다. 양쪽 가장자리에 작은 빌라들이 늘어선 길로 접어들었다. 청명한 하늘에선 별이 빛났다. 밤은 매우 고요하고 평화로웠다.

빅토르가 말했다.

「여깁니다」

울타리 너머로 낮은 벽이 있었고 그 위로 철조망이 보였다. 철조망 너머로 들여다보니 잔디가 깔린 정원과 창문이 세 개 달린 2층 건물이 보였다.

빅토르가 속삭였다.

「안에서 불을 켜 둔 것 같습니다」

「그래. 2층 가운데 창문에서 나오는 빛이군. 커튼이 잘 닫히지 않은 모양이야」

그 순간, 오른쪽 창문에서 또 다른 불빛이 더 환하게 켜졌다가 꺼지고 다시 켜졌다.

빅토르가 말했다.

「우리가 왔는데도 개가 짖지 않는 게 이상하군요. 바로 저기 개집이 있습니다. 저렇게 가까이에 있는데……」

「개를 기절시킨 게 아닐까?」

「누가요?」

「어제하고 그저께 이 집을 맴돌던 사람 말이야」

「그럼 오늘 밤에 일을 저지르기 위해서……? 정원을 한 바퀴 돌아 보죠. 저 뒤쪽에 골목이 있습니다……」

「저 소리 좀 들어 보게……!」

빅토르는 귀를 기울여 보았다.

「정말 소리가 나는군요……. 안에서 나는 소리 같습니다……」

이번에는 더 크게, 숨넘어갈 듯한 비명소리가 들려왔다. 그러고는 불이 켜진 곳에서 총성이 울리며 다시 비명이 들렸다.

빅토르는 어깨로 입구에 있는 철책을 밀어 단번에 쓰러뜨렸다. 두 남자는 잔디를 지나 창문 앞에 있는 발코니를 뛰어넘었다. 창문을 밀자 금방 떨어져 나갔다. 빅토르는 손전등을 들고 2층으로 올라갔다.

2층에는 방이 두 개 있었다. 정면에 보이는 방문을 열자 램프 빛이 방 안을 환하게 밝히고 있었다. 바닥에 쓰러진 남자가 보였는데 그의 몸에서 경련이 일었다.

그때 복도에서 한 남자가 계단 쪽으로 도망쳤다. 에두앙이 2층에 있는 또 다른 방을 감시하는 사이에 도망친 모양이었다. 잠시 후, 도망치던 남자와 주임 수사관이 몸싸움을 벌이는 소리가 들렸다. 빅토르는 옆방을 살펴보러 가다가 얼핏 창문 뒤로 여자 얼굴을 본 것 같았다. 건물 뒤편으로 뚫린 창문 밖으로 사다리를 타고 내려간 것이 분명했다. 그는 여자 쪽으로 손전등을 비췄다. 발타자르 극장에서 본 다갈색 머리의 여자였다. 빅토르는 여자를 뒤쫓기 위해 달려가다가 주임 수사관이 부르는 소리에 걸음을 멈췄다. 곧이어 두 번째 총성과 함께 비명이 들렸다…….

빅토르는 쓰러진 에두앙을 부축하기 위해 층계로 달려갔다. 총을 쏜 남자는 이미 계단 아래로 내려가 모습을 감춘 뒤였다.

주임 수사관이 신음하며 말했다.

「저자를 따라가게……. 난 괜찮아……. 단지 어깨 쪽에 조금……」

「괜찮다면 절 놔주셔야죠」

빅토르는 에두앙을 뿌리치려고 했지만 마음대로 되지 않자 화를 내며 말했다.

주임 수사관은 계단 아래로 떨어지지 않으려고 빅토르를 꼭 붙들었다. 빅토르는 주임 수사관을 방으로 데려가 소파에 눕혔다. 범인 두 사람은 이미 멀리 달아났을 테니 그들을 뒤따라가는 일은 포기해야 했다. 빅토르는 마루 위에 쓰러져 있는 남자에게 몸을 굽혔다. 레스코가 분명했다. 이제는 경련도 일지 않았다.

빅토르는 남자를 서둘러 살펴보고 나서 말했다.

「죽었습니다……. 확실합니다. 죽었어요」

「젠장! 그럼 노란 봉투는……? 어서 찾아보게」

그렇지 않아도 빅토르는 벌써 봉투를 찾고 있었다.

「노란 봉투는 있습니다. 하지만 구겨졌고 안은 비었어요. 레스코가 국방부 채권을 꺼내서 다른 곳에 보관했던 모양입니다. 강도들이 그 채권을 가져오라고 협박을 했겠죠」

「봉투에는 아무것도 안 씌어져 있나?」

「예. 제조업체 표시밖에 없습니다. 〈스트라스부르, 구소 제지회사〉라고 적혀 있군요」

빅토르는 주임 수사관의 상처를 돌보면서 결론을 내리고 말했다.

「그래 맞아! 스트라스부르……. 처음 채권을 도둑맞은 은행이 스트라스부르에 있었습니다. 이제 채권은 다섯 번째 도둑의 손에 있죠……. 이번에는 아주 대담한 놈입니다. 젠장! 첫 번째, 두 번째, 세 번째, 네 번째 도둑 모두 서툴렀지만 다섯 번째 도둑은 우리를 혼란에 빠뜨릴 겁니다」

빅토르는 그렇게 말하고 나서 극장에서 만났던 미녀를 생각했다. 그녀가 이런 범죄에 개입됐다는 사실이 놀라울 뿐이었다. 그녀는 범행 현장에서 뭘 하고 있었던 걸까? 이 사건에서 어떤 역할을 하고 있을까?

회색 모자

이웃집에 사는 역무원과 또 다른 이웃 두 명이 총소리를 듣고
잠에서 깨어 달려왔다. 그중 한 사람 집에 전화기가 있었다. 빅토
르는 생클루에 있는 경찰서에 연락해 달라고 부탁했다. 다른 사
람은 의사를 부르러 갔다. 잠시 후, 의사가 도착했다. 의사는 레
스코가 심장 부위에 총상을 입어 사망했음을 확인해 주었다. 에
두앙은 상처가 깊지 않아 파리로 후송되었다.

빅토르는 범죄 현장에 아무도 들어오지 못하도록 감시하다가
생클루 경찰서 서장이 경관들과 함께 도착하자 사건을 설명했다.
빅토르나 경찰서장 모두 두 강도가 남긴 흔적을 찾으려면 날이
밝기를 기다리는 것이 좋겠다는 결론을 내렸다. 그래서 빅토르는
파리에 있는 집으로 돌아갔다.

아침 9시, 빅토르는 사건 현장을 찾았다. 그곳은 이미 범행 현
장을 구경하려는 호기심 많은 사람들로 붐볐고, 경찰관들은 멀찌

감치 떨어져 있었다. 정원으로 들어가 보니 또 다른 수사관과 경찰관들이 분주히 움직이는 모습이 보였다. 베르사유 검찰청에서 온 수사관들도 도착했다는 소식이 전해졌다. 하지만 파리 검찰청에서 이미 자기네 지시만 유효하다는 결정을 내린 뒤였기 때문에 각 지역 검찰청 간에 혼란이 생길 염려는 없었다.

생클루 경찰서장과 나눈 대화를 통해서인지 개인적인 조사를 통해서인지는 알 수 없었지만 빅토르는 몇 가지 확실한 사실을 알아냈다……. 하지만 이 사건은 여전히 미궁 속에 있었고, 결론을 내려 봐야 부정적인 사실뿐이었다.

우선 1층으로 도망친 남자나 창문을 통해 달아난 여자의 신원이 전혀 밝혀지지 않았다.

여자는 울타리를 넘어 집 앞 도로와 평행으로 뻗은 골목길로 들어갔다. 여자가 울타리를 넘은 지점과 벽에 사다리를 걸쳐 놓았던 흔적도 발견되었다. 접이식 휴대용 철 사다리를 사용한 것으로 추측되지만 사다리는 찾을 수가 없었다. 그리고 두 공범이 어떻게 만나서 어떻게 이곳을 떠났는지도 알 수 없었다. 단지 자정 무렵에 자동차 한 대가 300미터 떨어진 셀생클루에 있는 종마 사육장 옆에 정차해 있다가 한 시간 십오 분 후에 출발해 부지발과 센 강변을 따라 파리로 돌아갔을 것이라는 추측을 할 뿐이었다.

레스코의 개는 개집에서 독살된 채 발견되었다.

하지만 정원에는 개집으로 접근한 발자국도 없었다.

시체와 에두앙 수사관의 어깨에서 빼낸 총알은 7.65구경 브라우닝 권총에서 나온 것이다. 그럼 브라우닝 권총은 어디에 있을까?

알아낸 사실은 이것뿐이었다. 빅토르는 기자와 사진 기자들이 몰려들기 시작하자 수사할 의욕을 잃고 말았다.

게다가 빅토르는 합동 수사를 하면서 시간 낭비하는 것을 정말 싫어했다. 합동 수사는 그의 표현대로라면 〈말로 하는 추측〉일 뿐이었다. 빅토르는 범죄 심리 분석과 같이 생각하고 머리를 써야 하는 수사 과정에만 관심이 있었다. 나머지 교섭이나 확인, 추적, 미행 따위는 마지못해 혼자서 조용히했다.

그는 역무원 바이양의 집으로 갔다. 바이양의 부인이 베르사유에서 돌아왔다. 하지만 그녀는 자기가 아무것도 모르며 며칠 전에 〈작은 집〉 주위를 배회하던 사람의 얼굴도 알아보지 못했다고 말했다. 바이양은 다시 일을 하러 갔다가 역 앞에서 빅토르를 다시 만나 체육관에 딸린 카페로 들어갔다.

그는 아페리티프(식사 전에 식욕을 돋우기 위해 마시는 술——옮긴이)를 마시자마자 말을 시작했다.

「제르트뤼드는……, 참, 제 집사람 이름이 제르트뤼드입니다. 제르트뤼드는 빵 배달을 하기 때문에 집집마다 돌아다닙니다. 그러니까 고객들에 대해 함부로 말을 할 수가 없는 상황이죠. 하지만 전 다릅니다. 역무원이자 공무원으로서 수사에 협조해야죠」

「그럼?」

바이양은 목소리를 낮추며 말했다.

「우선, 집사람이 봤다는 회색 모자를 오늘 제가 쐐기풀 사이에서 주웠습니다. 아침에 저희 집 정원 구석에 있는 쓰레기 더미를 치우다가 발견했죠. 모자 주인이 그날 밤 도망치면서 저희 집 울타리 너머로 집어던진 것 같습니다」

「그리고요?」

「그리고 제르트뤼드는 화요일 저녁에 회색 모자를 쓰고 〈작은 집〉 주위를 배회하던 남자는…… 자기가 매일 빵을 배달하던 집 남자라고 확신했습니다……. 귀족 출신인……」

「이름은요?」

「막심 도트레 남작입니다. 자, 좀 왼쪽으로 몸을 기울여 보십시오……. 저쪽……. 생클루로 통하는 길가의 집들 중에 유일하게 임대 주택입니다……. 여기서 500미터 정도 떨어져 있을 겁니다……. 그 남작은 부인과 나이 든 하녀와 함께 5층에서 살고 있습니다. 아주 좋은 사람들이죠. 약간 콧대가 높은 것 같긴 하지만 정말 좋은 사람들이라서 제르트뤼드가 잘못 본 건 아닌지 의심이 들 정도입니다」

「그들은 연금으로 생활합니까?」

「아뇨! 포도나무 농장에서 일하고 있습니다. 그래서 매일 파리로 가죠」

「몇 시에 돌아옵니까?」

「파리에서 6시 열차를 타고 오면 이곳에 6시 19분에 도착합니다」

「지난 월요일에도 그 열차를 타고 돌아왔습니까?」

「그랬겠죠. 하지만 그날은 보지 못했습니다. 집사람을 베르사유에 데려다 주느라 자리를 비웠으니까요」

빅토르는 입을 다물었다. 바이양의 진술대로라면 다음과 같은 추측이 가능했다.

월요일, 샤생 부인은 파리에서 6시 열차를 타고 왔으며 바로 옆자리에는 레스코가 타고 있었다. 그녀는 현재 이혼 소송 중이기 때문에 조심하느라 어머니와 함께 있을 때를 제외하고는 자기 애인에게도 거의 말을 걸지 않았다. 그 월요일, 그녀는 자기도 모르게 노란 봉투를 훔쳤다. 그녀는 티를 내지 않으면서 낮은 소리로 애인에게 자기가 가지고 있는 물건에 대해 이야기했고, 그 봉투를 조심스럽게 애인에게 건넸다. 그전에 샤생 부인은 봉투를 둥글게 말아 끈으로 묶어 놓았을 것이다. 같은 칸에 탄 도트레 남작은 그 모습을 보고 깜짝 놀랐다. 신문에서 읽었으니 남작도 눈치 챘을 것이다……. 노란 봉투……. 레스코가 건네받은 봉투가 노란색인 것은 단지 우연일 뿐일까……?

샤생 부인은 생클루에서 내리고 레스코는 가르슈까지 갔다. 막심 도트레도 가르슈에서 내려 레스코를 쫓아갔다. 그의 집을 알아 두고 화요일과 수요일에는 〈작은 집〉 주위를 배회하다가 목요일이 되자 결심을 한다…….

빅토르는 바이양과 헤어지고 나서, 다음 장소로 이동하며 생각했다.

〈한 가지 걸리는 점은 모든 상황이 너무 잘 맞물려 있다는 거야. 그리고 일이 너무 빠른 속도로 진행되고 있어. 진실은 이렇게 순간적으로 드러나지 않는 법인데 말야. 그리고 이렇게 간단하고 자연스럽게 나타나지도 않지.〉

빅토르는 5층으로 올라가 벨을 눌렀다. 희끗희끗한 머리에 안경을 쓴 하녀가 문을 열어 주었다. 그녀는 빅토르의 이름도 물어보지 않고 그를 응접실로 안내했다.

빅토르가 간단히 말했다.

「이 명함을 전해 주십시오」

그 응접실은 식당 겸용으로 사용하는 곳이었는데 가구라고는 의자와 탁자, 장식장, 협탁이 전부였다. 모두 초라해 보이는 가구들이었지만 무척 깨끗하고 반짝반짝 윤이 났다. 벽에는 종교화가 걸려 있고, 벽난로 위에는 종교와 관련된 책과 소책자들이 진열되어 있었다. 창 밖으로 생클루 공원의 멋진 광경이 보였다.

그때 한 부인이 모습을 드러냈다. 얼굴을 보니 놀란 표정이었다. 나이는 젊었고 화장을 하지 않은 얼굴이 붉게 상기되어 촌스러운 느낌이 들었다. 가슴이 풍만하고 머리 모양은 화려했으며 색이 바랜 홈드레스를 입고 있었다. 하지만 전체적으로는 호감이 가는 인상에, 상류 계층의 분위기가 물씬 풍겼다. 머리 모양을 보니 남작 부인이 틀림없을 것 같았다.

남작 부인은 일어서서 짤막하게 물었다. 냉담한 목소리였다.

「뭐 때문에 오셨죠?」

「도트레 남작에 관해 이야기를 하고 싶습니다. 월요일 저녁, 열차에서 일어난 사건과 관련된 일입니다」

「신문에 난 노란 봉투 도난 사건 말이로군요?」

「예. 그 일 때문에 어젯밤 가르슈에서 살인 사건이 일어났고 레스코 씨가 살해당했습니다」

남작 부인은 아무 감정 없이 대답했다.

「레스코요……? 전혀 모르는 이름이군요……. 용의자는?」

「아직까진 없습니다. 저는 월요일에 파리에서 가르슈까지 6시 열차를 탄 사람들을 대상으로 조사를 하고 있습니다. 도트레 남작도 그 열차를 탔죠……」

「그 얘기는 남편과 나누셔야 할 듯하군요. 남편은 지금 파리에 있는데요」

그녀는 빅토르가 돌아갈 거라고 생각한 모양이었다. 하지만 빅토르는 계속해서 질문을 했다.

「혹시 도트레 씨가 저녁 식사 후에 가끔 외출하지 않으셨습니까?」

「아주 가끔은요」

「그저께하고 그끄저께, 그러니까 화요일과 수요일에는요……?」

「그날도 머리가 아프다며 바람이나 쐬러 한 바퀴 돌고 온다고 했죠」

「목요일, 그러니까 어제저녁에는요?」

「어제저녁에는 일 때문에 파리에 있었어요……」

「그럼 외박을 했겠군요?」

「아뇨, 밤늦게 집으로 돌아왔어요」

「몇 시쯤에 돌아오셨습니까?」

「글쎄요, 전 막 잠이 들려는 참이어서 정확히는 모르겠지만 아마도 11시쯤이었을 거예요. 그 사람이 들어오는 소리가 들리고 나서 11시를 알리는 종소리가 들렸거든요」

「11시요? 그럼 사건 발생 두 시간 전이군요. 지금까지 말씀하신 내용이 모두 확실하죠?」

남작 부인은 대답을 하면서 기분이 썩 좋아 보이지는 않았다. 그래도 친절한 척 기계적으로 대답하다가 갑자기 무슨 느낌이 들었는지 그의 명함을 들여다보았다. 명함에는 〈마약 수사반 빅토르〉라고 적혀 있었다. 그녀는 여전히 이해가 안 간다는 표정으로 차갑게 대답했다.

「전 일어난 일 그대로 얘기할 뿐이에요」

「그날 밤 남편과 이야기를 나눴습니까?」

「물론이죠」

「그렇다면 깨어 계셨다는 말씀이시군요」

그녀는 수치심에 얼굴이 빨개져서 아무 대답도 하지 못했다. 빅토르는 계속해서 물었다.

「남편께서는 오늘 아침 몇 시에 집을 나서셨습니까?」

「현관 문이 닫히는 소리에 눈을 떴는데 그때가 6시 10분이었어요」

「인사도 하지 않고 나가셨습니까?」

이번에는 남작 부인이 버럭 화를 내며 말했다.

「그러니까 지금 신문을 하시는 건가요?」

「수사를 하다 보면 어쩔 수 없는 경우가 있습니다. 마지막으로 하나만 더 묻겠습니다……」

그는 주머니에서 회색 모자를 꺼냈다.

「이 모자가 남편 되시는 분 것입니까?」

그녀는 모자를 살펴보며 말했다.

「예. 몇 년 동안 쓰지 않던 모자예요. 제가 서랍 깊숙이 넣어 뒀죠」

자기 남편에게 치명적인 진술을 아무 망설임 없이 하다니 지나치게 솔직한 것은 아닐까? 그렇다면 역설적으로 그녀의 진술에는 전혀 거짓이 없다는 말일까?

「실례했습니다. 오후 늦게 다시 찾아오죠」

빅토르는 그렇게 말하고 집을 나섰다.

수위에게 다시 이것저것 물어보았지만 남작 부인의 진술과 다를 바 없었다. 남작은 저녁 11시에 문을 열어 달라고 수위를 불렀고, 아침 6시에 다시 집을 나섰다고 했다. 그리고 밤사이에는 집을 나간 사람도 들어온 사람도 없었다고 했다. 또 수위는 이 건물에 세든 집은 세 가구뿐이며 남작 외에는 저녁에 밖으로 나가는 사람이 없기 때문에 자신의 일이 별로 힘들지 않다는 말도 했다.

「다른 사람이 안에서 문을 열 수도 있습니까?」

「그건 불가능합니다. 수위실로 들어와야 문을 열 수 있습니다.

제가 빗장을 걸고 열쇠로 잠가 놓으니까요」

「도트레 부인은 아침에 가끔 외출을 하십니까?」

「전혀요. 그 집 하인인 안나가 장을 보러 나갑니다. 마침 저기 계단을 내려오는군요」

「남작의 집에는 전화기가 있습니까?」

「아뇨」

빅토르는 머리가 복잡해져 그곳을 떠났다. 아무리 남작에게 불리한 증거를 모으려고 노력해도 상황은 남작에게 유리한 방향으로 흘러갔고, 그의 알리바이는 명백했다. 사건 당시 남작은 부인 곁에 있었다.

빅토르는 점심을 먹고 역으로 돌아와 질문을 던졌다.

「도트레 남작은 항상 사람이 많지 않은 시간에 열차를 타는데 오늘 아침에도 이른 시간에 열차를 탔습니까?」

사람들은 한결같이 남작이 가르슈 역에서 열차를 타는 모습을 보지 못했다고 대답했다.

그렇다면 그는 어떤 교통편을 이용했을까?

오후에 빅토르는 납품업자, 약사, 공무원, 우체국 직원을 대상으로 도트레 부부에 대한 정보를 수집했다. 그런데 도트레 부부에게 호의적인 사람은 거의 없는 것 같았다. 그는 마지막으로 집 주인을 찾아가 보기로 했다. 집 주인은 귀스타브 제롬이란 사람으로 시의원이자 목재와 석탄 판매상이었다. 그가 남작 부부와 사이가 안 좋다는 사실은 이 지방 사람 모두 알고 있었다.

제롬 부부는 언덕 위에 지은 아름다운 저택에서 살았다. 저택은 입구에서부터 고급스러운 느낌이 들어 부잣집이라는 사실을 한눈에 알 수 있었다. 여느 집과는 비교도 안 될 만큼 고급스러워서 빅토르는 왠지 모르게 흥분했다. 벨을 눌렀지만 아무 반응이 없자 그는 현관으로 들어갔다. 그런데 2층에서 싸우는 소리가 들렸다. 문을 치는 소리도 들렸고, 지겹다는 듯한 남자의 목소리와 여자의 날카롭고 화난 목소리가 들렸다.

여자가 소리쳤다.

「넌 주정뱅이야! 그래, 너! 귀스타브 제롬 의원은 한낱 주정뱅이일 뿐이라고! 어제저녁에 파리에서 뭘 했어?」

「당신도 잘 알잖아. 사업 때문에 드발과 저녁 식사를 한 것뿐이야」

「매춘부도 함께 식사했겠지. 난 드발을 잘 알아. 그자도 순 방탕한 인간이지. 저녁 식사 후에는 폴리베르제르(프랑스 파리에 있는 음악 홀. 미녀와 누드를 동원한 호화롭고 화려한 버라이어티 쇼를 흥행시키며 세계적으로 알려졌다——옮긴이)에서 놀았겠지? 벌거벗은 여자들과……, 춤도 추고, 샴페인도 마셨을 테지?」

「앙리에트, 미쳤군! 다시 한번 말하지만 드발을 자동차로 쉬렌까지 태워다 주고 왔어」

「몇 시에?」

「정확히는 몰라……」

「물론 모르겠지. 잔뜩 취해 있었을 테니까. 새벽 3~4시 무렵이었을걸. 내가 자는 틈을 이용해서 들어왔을 테니……」

말싸움은 점점 몸싸움으로 번져 갔다. 제롬은 부인을 피해 계단 아래로 도망쳐 내려왔다. 그런데 현관에 한 남자가 서 있었다.

빅토르가 말했다.

「벨을 눌렀는데……. 아무도 대답하지 않아서 이렇게……」

귀스타브 제롬은 준수한 외모에 사십대가량 된 남자였다. 그가 발그레한 안색으로 웃으며 말했다.

「들으셨습니까? 하하, 부부 사이에는 이런 싸움이 흔하죠, 뭐……. 별로 중요한 일은 아닙니다……. 앙리에트는 정말 좋은 아내입니다……. 어쨌든 서재로 들어오십시오……. 뭐라고 불러야 할까요……?」

「마약 수사반의 빅토르라고 합니다」

「아! 그 불쌍한 레스코 씨 때문에 오셨군요?」

「그보다는 의원님 집에 세 들어 사는 도트레 남작 부부에 관해 여쭤 보려고 왔습니다……. 한마디로 그 사람들을 평해 주신다면요?」

「아주 나쁜 사람들입니다. 저희 부부도 10년 동안 그 집에 살다가 지금은 남작 부부에게 세를 주고 이곳으로 이사했습니다. 그런데 그 부부는 무슨 요구 사항이 그렇게 많은지! 계속 싸우다가 안 되겠다 싶어 공증인까지 불러야 했죠……. 아무것도 아닌 일로 말입니다. 가령, 아파트 비상 열쇠를 분명히 줬는데 받지 않았다고 끝까지 우기는 겁니다! 멍청이 같은 인간들」

「그래서 싸움이 일었군요」

제롬은 웃으며 말했다.

「알고 계셨습니까? 그래요, 싸웠죠. 남작 부인이 제 코에 정면으로 주먹을 날리더군요……. 분명 회개하고 있을 겁니다」

제롬 부인이 말했다.

「물론 회개하고 있겠죠! 그 밥맛없고 못된 여자는 하루 종일 교회에서 시간을 보내니까요……! 수사관님, 그 방탕한 남작은 파산해서 집세도 못 내면서 할 건 다 하는 작자라고요」

제롬 부인은 예쁘고 사랑스러우며 정이 많아 보이는 얼굴이었다. 하지만 남편에게 계속 화를 내며 비난을 퍼부어서 그런지 목소리는 매우 갈라져 있었다. 게다가 그녀의 이야기를 들어 보니 남편에게 화를 낼 만도 한 것 같았다. 그녀는 계속 남편의 치부를 드러내며 말했다. 그르노블에서 사업 실패한 일, 리옹에서 있었던 추잡한 사건, 그밖에 여러 가지 사기 사건과 음모에 얽힌 이야기…….

빅토르는 더 이상 질문을 하지 않고 자리를 떴다. 다시 뒤에서 싸우는 소리와 부인의 날카로운 목소리가 들려왔다.

「어디 있었어……? 뭘 했냔 말이야……? 입 닥쳐, 더러운 거짓말쟁이!」

빅토르는 날이 저물 무렵, 체육관에 딸린 카페에 앉아 있었다. 석간신문을 뒤적여 보았지만 특별한 기사는 눈에 띄지 않았다. 잠시 후, 누군가 빅토르에게 가르슈에 사는 남녀 둘을 데려왔다. 그들은 파리에서 오는 길이었는데 파리 북(北)역 근처에서 도트레 남작이 젊은 여자와 함께 택시에 타고 있는 모습을 봤다고 했다. 그리고 운전석 옆 좌석에는 여행 가방 두 개가 놓여 있었다고 말했다. 확실한 정보일까? 빅토르는 이런 종류의 증언을 섣불리 믿어서는 안 된다는 사실을 잘 알았다.

「어쨌든 간단한 문제야. 남작이 국방부 채권을 가지고 벨기에로 도망친 거지……. 레스코의 집 창틀에서 본 그 아름다운 여자와 함께 갔을 거야……. 아니면 뭔가 오해가 있었을 수도 있어. 그럼 남작은 여느 때처럼 열차를 타고 곧 이곳으로 돌아오겠지. 그렇다면 노란 봉투의 추적 경로가 잘못된 걸 거야」

빅토르는 역에서 바이양을 다시 만났다. 바이양은 승객들이 나오는 출구에 서 있었다.

열차가 들어오는 신호가 들린 후 곧이어 커브를 돌아 승강장으로 들어오는 열차가 보였다. 승객 삼십여 명이 열차에서 내렸다.

바이양은 빅토르를 팔꿈치로 쿡쿡 찌르며 작은 소리로 말했다.

「저기 오는 사람 있죠……. 짙은 회색 상의를 입고……. 부드러운 천으로 된 모자를 쓴……. 저 사람이 바로 남작입니다」

남작의 인상은 그런대로 괜찮았다. 또한 흥분한 모습이 아니었다. 오히려 평화롭고 안정된 얼굴이었다. 열여덟 시간 전에 살인을 저지른 사람의 얼굴로는 보이지 않았다. 자신이 저지른 일에 대한 기억 때문에 괴로워하거나 앞으로 할 일이나 자기에게 일어날 끔찍한 일 때문에 걱정하는 모습도 아니었다. 일과를 마치고 돌아오는 평범한 남자의 모습이었다. 그는 오른쪽 길로 접어들었다. 남작은 역무원에게 고개를 숙여 인사를 하고 접어서 들고 있던 석간신문으로 지나는 길에 쳐진 철조망을 조심스럽게 치면서 걸어갔다.

빅토르는 거리를 두고 그를 따라가다가 발걸음을 재촉해서 남작과 거의 같은 시간에 집에 도착했다. 5층 층계에서 남작이 열쇠를 꺼내는 사이에 빅토르가 물었다.

「실례합니다. 도트레 남작이시죠?」

「왜 그러십니까?」

「몇 분만 시간을 내 주십시오. 전 마약 수사반의 빅토르입니다」

충격을 받은 모양이었다. 남작은 안정을 되찾으려고 노력하며 입술을 꽉 깨물었다.

그런 상황은 순식간에 지나갔다. 평범한 사람에게 갑자기 경찰이 찾아오면 그런 반응을 보이는 것이 당연할 것 같았다.

도트레 부인은 부엌 창가에 앉아서 수를 놓고 있었다. 그러다가 빅토르를 보고 갑자기 벌떡 일어섰다.

남작이 부인에게 입을 맞춘 뒤 말했다.

「자리 좀 비켜 주지, 가브리엘」

빅토르가 말했다.

「부인은 오늘 아침에 벌써 만나 뵈었습니다. 부인도 함께 계셨으면 합니다만……」

「그러십니까?」

남작은 별로 놀라지도 않은 것처럼 간단하게 대답했다.

그러고는 신문을 보여 주며 다시 말했다.

「수사관님의 성함은 신문에서 봤습니다. 수사 때문에 오셨군요. 제가 6시 열차를 정기적으로 이용하기 때문에 찾아오신 겁니까? 전 지난 월요일에 열차에 함께 탔던 사람들이 누구였는지 기억이 나질 않습니다. 그리고 수상한 남녀나 노란 봉투도 본 적 없습니다」

도트레 부인이 신경질적인 목소리로 끼어들며 말했다.

「그것보다 훨씬 더 까다로운 질문을 던졌어요……. 저 수사관은 가르슈에서 사건이 있던 날 밤 당신이 어디에 있었는지 알고 싶어했어요」

남작은 소스라치게 놀라며 말했다.

「그건 왜죠?」

빅토르는 회색 모자를 보여 주며 말했다.

「범인이 썼던 모자입니다. 범행 후에 이웃집 정원 구석에 던지고 달아났죠. 오늘 아침에 부인께서는 남작님의 모자가 맞다고 진술했습니다」

도트레는 고개를 저으며 말했다.

「제 모자였다, 이렇게 말하는 게 정확하겠군요. 어쨌거나 그 모자는 현관 진열장에 넣어 둔 지 꽤 됐는데요. 안 그래, 가브리엘?」

「그래요. 2주쯤 전에 제가 거기 넣어 두었죠」

「그리고 일주일 전에 그 모자를 벌레 먹은 목도리와 함께 쓰레기통에 버렸습니다. 거기서 누군가가 주워 갔을지도 모르죠. 그 다음엔 또 뭐가 있습니까, 수사관님?」

「화요일과 수요일 저녁, 남작께서 외출하신 시간에 이 모자를 쓰고 〈작은 집〉 주위를 어슬렁거리는 자를 본 사람이 있습니다」

「예, 머리가 아파 산책을 좀 나섰습니다. 하지만 〈작은 집〉 쪽으로는 간 적이 없는데요」

「그럼 어느 쪽으로 갔습니까?」

「생클루 대로에서 산책을 했습니다」

「산책을 하다가 만난 사람이 있습니까?」

「있겠죠. 하지만 별로 유심히 보질 않아서요」

「그리고 어제저녁, 그러니까 목요일에는 몇 시에 귀가하셨습니까?」

「11시요. 파리에서 저녁을 먹고 돌아왔습니다. 집사람은 자고 있더군요」

「부인께서는 두 분이 몇 마디 말씀을 나누셨다고 하던데요?」

「정말이야, 가브리엘? 난 기억이 안 나는데……」

남작 부인이 남작에게 다가서며 말했다.

「얘기했어요. 얘기했다니까요. 기억을 더듬어 봐요……. 당신이 날 안았잖아요……. 부끄러워할 것 없어요. 그래야 이 수사가 빨리 끝나죠. 이런 어처구니없고 바보 같은 질문에 더 이상 대답할 필요도 없다고요!」

그의 얼굴은 더욱 굳어지고 뺨은 더욱더 발갛게 달아올랐다.

남작이 말했다.

「가브리엘, 이분은 임무를 수행하는 것뿐이야. 우리도 수사를 도와드려야지. 오늘 아침에 출발한 시각도 말해야 합니까? 6시 무렵이었습니다」

「열차를 타셨습니까?」

「예」

「하지만 역무원들은 아무도 남작님을 보지 못했다고 하던데요」

「열차가 이미 좀 전에 떠났더군요. 그럴 때는 보통 이십오 분 정도 떨어진 세브르 역까지 가서 열차를 탑니다. 저는 정기권이 있어서 아무데서나 열차를 탈 수 있습니다」

「세브르 역에서도 남작님을 아는 사람들이 있습니까?」

「여기보다야 아는 사람들이 적겠죠. 그리고 그곳은 승객이 훨씬 더 많습니다. 제가 탔던 객차에는 절 아는 사람이 없었습니다.」

남작의 말에는 조금도 허점이 없어서 받아들일 수밖에 없었다. 적어도 이 순간만큼은 그의 말이 진실로 느껴졌다.

빅토르가 말했다.

「내일 저와 함께 파리로 가시죠. 어제저녁에 남작님과 함께 식사했던 사람들을 만나 봐야겠습니다. 오늘 남작님께서 만났던 사람들도요」

빅토르가 말을 마치자마자 가브리엘 도트레가 분개한 표정으로 그의 곁으로 다가왔다. 그는 가브리엘이 제롬에게 주먹을 날렸다는 이야기가 떠올랐다. 그런데 가브리엘의 표정이 너무 우스워서 빅토르는 웃음이 나올 것 같았다. 가브리엘은 안정을 되찾은 모양이었다. 그녀는 성화가 걸려 있는 벽에 팔을 기대고 말했다.

「영생의 하느님께 맹세하오니……」

하지만 공격을 하겠다고 하느님께 맹세하는 것이 어울리지 않는다고 생각한 모양이었다. 그녀는 성호를 긋고 나서 몇 마디를 중얼거렸다. 그러고는 남편을 애처로운 눈으로 바라보며 입 맞추고 다시 방에서 나갔다.

두 남자는 서로 마주 보며 서 있었다. 남작은 아무 말도 하지 않았다. 그런데 자세히 보니 남작의 조용하고 평화로운 얼굴이 그다지 자연스러워 보이지가 않았다. 남작은 입술에 립스틱을 발랐는데 보통 여자들이 쓰는 것처럼 자줏빛이 도는 립스틱이었다. 또 눈선을 검게 칠하고, 입술 모양을 처지게 그려서 매우 무기력해 보였다. 갑자기 채권 도난 사건이 새로운 국면으로 접어들어 점점 더 심각해지는 느낌이었다.

남작이 심각하게 말했다.

「잘못 짚으셨습니다, 수사관님. 부당한 수사 때문에 제 비밀까지 말씀드려야겠군요. 힘들지만 어쩔 수 없이 고백을 해야겠습니다. 사실…… 전 집사람 말고 사랑하는 여자가 있습니다. 몇 달 전부터 파리에서 그녀를 만나 왔습니다. 어제저녁에도 그 여자와 저녁 식사를 했습니다. 그녀가 절 생라자르 역까지 태워다 줬습니다. 그리고 오늘 아침 7시에 다시 만났습니다」

빅토르가 명령조로 말했다.

「내일 그 여자의 집으로 갑시다. 차를 가지고 오죠」

남작은 망설이다가 마침내 대답했다.

「마음대로 하십시오」

　빅토르는 남작과 대화를 나누고 나자 더욱더 혼란스러워졌다.
그의 느낌과 추론은 진실과 완전히 동떨어진 것 같았다.
　금요일 저녁, 빅토르는 생클루의 경관 한 명에게 남작의 집을
자정까지 감시하라고 했다.
　하지만 밤새 수상한 낌새는 전혀 없었다.

남작의 여자

그들은 가르슈에서 파리까지 가는 이십 분 동안 아무 말도 하지 않았다. 남작이 계속 침묵을 지키고, 고분고분한 태도를 보이자 빅토르는 더욱더 의구심이 들었다. 전날 남작이 화장을 했다는 사실을 알아챈 뒤에는 그의 표정에 동요가 없는 점도 별로 놀랍지 않았다. 빅토르는 다시 남작의 얼굴을 살펴보았다. 오늘은 립스틱을 바르지 않은 모양이었다. 게다가 잔뜩 부은 볼과 누렇게 뜬 얼굴을 보니 어젯밤 열이 올라 잠을 못 잔 것 같았다.

빅토르가 물었다.

「어느 동네입니까?」

「뢱상부르 근처에 있는 보지라르가입니다」

「그 여자 이름은요?」

「엘리즈 마송입니다. 폴리베르제르에서 단역 배우였습니다. 제가 엘리즈를 그곳에서 빼내 왔습니다. 그녀는 제가 자기에게 베

푼 은혜를 잊지 않았습니다! 그녀는 폐병을 앓고 있어요」

「그녀한테 돈이 많이 들었습니까?」

「그렇게 많은 금액은 아니었습니다. 그 여자는 아주 검소한 사람입니다. 하지만 그녀한테 시간을 쏟다 보니 제가 일을 적게 했을 뿐이죠」

「그래서 파산을 한 거로군요」

그들은 더 이상 아무 말도 하지 않았다. 빅토르는 남작의 여자를 생각하다가 갑자기 호기심이 솟구쳤다. 극장에서 보았던 그 여자일까? 〈작은 집〉의 살인자일까?

좁은 보지라르가로 들어서니 크고 낡은 건물이 하나 있었다. 그 건물에 있는 집은 모두 평수가 작은 집이었다. 남작은 4층 왼쪽으로 가서 문을 두드리고 벨을 눌렀다.

곧이어 젊은 여자가 문을 열고 팔을 내밀었다. 빅토르의 시선을 사로잡았던 여자는 아니었다.

그녀가 말했다.

「오셨군요! 그런데 혼자 오신 게 아니네요? 친구 분이세요?」

남작이 대답했다.

「아니. 경찰관이셔. 국방부 채권 도난 사건을 수사하고 계신데, 나도 우연히 휘말렸지 뭐야」

여자가 두 사람을 작은 방으로 안내하고 나서야 빅토르는 그녀의 얼굴을 제대로 볼 수 있었다. 여자는 건강이 몹시 안 좋아 보였다. 커다랗고 파란 눈에 약간 비뚤어진 거무스름한 입술, 발그레하면서 윤기 나는 광대뼈……. 그리고 입술에는 전날 남작이 입술에 발랐던 것과 똑같이 보랏빛이 도는 립스틱을 바르고 있었다. 또 실내용 원피스를 입었으며 휑하니 드러난 목에는 주황색 바탕에 초록색 줄무늬가 들어간 커다란 스카프를 둘렀다.

빅토르가 말했다.

「아주 형식적인 조사입니다. 질문 몇 개만 하겠습니다……. 그제, 목요일에 도트레 씨를 봤습니까?」

「그저께요? 어디, 생각해 보죠……. 아! 그래요. 여기로 와서 점심과 저녁 식사를 함께했어요. 그리고 저녁에는 제가 역까지 배웅을 나갔죠」

「어제, 금요일에는요?」

「어제는 아침 7시부터 왔어요. 4시까지 이 방에서 꼼짝도 하지 않고 있었고요. 그리고 여느 때처럼 밖으로 나가서 산책을 했어요」

빅토르는 사전에 준비해 놓은 답변을 듣는 듯한 인상을 받았다. 하지만 때로는 진실도 거짓말을 할 때와 똑같은 말투로 전달할 수도 있지 않을까?

그는 집을 한 바퀴 둘러보았다. 집 구조는 간단했다. 화장실 하나와 부엌 하나, 그리고 옷 방이 하나 있었는데 그곳에 널려 있는 원피스를 치워 보니 여행 가방과 천 가방이 하나씩 있었다.

빅토르는 갑자기 뒤를 돌아보다가 깜짝 놀랐다. 남작과 엘리즈 마송이 서로 눈빛을 주고받고 있었다. 그래서 그는 가방을 열어 보았다.

여행 가방 한쪽에는 여자 속옷과 부츠 한 켤레, 원피스 두 벌이 들어 있었고, 다른 쪽에는 남자 셔츠와 겉옷이 들어 있었다. 작은 가방에는 잠옷 한 벌과 슬리퍼, 그리고 세면도구가 들어 있었다.

빅토르가 일어서며 말했다.

「여행을 떠나려고 하셨습니까?」

남작이 다가와 매서운 눈으로 쳐다보며 말했다.

「말씀해 보십시오. 그렇게 수색할 권리라도 있습니까? 가택 수색이라도 하는 겁니까? 무슨 권리로요? 영장을 보여 주시죠!」

빅토르는 극도로 흥분한 남작을 보며 위험을 느꼈다. 남작의 눈빛에선 살기가 느껴졌다.

빅토르는 주머니 깊숙이 들어 있는 권총을 잡고 남작에게 겨냥하며 말했다.

「어제 파리 북역 근처에서 당신이 여행 가방 두 개를 가지고 있는 모습을 본 사람이 있어……. 그것도 당신 여자와 함께」

남작이 소리쳤다.

「말도 안 되는 소리! 말도 안 돼! 전 열차를 타지도 않았습니다. 지금도 이곳에 있지 않습니까. 그러니까 뭡니까, 솔직히 말씀해 보십시오……. 그러니까 지금 절 의심하는 겁니까? 제가 노란 봉투를 훔쳤다고요? 그게 아니라면……」

그는 목소리를 낮춰 말했다.

「그게 아니라면 레스코를 죽였단 말입니까? 그겁니까, 예?」

남작의 목소리가 거칠게 울렸다. 엘리즈 마송은 창백한 얼굴로 숨을 헐떡이다가 더듬거리며 말했다.

「지금 무슨 말을 하는 거예요? 당신이 사람을 죽였다고요? 가르슈에 사는 사람을 죽였다고요?」

그는 갑자기 웃기 시작했다.

「물론, 그렇게 생각할 수도 있겠죠. 자, 수사관님, 전 아닙니다……. 제 집사람 얘기를 들으셨잖습니까……」

남작은 흥분을 가라앉히고 조금씩 마음을 풀기 시작했다. 빅토르는 권총 손잡이를 놓고 현관 입구 쪽으로 다가갔다. 그러는 동안 도트레는 계속해서 비웃으며 말했다.

「아! 경찰이 행동에 나서는 모습은 처음 보는군요. 경찰은 항상 이런 식으로 실수만 하죠! 이것 보십시오, 수사관님, 이건 이미 몇 주 전부터 싸 놓은 가방이란 말입니다. 우린 남프랑스로 여행 갈 계획을 세웠죠. 하지만 여행을 갈 형편이 안 돼서 그냥 그대로 놓은 것입니다」

여자는 커다랗고 파란 눈을 동그랗게 뜨고 남작의 말을 듣고 있다가 중얼거렸다.

「감히 당신을 의심하다뇨! 어떻게 당신을 살인자로 몰 수가 있죠!」

그 순간 빅토르에게 한 가지 계획이 떠올랐다. 우선 두 부부를 떼어 놓고, 남작을 경찰청으로 데려간 뒤 즉시 가택 수색을 벌이는 것이다. 그다지 내키지는 않았지만 반드시 해야 하는 일이었다. 국방부 채권이 이곳에 있다면 어떤 일이 있어도 다시 놓쳐서는 안 된다.

빅토르가 여자에게 말했다.

「여기서 절 기다리고 계십시오. 그리고 남작님은……」

빅토르는 권위적인 태도로, 열린 문을 가리켰다. 남작은 완전히 기가 죽어 밖으로 걸어 나갔다. 그러고는 계단을 내려가 경찰차 뒷자리에 앉았다.

길 끝에서 경찰관 한 명이 통행을 통제하고 있었다. 빅토르는 그에게 다가가 자기소개를 하고 자동차와 그 안에 타고 있는 남자를 잘 감시하라고 일렀다. 그러고 나서 건물 1층에 있던 포도주 가게로 들어갔다. 가게 뒤편에 전화기가 한 대 있었다. 빅토르는 경찰청에 전화를 걸었다. 하지만 담당자와 통화를 하기 위해서는 잠시 기다려야 했다.

「아! 이제야 연결됐군요. 르페뷔르 씨죠? 전 마약 수사반 빅토르입니다. 지금 뤽상부르 근처에 있는 보지라르가로 경찰관 두 명 좀 빨리 보내 줄 수 있습니까? 여보세요! 좀더 크게 말씀하세요……. 뭐라고요? 생클루로 전화를 했다고요……? 하지만 지금은 생클루에 없는걸요……. 그래서 뭐죠? 저와 얘기를 하고 싶어 한다고요? 누가 말입니까? 국장님이오……? 물론 가겠습니다……. 하지만 그 전에 경찰관 두 명 좀 보내 주십시오……. 서둘러야 합니다, 아셨죠? 아! 르페뷔르 씨, 한 가지만 더요. 전에 폴리베르제르에서 단역 배우로 일했던 엘리즈 마송이란 여자의 신원을 확인해 주십시오……. 예, 엘리즈 마송……」

십오 분 후, 경찰관 두 명이 자전거를 타고 왔다. 빅토르는 4층에 사는 엘리즈 마송이 달아나지 않도록 잘 감시하라고 일러두었다. 그런 다음, 도트레 남작을 데리고 경찰청으로 가서 남작을 동료에게 넘겼다.

고티에 국장은 사무실에서 빅토르를 기다렸다. 고티에는 매우 신중하며 유능한 경찰이었는데, 얼굴은 순해 보였지만 그 뒤로 섬세하고 예리한 판단력을 감추고 있었다. 고티에 국장 옆에는 그와 함께 빅토르를 기다리는 남자가 있었다. 키가 작고 뚱뚱하며 나이는 좀 들었지만 아직도 건장한 체격에 강렬한 카리스마를 가진 사람이었다. 그는 빅토르의 상관 중 한 명인 몰레옹 경찰서장이었다.

국장이 말했다.

「드디어 왔군, 빅토르. 도대체 어떻게 된 건가? 무슨 일이 있어도 연락을 끊지 말라고 몇 번을 말했나! 그런데 이틀 전부터 아무 소식도 없고. 생클루 경찰서에서도 따로 움직이고, 우리 수사관들도 따로, 자네도 따로 움직이니 말이야. 도대체 서로 연락도 안 되고. 합의해서 계획을 짜야 할 것 아닌가」

빅토르는 아무렇지 않게 대답했다.

「말이야 쉽죠. 그럼 국방부 채권 도난 사건과 〈작은 집〉 살인 사건이 전혀 진전을 보이지 않나 보군요?」

「자네는 어떤가, 빅토르?」

「뭐 그다지 나쁘진 않습니다. 하지만 솔직히 말씀드리면 사건에 별 관심은 없습니다. 사건이 흥미롭긴 하지만 열광할 정도는 아니거든요. 모든 게 너무 단편적입니다. 사람들은 모두 제멋대로 행동하고 실수만 연발합니다. 특별히 의심이 가는 인물도 없습니다」

국장이 넌지시 말했다.

「그럴 경우에는 협조를 해야 하네. 몰레옹은 아르센 뤼팽에 대해서 잘 알진 못하지만 예전에 한 번 뤼팽과 맞선 적이 있다네. 또, 몰레옹은 경험도 많고 능력도⋯⋯. 어느 누구보다도 나을 걸세⋯⋯」

빅토르는 국장에게 다가가 놀란 표정으로 말했다.

「지금 뭐라고 하셨습니까? 아르센 뤼팽이오⋯⋯? 확실합니까⋯⋯? 그자가 이 사건에 개입했다는 증거라도 있습니까?」

「확실한 증거가 있지. 스트라스부르에서 아르센 뤼팽을 목격한 사람들이 있네. 그자를 거의 잡을 뻔했는데……. 채권 아홉 장의 소유자인 스트라스부르의 한 사업가는 처음에 개인 금고에 채권을 보관했네. 그러다가 노란 봉투에 넣어 은행 금고에 맡기기로 했고, 은행장은 신중하지 못하게 그 봉투를 자기 책상 서랍에 넣어 두었지. 그런데 그 사업가가 은행에 봉투를 맡긴 바로 다음 날, 채권이 든 봉투가 털린 걸세. 누가 훔쳐 갔겠나? 우리가 입수한 편지를 보면 범인이 누군지 알 수 있네. 아르센 뤼팽……」

「정말로 아르센 뤼팽이 쓴 편지가 맞습니까?」

「그래」

「수신인은 누굽니까……?」

「뤼팽의 애인으로 추측되는 어떤 여자일세. 여러 내용 중에서도 특히 이런 구절이 있었네.

〈내가 훔친 채권을 알퐁스 오디그랑이란 은행 직원이 가로챈 것 같습니다. 이 사건에 관심이 있으시면 파리에서 그자를 찾아보십시오. 저는 일요일 저녁에나 합류하겠습니다. 게다가 저는 그 일에 별로 관심도 없습니다. 제 관심을 끄는 일이라고는…… 천만 프랑 사건뿐입니다. 시간을 투자할 가치가 있는 일은 이 사건뿐이죠. 이 일은 잘 진행되고 있습니다…….〉」

「서명은 없었겠죠?」

「있었네. 자, 보게. Ars. L.」

고티에가 계속해서 말했다.

「일요일은 자네가 발타자르 극장에서 알퐁스 오디그랑과 그의 애인을 만났던 날이지?」

「예. 그런데 여자가 한 명 더 있었습니다. 아주 아름다운 여자였는데 극장에서 오디그랑을 감시하고 있었던 모양입니다…….

레스코가 살해되던 날 밤도 그 여자가 〈작은 집〉에서 도망치는 모습을 목격했습니다」

빅토르는 흥분되는지 사무실 안을 서성거렸다. 항상 침착하던 빅토르가 이렇게 흥분하는 모습은 처음이었다.

잠시 후 빅토르가 말했다.

「국장님, 그 빌어먹을 뤼팽이 개입된 일이라면 끝까지 가 보겠습니다」

「그자를 증오하는 것 같군」

「제가요? 본 적도 없는걸요……. 그자에 대해서는 전혀 모릅니다. 그자도 절 모르는 건 마찬가지고요」

「그런데?」

빅토르는 턱에 힘을 주고 말했다.

「하지만 뤼팽과 저 사이에 해결해야 할 일이 있습니다. 중요한 일입니다. 그 얘긴 나중에 하기로 하죠」

빅토르는 어젯밤과 오늘 아침에 자신이 했던 일과 가르슈에서 수사를 진행한 일, 도트레 부부, 제롬 부부, 그리고 엘리즈 마송과 나눈 대화 내용 등을 보고했다. 엘리즈 마송의 신원 조사 결과도 알려 주었다.

「혈혈단신이죠. 아버지는 알코올 중독자였고 어머니는 결핵 환자였습니다. 친구 집에서 물건을 훔치다가 여러 번 들켰고, 그러다가 폴리베르제르로 가게 됐죠. 몇 가지 자료를 보면 그녀가 국제 범죄단의 끄나풀이라는 짐작이 가능합니다. 현재 결핵 2기입니다」

침묵이 흘렀다. 고티에의 태도를 보니 빅토르가 얻은 결과에 대단히 만족하는 모양이었다.

「몰레옹 서장, 자네 생각은 어떤가?」

「아주 좋습니다」

몰레옹은 그렇게 대답하면서 자연스럽게 불만을 제시했다.

「아주 좋습니다. 세세하게 조사를 했군요. 원하신다면 제가 남작을 다시 직접 신문하겠습니다」

빅토르는 거북하다는 표정을 짓지 않으려고 애쓰며 작은 소리로 말했다.

「신문은 혼자서 하시죠. 전 차에서 기다리겠습니다」

고티에 국장이 말했다.

「저녁에 여기서 다시 모이세. 검찰이 파리에서 예심을 열었네. 이대로만 수사가 진행되면 예심에서 중요한 정보를 제시할 수 있겠군」

한 시간 후, 몰레옹은 남작을 자동차로 데리고 나오며 빅토르에게 말했다.

「이자하고는 더 이상 할 이야기가 없네」

빅토르가 말했다.

「엘리즈 마송의 집으로 갈까요?」

몰레옹이 고개를 저으며 말했다.

「아니! 경찰에서 벌써 그녀를 감시하고 있네. 우리가 도착하기도 전에 가택 수색이 시작될걸. 우리는 그보다 더 급한 일이 있네」

「그게 뭡니까?」

「가르슈 시의원이자 도트레의 집주인인 귀스타브 제롬. 그자는 범행 시각에 뭘 하고 있었지? 제롬의 부인도 똑같은 의문을 제기하지 않았나? 좀 전에 제롬의 친구인 펠릭스 드발의 주소를 알아냈네. 장사꾼이자 생클루에서 부동산 중개인으로 일하는 친구지. 그자에게 물어봐야겠어」

빅토르는 어깨를 으쓱하고 몰레옹 옆에 앉아 운전대를 잡았다. 도트레와 다른 수사관 한 명이 뒷자리에 앉았다.

두 경찰관이 생클루에 있는 한 사무실에서 펠릭스 드발을 찾아냈다. 드발은 갈색 머리에 키가 크고, 수염도 잘 손질한 남자였다. 그는 질문을 받고 웃음을 터뜨렸다.

「아! 그거요? 도대체 내 친구 귀스타브를 두고 무슨 음모를 꾸미는 거죠? 오늘 아침부터 그 친구 부인이 전화를 하질 않나, 기자 두 명이 다녀가질 않나……」

「뭐 때문에요?」

「그저께 저녁…… 그러니까 목요일에 그 친구가 몇 시에 집에 들어갔냐고 묻더군요」

「그래서 뭐라고 대답하셨습니까?」

「그야 당연히 사실대로 말했죠! 그 친구가 저를 제 집 앞에 대려다 줬을 때 10시 30분을 알리는 종이 울렸습니다」

「그렇다면 그 사람 부인 말이 맞겠군. 한밤중에 들어왔다고 했으니」

「예. 저도 들었습니다. 그 친구 부인이 지붕이 날아갈 정도로 소리치더군요. 질투에 사로잡혀 미친 여자처럼……. 〈당신 어제 10시 30분부터 뭐 했지? 어디 있었어?〉 그래서 경찰에서도 10시 30분 이후에 제롬의 행방이 묘연하다고 생각했겠죠. 기자들이 저한테까지 찾아오고……. 그 시간에 범행이 일어났으니까요. 자, 그래서 제 친구 귀스타브가 의심을 받게 된 겁니다」

그는 껄껄 웃어 젖혔다. 귀스타브가 도둑이고 살인자라니! 모기 새끼 한 마리도 못 잡는 귀스타브가 범인이라니!

「당신 친구는 그때 취한 상태였습니까?」

「아! 약간요. 하지만 그 친구는 조금만 마셔도 정신을 못 차리곤 하죠! 그 친구는 여기서 500미터나 떨어진 야외 카페로 가자고 했어요. 자정이 되면 문을 닫는 곳인데도 말입니다. 귀스타브는 정말 못 말린다니까!」

두 경찰은 드발이 말한 카페로 갔다. 카페 종업원은 그저께 단골 손님인 귀스타브 제롬이 10시 30분이 조금 지난 시각에 와서 퀴멜 주(미나리과에 속하는 식물인 커민으로 향을 낸 술——옮긴이)를 한 잔 마시고 갔다고 말했다.

그렇다면 다음과 같은 의문이 생긴다.

〈귀스타브 제롬은 10시 30분부터 새벽까지 어디서 뭘 했을까?〉

이들은 도트레 남작을 집 앞에 내려 주고, 그를 감시할 수사관 한 명을 붙여 놓았다. 몰레옹은 제롬의 저택으로 가자고 했다.

하지만 제롬 부부는 집에 없었다.

몰레옹이 말했다.

「점심이나 먹으러 가세. 시간이 많이 지났군」

그들은 체육관에 딸린 카페에서 점심을 먹었다. 하지만 말은 거의 주고받지 않았다. 빅토르는 아무 말도 하지 않고 기분 나쁜 표정을 지었다. 그렇게 함으로써 몰레옹의 행동이 유치하다는 자신의 생각을 드러내려는 의도였다.

몰레옹이 소리쳤다.

「뭐야! 자네는 그자의 행적에 수상한 점이 없다고 생각하는 건가?」

「그자라뇨?」

「귀스타브 제롬 말일세」

「귀스타브 제롬이요? 그건 둘째 문제죠」

「하지만 젠장……! 자네의 계획을 말해 보게」

「엘리즈 마송을 미행하는 겁니다」

몰레옹은 갑자기 열이 받았는지 고집을 부리며 말했다.

「내 계획은 도트레 부인을 따라가는 걸세. 어서 가지」

「그럼 가죠」

빅토르는 어깨를 으쓱하며 그의 명령에 따랐다.

수사관이 집 앞쪽 인도에서 보초를 서고 있었다. 빅토르와 몰레옹은 위층으로 올라갔다. 몰레옹이 벨을 누르자 잠시 후 문이 열렸다.

그들이 안으로 들어가려는 순간 아래쪽에서 부르는 소리가 들렸다. 경찰관 한 명이 서둘러 달려 올라왔다. 그는 빅토르가 보지라르가에서 엘리즈 마송의 집을 감시하라고 일러두었던 자전거 경관 중 한 명이었다.

빅토르가 물었다.

「왜, 무슨 일이지?」

「그 여자가 죽었습니다……. 목이 졸린 것 같습니다……」

「엘리즈 마송이?」

「예」

몰레옹은 충동적인 사람이었다. 그는 빅토르가 말한 대로 보지

라르가에서부터 수사를 시작하지 않은 것이 잘못이었다고 깨닫자 갑자기 화를 내며 누구를 공격해야 할지 몰라 무작정 도트레 부부의 방으로 쳐들어갔다. 몰레옹은 그들의 반응을 떠 보려는 듯 버럭 고함을 질렀다.

「도트레 남작, 그녀가 살해됐습니다……. 자, 결국 이렇게 됐단 말입니다! 그 불쌍한 여자가 위험하다는 사실을 왜 말하지 않았습니까……? 도트레, 당신이 채권을 감춰 둔 장소를 그녀에게 말했기 때문에 살해당한 거겠죠……. 아니면 다른 누군가가 벌써부터 알고 있었거나……. 그게 누굽니까? 이제야 우리를 도와주시겠습니까?」

빅토르가 끼어들려고 했지만 몰레옹이 고집스럽게 말했다.

「빅토르, 뭔가? 신중하게 행동하라고? 하지만 그건 내 방식이 아닐세. 지금 도트레의 애인이 살해당했어. 난 저자가 우리한테 정보를 줄 건지 말 건지 그걸 알고 싶을 뿐이야……. 곧! 지금 당장!」

몰레옹의 말에 반응을 보인 사람이 있기는 있었다. 하지만 그가 무슨 말을 하는 것인지 알아내려고 눈을 동그랗게 뜬 사람은 도트레가 아니라 그의 부인이었다. 그녀는 벌떡 일어서서 매서운 눈으로 남편을 바라보았다. 자기 남편이 수사관의 말에 깜짝 놀라며 부인하기를 바라는 눈치였다. 도트레 부인은 쓰러지면서 벽에 몸을 기댔다. 몰레옹이 말을 마치자 그녀가 더듬거리며 말했다.

「여자가 있었다고……? 당신! 당신이! 막심 당신이! 여자라니…… 그래서 매일같이 파리로 갔던 거로군……」

그녀는 낮은 목소리로 반복해서 말했다. 붉게 달아오른 얼굴은 점점 잿빛으로 변해 갔다.

「여자……! 여자라고……! 어떻게 당신이 그럴 수가……! 여자가 있었다고……!」

마침내 남작이 신음에 가까운 작은 소리로 대답했다.

「가브리엘, 용서해 줘……. 결국 이런 일이……. 어떻게 해야 할지 모르겠군……. 이제 그녀가 죽었으니……」

그녀는 성호를 그으며 말했다.

「그 여자가 죽었다고……?」

「당신도 들었잖아……. 이틀 전부터 일어난 일들은 모두 끔찍해……. 이해할 수가 없어……. 이 모든 게 악몽 같아……. 왜 날 이렇게 괴롭히는 거지? 왜 이자들이 날 체포하려고 하지?」

도트레 부인은 몸을 부르르 떨며 말했다.

「체포라니…… 미쳤군……. 당신, 당신이 체포된다니!」

그녀는 절망에 빠져 바닥에 쓰러졌다가 무릎을 꿇고, 두 손을 모아 몰레옹에게 간청했다.

「아니, 아닙니다……. 당신들은 그럴 권리 없어요……. 맹세컨대 이 사람은 결백합니다. 이 사람이 레스코를 죽였다뇨? 이 사람은 제 옆에 있었습니다……. 아! 주여……. 이 사람이 절 안았어요……. 그러고 나서……. 그러고 나서……. 전 이 사람 품에서 잠이 들었습니다……. 이 사람 품에서요……. 그런 사람이 무슨 범행을 저질렀겠어요……? 아닙니다. 안 그렇습니까? 정말 끔찍하군요」

그녀는 다시 몇 마디를 내뱉은 다음, 말끝을 흐리며 기절했다.

남편의 외도를 알아차린 부인이 당황하고, 슬퍼하다가도 남편을 위해 애원하는 모습……. 기절하는 것도 무리가 아닌 것 같았다. 게다가 그녀의 행동은 매우 진실해 보였다. 거짓말을 하는 것 같지는 않았다.

막심 도트레는 부인을 돌볼 생각도 하지 않고 울기만 했다. 잠시 후, 그녀도 희미하게 정신을 차리고 남편과 같이 흐느껴 울기 시작했다.

몰레옹은 빅토르의 팔을 잡고 방 밖으로 데리고 나왔다. 현관으로 나오니 나이 든 하녀 안나가 있었다. 그녀도 방에서 나눈 이야기를 들은 모양이었다. 몰레옹이 그녀에게 말했다.

「도트레 부부에게 오늘 저녁까진 여기서 꼼짝도 하지 말라고 전해 주시오……. 아니, 내일까지……. 그리고 아파트 아래 보초를 서는 경찰이 있으니 나갈 수도 없을 거요」

그는 차에 타고 나서 흥분한 목소리로 말했다.

「부인이 거짓말을 하는 걸까? 어떻게 알겠어? 연기를 하는 것일 수도 있잖아? 자넨 어떻게 생각하나?」

하지만 빅토르는 아무 대답 없이 서둘러 차를 몰았다. 몰레옹은 속도가 너무 빠르다고 말하려다가 빅토르가 오히려 속도를 두 배로 올릴까 겁이 나서 섣불리 말을 꺼내지 못했다. 그들은 둘 다 화가 나 있었다. 경찰국장 때문에 한 팀이 된 두 수사관은 전혀 마음이 맞지 않았다.

보지라르가로 몰려든 사람들을 헤치고 집 안으로 들어갈 때까지도 몰레옹은 화가 풀리지 않았다. 반면에 빅토르는 매우 편안한 모습이었다.

빅토르가 들은 이야기와 스스로 알아낸 사실을 정리해 보면 다음과 같다.

1시, 가택 수색을 하기로 한 경찰관들이 4층에서 초인종을 눌렀지만 안에서는 아무 대답도 없었다. 경찰관들은 거리에서 집을 감시하던 자전거 경관에게 엘리즈 마송이 집을 나서지 않았다는 이야기를 전해 듣고, 가장 가까운 거리에 사는 열쇠 수리공을 불렀다. 문이 열려서 들어가 보니 입구에서부터 엘리즈 마송의 모습이 보였다. 그녀는 창백한 얼굴로 방에 있는 기다란 침대 겸용 소파에 거꾸러져 있었다. 팔은 뻣뻣했고, 손목은 반항을 했는지 비틀어져 있었다.

피를 흘린 흔적은 없었다. 무기도 보이지 않았다. 가구와 물건들을 보니 싸운 흔적도 없었다. 하지만 얼굴은 퉁퉁 붓고, 검은 반점으로 덮여 있었다.

부검의가 말했다.

「이 반점이 중요합니다. 끈이나 수건 같은 것으로 목을 조른 게 분명합니다……. 아마도 스카프 같은 것으로…….」

빅토르는 희생자가 목에 두르고 있던 주황색 스카프가 없어졌다는 사실을 알아차렸다. 그는 경찰관들에게 물어보았다. 하지만 아무도 스카프를 보지 못했다고 대답했다.

범인이 서랍과 거울 달린 옷장을 손대지 않은 채 그대로 놔둔 게 이상했다. 빅토르는 다시 여행 가방 두 개를 살펴보았다. 아침에 보았던 상태 그대로였다. 그렇다면 살인자가 국방부 채권을 찾지 못한 걸까? 아니면 애당초 이곳에는 채권이 없다는 사실을 알고 범행을 저지른 걸까?

아파트 수위는 수위실에서 입구가 보이지 않기 때문에 드나드는 사람들을 관찰하기 힘들다고 했다. 또 가구 수가 워낙 많아 왔다 갔다 하는 사람들을 전부 알 수는 없다고 했다. 수위는 평소와 다른 점을 발견하지도 못했고, 특별히 제공할 정보도 없는 것 같았다.

몰레옹이 빅토르를 따로 불러내서 말했다. 6층에 사는 세입자 한 명이 정오가 되기 조금 전에 3층과 4층 사이에서 한 여자가 재빨리 계단을 뛰어 내려가는 모습을 목격했다는 것이다. 그런데 그 순간, 4층 복도에서 현관 문 하나가 닫히는 소리가 들렸다고 했다. 여자는 간편한 옷차림이었는데 돈이 많고 일부러 얼굴을 가리는 것처럼 보였다.

몰레옹이 말했다.

「부검 의사의 말대로라면 사망 시각은 대략 오전 끝 무렵이야……. 하지만 여자의 건강 상태가 안 좋았기 때문에 2~3시간 가량 오차가 날 수 있다더군. 또, 1차 수사 결과, 살인범의 지문은 전혀 남아 있지 않아. 장갑을 사용한 모양이야」

빅토르는 구석에 앉아 주위를 관찰했다. 경찰관 한 명이 방을 돌아다니며 장식품을 하나씩 들어 보기도 하고, 벽을 살펴보며 커튼도 흔들어 댔다. 그때, 짚으로 만든 낡은 담뱃갑 하나가 눈에 띄었다. 뚜껑은 열린 채였고 안은 비어 있었다. 빅토르는 케이스 안에서 초점이 안 맞아 희미한 사진 열다섯 장을 발견했다.

경찰관이 다른 곳을 살피러 간 사이에 빅토르는 사진을 살펴보았다. 사진은 전문가의 솜씨는 아니었고, 그냥 친구들끼리 놀다가 찍은 듯이 평범했다. 엘리즈 마송의 친구들은 그녀와 같은 단역 배우거나 재봉사, 가게 점원들인 것 같았다. 하지만 담뱃갑 바닥에 깔려 있는 실크 천을 들어 보니 두 번 접힌 사진이 한 장 더 있었다. 그 사진도 조금 전에 본 것과 같은 종류의 사진이었는데 다른 사진에 비해서는 훨씬 선명했다. 사진의 주인공은 발타자르 극장과 〈작은 집〉에서 본 수상한 여자가 분명했다.

빅토르는 담뱃갑을 주머니에 넣고 아무에게도 말하지 않았다.

체포

경찰 국장은 〈작은 집〉에 도착한 예심판사 발리두의 사무실에서 회의를 소집했다. 예심판사는 〈작은 집〉에서 수사를 하고 각종 증거들을 수집했다.

회의는 다소 혼란스럽게 진행되었다. 국방부 채권 때문에 벌써 살인 사건이 두 건이나 벌어졌고, 대중들은 큰 충격에 휩싸였다. 신문은 온통 비난의 글로 도배되다시피 했다. 사건이 너무 모순되고 일관성 없이 혼란스런 양상을 보이자 아르센 뤼팽의 이름이 거론되었으며, 그와 관련하여 터무니없는 추측과 근거 없는 비난을 내세운 글도 실렸다. 불과 일주일 동안 파장은 급속히 확산되었다. 그 사이에도 매일매일 새로운 사건이 발생했다.

경찰청장이 직접 몰레옹 서장의 보고를 받은 후 말했다.

「지금부터는 신속하게 행동에 나서고 또 반드시 성공해야 합니다. 각자 자발적으로 움직이고, 더 급한 일이 있으면 하던 일에서 물러설 줄도 알아야 합니다. 무엇보다 신속히 행동하십시오……」

발리두 판사는, 수사는 상황 전개에 맞추어 이루어져야 한다는 원칙을 고수하는 사람이었다. 또한 그는 흐리멍덩하고 우유부단한 인물이었다. 신속히 행동하라는 말은 벌써하지 않았는가? 하지만 사건에 발을 들여놓는 순간 진실은 희미해지고, 확실하다고 믿었던 사실도 순식간에 사라지며 수사관들 간에도 의견이 갈라지는 상황에서 어떤 방향으로 행동을 하란 말인가? 수사관 각자의 의견이 논리적이면서도 또한 취약함을 함께 드러내는 상황에서 어떻게 성공하란 말인가?

우선, 국방부 채권 도난 사건과 레스코 살인 사건 사이에 관련이 있다는 사실을 증명할 방법이 없었다. 알퐁스 오디그랑과 타자수인 에르네스틴은 채권이 자신들의 손을 거쳐 갔다는 사실을 부인하지 않았다. 하지만 레스코와의 긴밀한 관계가 입증됐는데도 샤생 부인은 계속해서 범행을 부인했다. 또, 도트레 남작이 범행을 저질렀다는 추정에 무게가 실리긴 했지만 남작의 범행 동기가 확실치 않았다.

마지막으로, 레스코의 살인범과 엘리즈 마송의 살인범은 어떤 관계가 있을까?

몰레옹이 말했다.

「요컨대 일련의 사건들은 서로 아무 연관이 없습니다. 이 사건 모두에 빅토르 수사관이 개입했다는 사실을 제외하고는 말입니다. 빅토르 수사관은 지난 일요일, 발타자르 극장에서부터 오늘 엘리즈 마송 살해 사건 현장에 이르기까지 숨 가쁘게 뛰어 다녔습니다. 그러니까 우리는 그동안 이번 사건에 대한 빅토르 수사관의 개인적인 해석을 그대로 받아들인 겁니다」

빅토르 수사관은 어깨를 으쓱했다. 정말로 짜증 나는 회의였다. 빅토르가 몰레옹 서장의 말에 아무 대꾸도 하지 않자 회의는 흐지부지 끝났다.

일요일, 빅토르는 한 경찰관을 집으로 불러들였다. 그 경찰관은 은퇴할 나이가 지났지만 아직도 경찰청을 떠나지 않고 일을 계속했다. 경찰청에서도 그를 믿음직스럽고 능력도 뛰어난 사람이라 판단해 계속 사건을 맡겼다. 또한 그는 빅토르를 존경하여 그의 말에 무척 헌신적이었다. 그러니까 빅토르가 부탁하는 일이라면 꼼꼼하게 수행할 것이다.

빅토르가 늙은 경찰관 라르모나에게 말했다.

「엘리즈 마송에 대해 가능한 한 자세한 정보를 입수해 주십시오. 그리고 그녀와 친했던 친구들에 대해서도 알아봐 주시고……. 막심 도트레 말고 또 다른 남자는 없었는지 조사해 보십시오」

월요일, 빅토르는 다시 가르슈로 갔다. 그리고 검찰청에서 와서 오전에는 엘리즈 마송의 아파트를 수사하고, 오후에는 〈작은 집〉 살인 사건에 대한 자료들을 수집해 갔다.

도트레 남작은 태연한 체하다가 질문을 받자 흥분하며 알리바이를 제시했다. 하지만 집에 꾸려 놓은 여행 가방 두 개와 회색 모자를 보니 사건 다음 날, 남작이 택시를 타고 파리 북역 근처를 지났다는 목격자의 말은 사실인 것 같았다.

판사가 남작 부부에게 동시에 신문을 하고 싶다며 남작 부인도 데려오라고 했다. 남작 부인이 〈작은 집〉 응접실로 들어서자 그곳에 있던 사람들은 깜짝 놀라 입을 떡 하니 벌렸다. 부인의 한쪽 눈은 붓고, 볼에는 할퀴어 난 상처에 피가 맺히고 턱은 돌아간 상태였다. 그녀는 구부정한 모습으로 간신히 발을 떼었다. 나이든 하녀 안나가 뒤늦게 들어와 부인을 부축했다. 하녀가 남작에게 주먹을 내밀며 소리쳤다.

「판사님, 오늘 아침에 부인을 이렇게 만든 게 바로 저 사람입니다. 제가 두 사람 사이에 끼어들지 않았다면 죽였을지도 몰라요. 판사님, 저 사람은 미쳤어요, 완전히 미쳤다고요……. 아무 말도 없이 있는 힘을 다해서 부인을 때렸다고요」

막심 도트레는 아무 설명도 하지 않았다. 남작 부인은 다 꺼져가는 목소리로 더듬거리며 하녀가 도무지 무슨 말을 하는 건지 모르겠다고 말했다. 그러자 남작은 갑자기 부인에게 다가가 사이좋은 부부처럼 말을 건넸다.

남작 부인이 말했다.

「제 남편은 정말 고통스러워하고 있어요! 그동안 일어난 일 때문에 머리가 돌 지경이었죠……. 저 사람은 저를 절대로 때리지 않았습니다……. 그렇게 생각하시면 안 됩니다」

그녀는 남편에게 손을 내밀고, 애정을 담은 눈으로 그를 바라보았다. 반면에 남작은 빨갛게 충혈된 눈으로 먼 곳을 응시하며 눈물을 흘리고 있었는데 그러고 있으니 10년은 더 늙어 보였다.

빅토르가 남작 부인에게 질문했다.

「아직도 남편이 목요일 저녁, 11시에 귀가했다고 확신하십니까?」

「예」

「그리고 침대에 누워 부인을 안았다고 하셨죠?」

「예」

「좋습니다. 하지만 남편께서 삼십 분이나 한 시간 후에 다시 일어났는지는 확실치 않으시죠?」

「남편은 다시 일어난 적이 없습니다」

「무슨 근거로 그렇게 확신하시는 겁니까?」

「남편이 침대를 떠났다면 저도 느꼈을 겁니다. 남편 품안에서 잠이 들었으니까요. 게다가……」

남작 부인은 얼굴이 발그레해져서 중얼거렸다.

「한 시간쯤 후에 약간 잠이 깬 상태에서 제가 남편에게 말했어요. 〈당신 알아요? 오늘이 내 생일이에요.〉하고요」

「그래서요?」

「그래서 남편이 다시 안아 줬어요」

남작 부인은 남편을 변호해 주면서도 무척 쑥스러워했다. 그런데 그런 모습이 왠지 모르게 가슴 뭉클했다. 빅토르는 여전히 의심을 떨칠 수가 없었다. 남작 부인이 연기를 하는 것은 아닐까? 남편을 구하려고 일부러 확신에 가득 찬 말투로 이야기하는 것은 아닐까? 그래서 진실해 보이는 것이 아닐까?

판사는 여전히 판단을 내리지 못했다. 그런데 경찰청에 있던 몰레옹이 막 도착해서 사건을 다른 방향으로 이끌었다. 그는 수사관들을 〈작은 집〉 정원으로 데리고 나가서 열을 내며 말했다.

「새로운 정보입니다……. 두 가지 중요한 사실……, 아니 세 가지로군요……. 우선, 빅토르 수사관이 2층 창문에서 목격했다고 한 공범이 사용한 철 사다리에 관한 내용입니다. 라셀 종마 사육장에서부터 부지밭까지 이어지는 언덕을 따라가다 보면 버려진 공원이 하나 있는데, 오늘 아침 거기서 사다리를 찾았습니다. 살인범 또는 살인범들이 담장 너머로 사다리를 버렸을 겁니다. 저는 그 사다리를 제조업자에게 가지고 갔습니다. 그는 그 사다리를 어떤 여자가 사 갔다고 했습니다. 인상착의를 들어 보니 보지

라르가에서 살인 사건이 일어난 시각, 엘리즈 마송의 집 근처에 서 보았다는 여자와 일치했습니다. 여기까지가 첫 번째 정보입니 다!」

몰레옹은 숨을 가다듬고 계속해서 말했다.

「두 번째. 오르페브르 역 승강장에서 한 택시 기사가 신고를 했습니다. 레스코가 살해된 다음 날인 금요일 오후, 그는 뢰상부 르에 택시를 정차해 놓고 있었다고 합니다. 그때, 천 가방을 든 남자와 여행 가방을 든 여자가 택시에 올라타서 말했답니다.

〈파리 북역으로 갑시다.〉

〈출발 승강장으로요?〉

〈예.〉

하지만 열차 시간에 비해 너무 일찍 도착했는지 역 주변을 한 시간이나 돌았다더군요. 그러고 나서 택시에서 내렸는데 기사가 지켜보니 카페테라스에 앉아 있다가 지나가던 신문팔이에게 석간 신문을 하나 샀답니다. 그리고 남자가 여자를 데리고 가서 혼자 뢰상부르로 태워 보내고는 남자만 다시 짐 가방 두 개를 들고 돌 아와 보지라르가로 돌아갔다는 겁니다」

「인상착의는?」

「남작과 그의 애인이 맞습니다」

「시각은?」

「5시 30분이오. 이유는 모르겠지만 도트레 남작은 생각이 바뀌 어 외국으로 도망가기를 포기하고 여자를 집으로 돌려보낸 다 음, 자기도 택시를 탔던 겁니다. 그런 다음 6시 열차를 타고 가르 슈로 돌아왔고, 사건에 직접 부딪히기로 결심한 남작은 아무 일 도 없던 것처럼 우리 앞에 모습을 드러낸 거죠」

예심판사가 물었다.

「그럼 세 번째 정보는?」

「시의원인 귀스타브 제롬에 관한 내용입니다. 익명으로 전화 제보가 들어왔습니다. 빅토르 수사관은 제롬 의원에게 별 신경을 쓰지 않았지만 전 그 사람의 뒤를 추적하고 있었죠. 제게 전화 제보를 한 사람은 수사를 면밀히 진행하면 귀스타브 제롬 의원이 카페에서 술을 마신 다음에 무엇을 했는지 알 수 있을 거라고 말했습니다. 특히, 서재에 있는 책상 서랍을 뒤져 보면 흥미로운 물건이 나올 거라더군요」

몰레옹은 말을 마쳤다. 몰레옹과 빅토르 수사관은 시의원의 저택으로 갔다. 빅토르 수사관은 내키지 않았지만 어쩔 수 없었다.

귀스타브 제롬은 부인과 함께 서재에 있었다. 빅토르는 제롬 부부와 구면이어서, 몰레옹 서장만 자기소개를 했다.

귀스타브 제롬은 팔짱을 끼고 화를 내며 큰 소리로 말했다.

「아! 뭐죠! 그런 말도 안 되는 수사를 아직도 계속하는 겁니까? 사흘 전부터 이런 일이 계속되는 게 당연한 겁니까? 제 이름이 신문에도 나왔다고요! 사람들은 저와 인사도 하지 않으려고 합니다……! 알겠습니까! 앙리에트도 당신이 했던 것처럼 나에 대한 험담을 늘어놓고, 부부 사이에서 있었던 일들까지 떠벌리더군요! 이제 우리 편은 아무도 없단 말입니다」

지난번에는 매우 사나워 보였던 앙리에트 제롬이 오늘은 고개를 숙인 채 조용히 말했다.

「당신 말이 맞아. 내가 말했지. 드발이 당신을 꼬드겨서 여자들을 데리고 놀고 있을 거란 생각이 들었다고. 그래서 제정신이 아니었던 거야. 내가 정말 바보 같았어! 내가 실수했지. 당신은 자정 전에 집에 돌아왔는데 말야」

몰레옹 서장은 마호가니 책상을 가리키며 말했다.

「저 책상 열쇠를 가지고 계십니까?」

「물론이죠」

「그럼 열어 보십시오」

「그러죠」

제롬 의원은 주머니에서 열쇠 꾸러미를 꺼내 스트레티르 책상 (처음에는 의자가 있고 서랍이 많은 독서용 책상을 가리켰으나 18세기 후반에 이르러 책상의 판을 선반처럼 위로 접었다 펼쳤다 할 수 있는 것으로 바뀌었다─옮긴이)의 선반을 아래로 내렸다. 그러자 작은 서랍 대여섯 개가 나타났다. 몰레옹은 다가가서 서랍을 열어 보았다. 그중 서랍 하나에 검은 천으로 만든 주머니가 하나 있었고, 위쪽은 끈으로 묶여 있었다. 주머니를 열어 보니 반짝이는 흰색 물질이 보였다…….

몰레옹이 말했다.

「스트리크닌(백색 결정으로 매우 쓰며 유독 물질이다. 중추 신경 흥분제로 위나 장, 방광 아토니(atonie)를 비롯하여 순환 장애, 만성 식욕 부진 등에 쓰인다. 하지만 다량 사용할 경우 근육을 경직, 경련 시키는 부작용이 있다─옮긴이)이로군요. 이걸 전부 어디서 구했죠?」

「어렵지 않습니다. 전 솔로뉴에 사냥터를 하나 가지고 있습니다. 스트리크닌은 해충을 없앨 때 사용하기 때문에…….」

「레스코가 키우던 강아지가 스트리크닌에 독살된 사실을 알고 계십니까?」

귀스타브 제롬은 거리낌 없이 웃으며 말했다.

「그래서요? 스트리크닌을 가진 사람이 세상에 저 혼자랍니까? 제가 이 약에 대한 독점권이라도 가졌다고 생각하시는 겁니까?」

하지만 앙리에트는 웃지 않았다. 표정은 밝았지만 왠지 모르게 두려워하는 것 같았다.

몰레옹이 명령했다.

「책상 서랍을 전부 여십시오」

제롬은 이제야 걱정이 되는 듯, 잠시 망설이다가 결국 몰레옹 서장의 말을 따랐다.

몰레옹은 서류를 뒤적거리며 여러 문서와 장부를 살펴보았다. 그러다가 브라우닝 권총 하나를 발견하고 총을 자세히 관찰했다. 그는 데시미터 자로 총구의 반경을 측정한 뒤 입을 열었다.

「7발 장전식 브라우닝 권총이군요. 7.65구경인 것 같습니다만」

제롬이 대답했다.

「예. 7.65밀리미터 맞습니다」

「그럼 범인이 쏜 총과 같은 구경이군요. 한 발은 레스코가 맞아 죽고, 또 한 발은 에두앙 수사관이 맞고 부상을 당했죠」

「그래서 뭘 어쩌겠다는 겁니까? 전 이 총을 산 이후로 한번도 사용한 적이 없단 말입니다……. 총을 구입한 지도 오륙 년은 됐고요……」

몰레옹은 탄창을 열어 보았다. 구멍 두 개가 비어 있었다.

「두 발이 비는군요」

그는 다시 총을 살펴본 뒤 계속해서 말했다.

「의원님께서 뭐라고 말씀하시든 총구 안에 묻은 화약 가루로 보아 최근에 발사된 것이 분명합니다. 전문가가 다시 감정을 하겠지만……」

귀스타브 제롬은 혼란스러운 표정으로 오랫동안 멍하니 서 있었다. 그는 생각에 잠겼다가 어깨를 으쓱하며 말했다.

「모든 게 뒤죽박죽이군요. 아무리 수많은 증거를 들이대도 진실은 달라지지 않습니다. 제가 범인이라면 이 책상 서랍에 스트리크닌과 두 발이 비어 있는 총을 넣어 두지는 않았을 겁니다」

「그럼 이 일을 어떻게 설명하시겠습니까……?」

「전 아무 설명도 하지 않을 겁니다. 범행은 새벽 1시에 일어났습니다. 그런데 제 정원사인 알프레드가 조금 전에 말하더군요. 그 사람은 제 주차장 바로 옆에 사는데 제가 귀가한 시각이 11시경이었다고 했습니다」

제롬은 일어서서 창문으로 다가가더니 밖에 대고 소리쳤다.

「알프레드!」

정원사 알프레드는 소심한 성격인지 모자를 손가락 사이에 끼고 스무 번도 넘게 돌리기만 하면서 대답을 망설였다.

몰레옹이 화를 내며 말했다.

「당신 집에서도 제롬 씨가 차를 타고 들어오는 소리가 들립니까?」

「뭐! 그야 때에 따라 다르죠……. 어떤 때는……」

「그럼 그날은?」

「확실치 않습니다……. 아마……」

귀스타브 제롬이 소리쳤다.

「뭐야! 확실치 않다니……?」

몰레옹이 정원사에게 다가가며 둘 사이에 끼어들었다. 그는 매서운 말투로 말했다.

「망설일 필요 없습니다……. 거짓 진술을 할 경우 당신에게 더 큰 피해가 갈 수 있으니까요. 진실만을 정확히 얘기하십시오……. 저희가 알고 싶은 건 단지……. 그날 저녁 자동차가 들어오는 소리를 들은 시각이 몇 시였습니까?」

알프레드는 다시 한 번 모자를 돌리고 나서 침을 삼키고 코를 훌쩍이더니 더듬거리며 말하기 시작했다.

「1시 15분 무렵이었어요……. 아니면 1시 30분이었던가……」

그는 힘겹게 말을 끝마쳤다. 편안하게 기분 좋은 표정을 짓던 제롬은 갑자기 알프레드를 문으로 밀어붙이며 발길질을 했다.

「어서 꺼져! 다신 네놈 얼굴을 볼 일은 없을 거다……. 오늘 저녁에 다 정리해……」

그러고는 갑자기 안정을 되찾았는지 몰레옹에게 다가와 말했다.

「이제 좀 괜찮군……. 수사관님은 하고 싶은 대로 하십시오……. 하지만 경고하죠……. 저한테서는 한마디도 들을 수 없을 겁니다……. 한마디도요……. 할 수 있으면 어디 맘대로 해 보십시오……!」

제롬 부인이 흐느끼며 남편의 품안으로 뛰어들었다. 몰레옹과 빅토르는 제롬을 데리고 〈작은 집〉으로 돌아왔다.

그날 저녁, 도트레 남작과 귀스타브 제롬은 지방 경찰청으로 불려 와 예심판사 앞에 서야 했다.

같은 날 저녁, 경찰 국장인 고티에는 빅토르를 만나 이야기했다.

「좋아, 빅토르, 이제 좀 진전이 있지, 안 그런가?」

「아직은 그렇게 말하기에 좀 이릅니다」

「그래도 설명해 보게」

「아! 그래 봐야 무슨 소용 있습니까? 우린 여론이 만족할 만한 걸 제시해야 하고, 바로 그걸 찾아내지 않았습니까? 몰레옹 만세! 빅토르는 허깨비죠!」

그는 자신의 상관에게 당부했다.

「범행 다음 날, 파리 북역에서부터 생라자르 역까지 남작을 태운 택시 기사를 찾으면 꼭 저한테 알려 주십시오」

「뭘 하려고?」

「국방부 채권을 찾으려고요……」

「그래! 그럼 그동안 뭘 할 건가……?」

「그동안은 아르센 뤼팽이나 열심히 쫓아다녀야죠. 이 사건은 전부 뒤얽혀 엉뚱한 방향으로 흘러가고 있습니다. 단편들로 이루어진 사건……. 아르센 뤼팽이 이번 사건에서 어떤 역할을 했는지 밝혀 내기만 하면 이 사건의 의미를 알 수 있을 겁니다. 그때까진 암흑 속에서 혼란스럽게 횡설수설할 수밖에 없죠」

실제로 여론은 수사 결과에 만족했다. 하지만 〈작은 집〉 살인 사건과 보지라르가의 살인 사건, 그리고 채권 도난 사건, 어느 하나 명확히 밝혀진 것은 없었다. 다음 날, 도트레와 제롬을 불러 신문을 했지만 아무 답변도 얻지 못했다. 결국 두 사람은 유치장에서 잠을 청해야 했다.

신문지상에서나 대중들의 눈에 두 사람은 아르센 뤼팽의 공범으로 여겨졌다. 또, 그들과 아르센 뤼팽 사이에서 뤼팽의 여자가 중간 역할을 한 것으로 추측하기도 했다. 조사를 해 보면 각자 맡은 역할이 드러날 것이다.

빅토르는 생각했다.

「어쨌든, 이 모두가 그렇게 잘못된 추측만은 아니란 생각이 드는군. 중요한 건 뤼팽을 잡는 거야. 그게 아니면 뤼팽의 여자라도……. 발타자르 극장에서 본 여자와 〈작은 집〉에서 본 여자, 사다리를 산 여자, 엘리즈 마송이 살던 아파트에서 목격했다는 여자가 모두 동일 인물일까? 여자는 한 명뿐일까?」

그는 사다리를 판 점원과 여자를 보았다는 아파트 세입자에게 엘리즈 마송의 아파트에서 가져온 사진을 보여 주었다. 답변은 모두 한결같았다. 〈그 여자가 맞다. 그 여자가 아니라면 귀신처럼 꼭 닮은 여자일 것이다!〉

마침내 어느 날 아침, 빅토르는 자신의 충실한 친구인 라르모나에게서 속달우편을 받았다.

미행 중. 엘리즈 마송의 시신이 묻힌 샤르트르로 감. 그럼 오늘 저녁에

그날 저녁, 라르모나는 빅토르를 데리고 엘리즈의 한 여자 친구에게 데려갔다. 그녀는 고아인 엘리즈 마송의 초라한 장례식에 참석한 유일한 사람이었다. 아르망드 뒤트레크는 갈색 머리에 아름답고 태도도 거침없는 여자였다. 그녀도 폴리베르제르에서 일하다가 엘리즈를 알게 된 뒤로 자주 만나는 사이가 되었다고 했

다. 그녀는 엘리즈가 희한한 성격이었으며 〈수상한 관계〉로 보이는 사람들과 알고 지냈다고 말했다.

빅토르는 아르망드 뒤트레크에게 사진을 전부 살펴봐 달라고 부탁했다. 마지막 사진에 이르자 그녀는 즉각 반응을 보였다.

「아! 이 여자, 본 적 있어요…….. 키가 크고, 창백한 피부에……, 그 눈은 정말 잊을 수가 없어요. 오페라 극장 앞에서 엘리즈와 만날 약속이 있었는데……. 엘리즈가 어떤 여자가 운전하는 차에서 내렸어요……. 이 여자가 바로 그때 운전하던 여자예요」

「엘리즈가 그 여자에 대해 말하지 않던가요?」

「아뇨. 하지만 한번은 엘리즈가 우체국에서 편지를 부치는데 수신인 주소를 보다가 깜짝 놀란 적이 있어요. 글쎄 〈…… 공주〉라고 씌어져 있는 거예요. 그런데 러시아 이름이어서 읽을 수가 없었어요……. 또 호텔 이름이 있었는데, 주소는 콩코르드 광장이었어요. 전 바로 그 여자라는 걸 알 수 있었죠」

「오래전 일이었습니까?」

「3주 전이오. 그 이후로는 엘리즈를 보지 못했어요. 엘리즈는 도트레 남작과 만나는 데 시간을 많이 보냈거든요. 그리고 병에 걸린 것 같다며 산에서 요양할 생각만 했어요」

그날 저녁, 빅토르는 알렉산드라 바실레이에프라는 공주가 콩코르드 광장에 있는 특급 호텔에 묵고 있다는 사실을 알아내고 샹젤리제에 있는 케임브리지 호텔로 편지를 보내 답장을 받았다.

바실레이에프 공주? 빅토르와 라르모나가 그녀에 대한 정보를 수집하는 데는 하루밤에 걸리지 않았다. 바실레이에프라는 성을 사용하는 러시아 대귀족 가문의 여자 후손으로서 파리에 거주하는 사람은 딱 한 명밖에 없었기 때문이다. 바실레이에프 공주의 아버지와 어머니, 형제들은 체카(1917년 10월 혁명 성공 후 국내외 상황을 타개하기 위해 창설한 소련 비밀 정보 기관. 소련 비밀 경찰 KGB의 전신——옮긴이)의 명령에 암살당했고, 알렉산드라만 죽기 직전 무사히 탈출하여 국경을 넘었다고 알려졌다. 다행히 유럽에는 여전히 그녀의 가족 소유로 된 땅이 있었기 때문에 그녀는 많은 재산을 가지고 마음껏 하고 싶은 일을 하면서 지냈다. 그녀는 매우 괴팍하게, 아니 그보다는 사람들과 거의 어울리지 않고 지냈다고 한다. 유일하게 만나는 사람들은 러시아 식민지 출신 부인들뿐이었는데 모두들 그녀를 알렉산드라 공주라고 불렀다는 것이다. 그녀의 나이는 서른 살이었다.

라르모나는 케임브리지 호텔로 가서 조사를 시작했다. 바실레이에프 공주는 외출하는 일이 거의 없으며 호텔 댄스홀에서 자주 차를 마시고 레스토랑에서 저녁을 먹는다는 사실을 알아냈다. 그녀는 다른 사람들과 얘기하는 일이 전혀 없었다.

어느 날 오후, 빅토르는 오케스트라의 연주를 들으면서 잡담을 하고 돌아다니면서 인사를 나누는 우아한 모습의 사람들 사이로 조심스럽게 끼어 들어갔다.

그의 눈에 비친 얼굴은 바로……. 발타자르 극장에서 본 바로 그 여자! 〈작은 집〉 창문에서 어렴풋이 보았던 바로 그 여자! 바로 그녀였다. 하지만…….

한눈에 그녀라는 사실을 알 수는 있었지만 예전에 보았던 모습과 지금 모습은 이미지가 전혀 달랐다. 그때와 달리 반짝이는 눈빛, 창백한 얼굴, 태도……. 머리는 밀짚모자처럼 연한 금발로 바뀌었고, 웨이브 파마를 한 상태였다. 예전에 다갈색 머리에서 풍기던 비장한 분위기는 느껴지지 않았다.

그러자 갑자기 정말로 그녀가 맞는 것일까 하는 의구심이 들었다. 처음 다시 보았을 때는 충격을 받고 극장에서 본 여자라는 확신이 들었는데, 두 번째 보니 그런 확신은 들지 않았다. 하지만 또 다르게 생각해 보면 범행 당일 밤에는 자신이 저지른 범죄와 위험이 다가온다는 끔찍한 생각에서 그렇게 비장한 분위기가 느껴진 것이 아니었을까?

그는 엘리즈 마송의 친구를 불렀다.

그녀는 망설임 없이 대답했다.

「맞아요. 엘리즈를 만날 때 차 안에 있던 여자예요……. 맞아요, 바로 그 여자예요……」

이틀 후, 한 여행객이 케임브리지 호텔에 도착했다. 그는 고객 카드에 다음과 같이 적어 넣었다.

이름 : 마르코스 아비스토
나이 : 62세
국명 : 페루

그를 알아보는 이는 없었다. 그는 몸집이 굉장히 커서 눈에 금방 띄었으며, 옷차림은 매우 수수했다. 바로 마약 수사반 빅토르였다. 퇴역 장교 차림을 해서 그런지 몸이 무척이나 뻣뻣했고, 매력적인 구석은 조금도 없었다. 그렇게 차리고 나니 실제 나이보다 10년은 더 늙어 보였다. 머리는 완전히 백발이었다. 특권층 인물로 별 어려움 없이 살아온 사람처럼 보였다.

호텔 직원은 그에게 3층에 있는 방을 내주었다.

공주의 방도 그와 같은 층으로 10호 정도 떨어진 거리에 있었다.

빅토르가 중얼거렸다.

「잘됐군. 하지만 더 이상 지체할 시간이 없어. 재빨리 공격을 개시해야지!」

바실레이에프 공주

　객실 수가 500개도 넘는 커다란 호텔 건물 안……, 그것도 오후나 저녁때가 되면 수많은 각국 사람들이 몰려드는 소란스러운 장소……. 그런 곳에서 마르코스 아비스토처럼 별 특징 없는 남자가 알렉산드라 바실레이에프 공주처럼 주위에 관심도 없고 자기한테만 신경을 쏟는 여자의 주의를 끌기란 거의 불가능한 일이었다.

　하지만 계속해서 그녀를 감시하기에는 더없이 좋은 조건이었다. 처음 나흘 동안 그녀는 한 번도 호텔을 떠나지 않았다. 그녀를 방문한 사람도 그녀에게 온 편지도 없었다. 그녀가 외부와 접촉을 할 수 있는 방법은 객실 전화를 이용하는 것뿐이었다. 빅토르도 라르모나와 그렇게 연락을 주고받고 있었다.

　빅토르가 가장 기다리는 시간은 바로 저녁 식사 시간이었다. 빅토르는 그녀와 시선을 마주치지 않으려고 노력하면서도 그녀에게서 한순간도 눈을 떼지 않았다. 빅토르는 그런 일이 무척 흥미롭게 느껴졌다. 그는 외모로 보면 영락없는 경찰이었지만 감정 면에서 보면 전혀 마약 수사반 직원 같지 않았다. 빅토르는 알렉산드라 같은 여자가 탐험가 놈팽이의 먹이일 리가 없다고 생각했다.

「아니지……. 그럴 수는 없어……. 저런 여자가 그 끔찍한 뤼팽의 애인일 리가 없어」

그녀가 〈작은 집〉의 도둑이며 보지라르가 살인 사건의 주범이란 사실을 인정해야 할까? 귀족처럼 가늘고 하얀 손가락에 다이아몬드 반지를 여러 개 끼고 있는 저런 부잣집 여자가 단지 몇 십만 프랑 때문에 사람을 죽인단 말인가?

나흘째 되는 날 저녁, 그녀가 호텔 로비 구석에서 담배 몇 대를 피우고 다시 객실로 올라가려고 하자, 빅토르는 선수를 쳐서 엘리베이터를 탔다. 뒤이어 그녀가 엘리베이터 안으로 들어오자 빅토르는 그녀를 보지 않은 채 목례만 했다.

닷새째 되는 날 저녁에도 빅토르는 우연히 그녀와 마주쳤다. 하지만 그녀와의 만남은 매우 자연스럽게 이루어졌다. 두 사람 모두 매번 무관심하면서도 예의에 어긋나지 않을 정도로 서로에게 주의를 기울이지 않았다. 스무 번을 부딪쳤어도 마찬가지였을 것이다. 그녀는 항상 벨보이 옆, 엘리베이터 문 앞에 서 있었고, 빅토르는 그녀 뒤에 자리를 잡고 섰다.

엿새째 되는 날 저녁에는 그러한 우연한 만남이 없었다.

하지만 이레째 되는 날, 엘리베이터 문이 닫히려는 순간, 빅토르가 뛰어들었다. 그는 여느 때처럼 엘리베이터 구석에 섰다.

4층에서 내린 바실레이에프 공주는 자기 방으로 가기 위해 오른쪽 복도로 접어들었다. 빅토르의 방도 같은 쪽에 있었는데 빅토르는 그녀와 멀리 떨어져 천천히 걸었다.

그녀는 이들 외에는 아무도 없는 복도를 열 걸음 정도 내딛다가 갑자기 머리에 손을 대 보더니 걸음을 멈췄다.

빅토르도 멈춰 섰다. 그녀는 빅토르의 팔을 거세게 잡고 떨리는 목소리로 말했다.

「저기요……. 누가 제 에메랄드 핀을 훔쳐 갔어요……. 머리에 하고 있었는데……. 엘리베이터 안에서 벌어진 일이 분명해요……. 분명히……」

빅토르는 몸을 움찔했다. 그는 험악한 목소리로 말했다.

「죄송합니다만, 부인……」

3초간 두 사람의 눈빛이 마주쳤다. 그녀는 빅토르에게 기가 눌린 것 같았다.

그녀가 뒤로 물러서며 말했다.

「제가 다시 찾아보죠……. 분명히 어딘가에 떨어져 있을 거예요」

이번에는 빅토르가 여자의 팔을 잡았다.

「죄송합니다만 부인……. 찾아보기 전에 한 가지 확실하게 해 두는 것이 좋을 것 같군요. 머리에 다른 사람의 손길이 닿는 걸 느끼셨습니까?」

「예. 그때는 별로 신경 쓰지 않았는데……. 하지만 그 다음에……」

「그럼 제가 범인일 수도 있겠군요……. 벨보이가 아니라면……」

「오! 아녜요. 벨보이가 그럴 리는……」

「그럼 제가 범인입니까?」

잠시 침묵이 흘렀다. 다시 두 사람의 눈빛이 마주쳤다. 그들은 잠시 서로를 바라보았다.

그녀가 중얼거리듯 말했다.

「제가 실수한 것 같군요, 선생님. 제가 그 핀을 꽂고 나온 게 아닐지도 몰라요. 화장실을 한번 찾아봐야겠어요」

「일단 헤어지면 그땐 이미 늦습니다. 부인께서 계속 절 의심하
시면 저도 불쾌감을 떨칠 수 없을 것 같군요. 우선 호텔 창구로
함께 내려가서 정식으로 신고를 하는 게……. 제가 의심스럽다고
말씀하시죠」

그녀는 잠시 생각에 잠겼다가 말했다.

「아니에요, 선생님. 그럴 필요 없어요. 이 호텔에 묵고 계신가
요?」

「345번 방입니다. 마르코스 아비스토라고 합니다」

그녀는 빅토르가 말한 이름을 되뇌며 멀어져 갔다.

빅토르도 자기 방으로 들어갔다. 방에서는 라르모나가 기다리
고 있었다.

「어떻게 됐지?」

빅토르가 대답했다.

「결국 잘됐습니다. 하지만 그 여자가 곧바로 알아차렸어요. 잠
깐 신경전이 있었죠」

「그래서?」

「그 여자가 무릎을 꿇었습니다」

「무릎을 꿇다니?」

「말 그대로입니다. 끝까지 저를 의심할 수는 없었겠죠」

빅토르는 주머니에서 핀을 꺼내 서랍에 넣으며 말했다.

「제가 바라던 대로 된 겁니다」

「자네가 바라던 바라고……?」

「그럼요! 그럼 제 계획이 뭔지 모르셨습니까?」

「물론……」

「아주 간단합니다! 공주의 주의를 끌고, 호기심을 유발하여 친분을 맺고 신뢰를 불어넣는 겁니다. 그래서 그 여자를 통해 뤼팽에게 접근하는 거죠」

「오래 걸릴 텐데」

「그래서 충격 요법을 쓴 겁니다. 그래도 신중해야죠! 솜씨도 발휘하고! 단지, 작전을 잘 짜야 할 필요가 있습니다. 뤼팽에게 투자한다는 생각으로 접근해서 그의 공범이 되고, 나아가 그의 오른팔이 되는 겁니다. 그리고 뤼팽이 훔칠 계획을 세우고 있는 천만 프랑을 손에 넣는 순간, 저는 다시 마약 수사반 빅토르로 돌아오는 거죠……. 이런 생각을 하다 보니 정말 혼란스럽습니다. 그녀가……, 그녀가 그렇게까지 아름답지만 않아도!」

「뭐야, 빅토르, 자네도 그런 점이 거슬릴 때가 있나? 자넨 그런 데 관심 없는 줄 알았는데?」

「아닙니다. 이젠 끝났습니다. 하지만 저도 보는 눈은 있습니다」

「내가 예상한 대로 일이 진행되면 그녀를 자네에게 돌려보내 주지. 그리 오래 걸리지는 않을 걸세」

전화벨이 울렸다. 빅토르가 수화기를 들었다.

「여보세요……. 예, 접니다, 부인. 핀이오……? 찾으셨다고 요……? 아! 잘됐군요. 정말 다행입니다……. 그럼 안녕히 계십시오, 부인」

그는 수화기를 내려놓고 웃기 시작했다.

「라르모나, 그 여자가 화장실 서랍에서 보석을 찾았다는군요. 신고해서 괜히 문제를 일으키고 싶어하지 않는다는 뜻이겠죠?」

「하지만 그녀도 보석을 잃어버린 사실을 알고 있지 않나?」

「물론이죠」

「누군가 핀을 훔쳐 갔다고 생각할까?」

「예」

「자네가?」

「예」

「그럼 자네를 도둑이라고 생각하겠군……? 빅토르, 자넨 위험한 게임을 하고 있어……」

「그렇지 않습니다. 그녀가 아름답게 여겨질수록, 그녀가 뤼팽의 애인이며 뤼팽과 똑같은 사기꾼이란 사실이 너무 화가 납니다. 빌어먹을 그놈은 운도 좋지!」

이틀 동안 빅토르는 알렉산드라 바실레이에프를 보지 못했다. 알아보니 그녀는 호텔 밖으로 나간 적이 없다고 했다.

다음 날 저녁, 그녀는 호텔 레스토랑에 저녁 식사를 하러 나타났다. 빅토르는 여태까지 그녀가 앉던 자리에서 가장 가까운 탁자에 자리를 잡고 앉았다.

빅토르는 그녀에게 눈길조차 주지 않았지만 그녀는 빅토르를 쳐다볼 수밖에 없었다. 옆모습을 보니 그는 아무 말 없이 부르고뉴 산 포도주를 마시고 있었다.

두 사람은 전혀 모르는 사람처럼 로비에서 따로 떨어져 담배를 피웠다. 빅토르는 지나가는 남자들을 하나도 빠짐없이 유심히 살펴봤다. 그들 중에 우아하면서도 건방지고 권위적인 겉모습 안에 아르센 뤼팽의 모습을 감춘 사람을 찾아내기 위해서였다. 하지만 빅토르가 신경질적으로 찾는 남자의 모습은 어디에서도 보이지 않았다. 게다가 알렉산드라는 아무에게도 관심 없는 표정이었다.

그 다음 날에도 빅토르는 똑같은 계획 아래 같은 일을 반복했다.

또 하루가 지났다. 그날 저녁, 여자가 식당으로 내려가기 위해 엘리베이터를 탔고, 그곳에서 두 사람이 마주쳤다.

두 사람은 아무런 반응도 보이지 않았다. 서로 상대방이 자신을 보지 못했다고 생각한 모양이었다.

빅토르가 생각했다.

〈역시……, 공주, 당신은 내가 도둑이라고 생각하고 있어! 어쨌든 당신은 당신 물건을 도둑맞았다는 사실을 알고 있을 거야. 내가 훔쳐 갔다는 것도. 그런데 아무 말도 하지 않는 게 좋겠다는 판단을 내렸겠지. 귀부인이시라 그깟 보석쯤 잃어버려도 별 걱정 없다는 말씀인가? 아무래도 상관없어! 이제 첫 단계는 지났고……. 두 번째 단계는 뭘까?〉

또다시 이틀이 지났다. 그리고 한 사건이 벌어졌다. 빅토르는 그 사건에 어떤 방식으로든 개입하지 않았지만 상황은 그의 계획에 유리하게 흘러가고 있었다. 어느 날 아침, 호텔 2층에서 한 미국인이 금과 보석이 든 상자를 도둑맞은 사건이 발생했다.

《라 뢰유 뒤 수아르》 재판(再版)본에 그 사건에 관한 이야기가 실렸는데 기사 내용을 보면 범인은 놀라운 솜씨로 일을 저질렀고, 지나칠 정도로 침착해 보였다고 했다.

알렉산드라 공주는 매일 저녁, 로비 탁자에 놓인 이 신문을 건성으로 훑어보곤 했다. 그녀는 신문 일면을 언뜻 보다가 곧바로 빅토르 쪽으로 시선을 돌렸다. 마치 그에게 이렇게 말하는 것 같았다.

「도둑은 바로 당신이로군요」

빅토르는 그녀를 감시하다가 가볍게 목례를 했다. 하지만 그녀가 자기 인사에 어떤 반응을 보이는지 살펴보지 않고 바로 고개를 돌렸다. 그녀는 다시 기사를 읽었다. 이번에는 좀더 자세히 읽는 것 같았다…….

빅토르가 생각했다.

〈그래. 당신은 날 도둑이라고 생각하겠지. 고급 호텔을 골라서 터는 도둑. 당신이 내가 찾는 여자가 맞다면……, 물론 맞다고 확신하지만…… 정말 맞다면 당신한테 그런 인상을 심어 줄 필요가 있지. 정말 대담한 행동이지! 그것도 아주 침착하게 잘하고 있어! 일단 일이 벌어지면 다른 도둑은 도망치고 숨기 바쁘지만 난 꿈쩍도 하지 않는다고.〉

이제 곧 두 사람이 마주칠 때가 왔다. 빅토르는 여자보다 먼저 로비 구석에 놓인 소파에 자리를 잡고 앉았다. 항상 그녀가 앉던 소파의 앞자리였다.

그녀가 다가왔다. 그녀는 잠시 멈춰 섰다가 소파에 앉았다.

그녀가 담뱃불을 붙이고, 연기를 내뿜는 동안 침묵이 흘렀다. 그러고 나서 그녀는 지난번처럼 손을 머리에 댔다가 핀을 빼서 내밀며 말했다.

「자, 보세요. 핀을 찾았어요」

빅토르는 주머니에서 물건을 꺼내며 말했다.

「이상한 일이군요! 저도 핀을 찾았는데……」

알렉산드라 공주는 당황하여 멍하니 있었다. 그녀는 이런 반응을 예상치 못한 모양이었다. 자백이나 다름없지 않은가! 그녀는 계속 자신을 꼼짝 못하게 만들면서 위험을 무릅쓰는 적과 얼굴을 마주치는 것만으로도 모욕이라고 생각하는 모양이었다…….

빅토르가 말했다.

「그렇다면 한 쌍을 갖고 계셨던 모양이군요. 그럼 하나라도 잃어버리면 안 되죠!」

「물론 안 되죠!」

그녀는 재떨이에 담뱃불을 비벼 끄며 말했다.

하지만 그 다음 날, 그녀는 같은 장소에서 다시 빅토르를 만났다. 그녀는 팔과 어깨가 드러나는 옷을 입고 있었다. 전날에 비해 그다지 심각한 표정은 아니었다. 그녀는 외국인이라는 사실이 느껴지지 않을 만큼 완벽한 억양으로 느닷없이 그에게 말을 걸었다.

「선생님 눈에는 제가 이상하고 복잡한 사람으로 보이시겠죠?」

빅토르가 웃으며 대답했다.

「이상할 것도 복잡해 보일 것도 없습니다. 부인께서는 러시아 분이시며 공주라고 들었습니다. 요즘 시대에 러시아 공주라고 하면 사회적으로도 그리 안정적인 지위는 아니니까요」

「저나 제 가족은 정말 힘겹게 살아왔어요! 행복했던 만큼 불행도 크게 느껴졌죠. 전 모든 사람들을 사랑했고, 사람들도 절 사랑했어요……. 자신감 있고, 아무 걱정도 없고, 사랑스럽고, 솔직하며 모든 일을 즐기고, 두려울 게 없었죠. 항상 웃고 노래할 일밖에 없었답니다……. 그런데 얼마 지나지 않아……. 저는 열다섯 살이었고, 약혼자도 있었죠. 그런데 그 모든 행복이 무너지고 갑자기 불행이 파고들었어요. 돌풍처럼 몰아쳤죠. 아버지와 어머니는 제가 보는 앞에서 목이 졸려 돌아가셨고, 제 형제들과 약혼자는 고문을 당했어요……. 그리고 저는……」

그녀는 이마에 손을 대며 말했다.

「그 얘긴 하고 싶지 않군요……. 그때 기억은 떠올리고 싶지 않아요……. 기억조차 나지 않아요……. 하지만 그 뒤로 안정을 찾을 수가 없었어요. 겉으로 보기엔 괜찮은 것 같았지만 속에선 풍랑이 몰아쳤죠. 그곳을 떠나서는 안정을 찾을 수 있었을까요? 아니었어요. 그 뒤로 제가 느낀 감정은 불안과 흥분뿐이었어요……」

「그러니까 과거의 끔찍한 기억 때문에 강한 자극이 필요했다는 말씀이시군요. 그런데 우연히 한 남자를 알게 되면……. 그다지 양심적이지 않고…… 규범을 따르지 않는 남자가 나타나면 당신의 호기심을 자극하겠죠. 모두 자연스러운 일입니다」

「모두 자연스러운 일이라고요?」

「오! 물론, 그렇고말고요! 당신은 수많은 위험과 비극을 겪었습니다. 그래서 주위에서 끔찍한 일이 벌어지면 또다시 흥분을 느끼죠……. 위험에 처하게 될 사람과 이야기를 나누고 그가 절박한 상황에서 어떤 반응을 보일지 생각하며 흥분합니다. 당신은 그 남자가 걱정과 두려움에 싸일 거라고 생각하지만 그의 얼굴에선 전혀 그런 기색이 보이지 않습니다. 마치 다른 사람이 된 것 같아 놀랍겠죠. 그는 즐겁게 담배를 피우고 그의 목소리에는 아무런 동요도 없어 보입니다」

그녀는 열심히 빅토르의 말을 들으며 그를 향해 몸을 기울이고 그의 얼굴을 바라보았다. 빅토르가 농담을 던졌다.

「부인, 그런 종류의 사람들에게 너무 관용을 베풀지 마십시오. 그런 사람이 초인적인 능력을 가졌다고 생각해서도 안 됩니다. 단지 그런 사람은 보통 사람들보다 좀더 대담하고 자기 통제 능력이 조금 더 뛰어날 뿐입니다. 습관이나 통제의 문제일 뿐이죠. 그러니 이제……」

「이제는요……?」

「아니, 아닙니다……」

「무슨 일이 있나요……?」

빅토르가 매우 낮은 목소리로 말했다.

「저한테서 조금 떨어지십시오. 그렇게 하는 편이 좋습니다」

그녀는 빅토르의 말에 따르면서 조용히 물었다.

「왜요?」

「저쪽에서 걸어 다니면서 담배를 피우고 있는 뚱뚱하고 웃기게 생긴 남자 보이시죠……? 왼쪽에요……」

「누구죠?」

「경찰입니다」

그녀는 소스라치게 놀라며 말했다.

「뭐라고요?」

「몰레옹 경찰서장입니다. 보석 상자 도난 사건을 책임지고 있죠. 그래서 사람들을 조사하고 있는 겁니다」

그녀는 탁자에 팔꿈치를 괴고 손을 펼쳐 이마에 가져다 댔다. 하지만 얼굴을 감추려는 기색은 보이지 않았다. 그러면서 그녀는 빅토르가 자신에게 다가온 위험을 어떻게 받아들이고 있는지 살피려는 듯 그의 얼굴을 관찰했다.

그녀가 속삭이며 말했다.

「어서 가세요」

「왜 몸을 피해야 합니까? 저런 사람들이 주위를 맴돌고 있어서요? 몰레옹 같은 사람 때문에요? 멍청한 사람입니다……. 저를 닭살 돋게 만드는 사람은 딱 한 명뿐입니다」

「그게 누구죠?」

「저자의 부하……. 마약 수사반의 빅토르란 자입니다」

「빅토르……, 마약 수사반……. 신문에서 그 사람 이름을 본 적이 있어요」

「빅토르란 자가 몰레옹과 함께 국방부 채권 사건과 〈작은 집〉 살인 사건을 맡고 있죠……. 그리고 그 불쌍한 엘리즈 마송이란 여자의 살인 사건도……」

그녀는 눈살도 찌푸리지 않고 물었다.

「빅토르는 어떤 사람인가요?」

「저보다 조금 작고……. 곡예사처럼 옷을 꽉 끼게 입죠……. 사람을 머리끝에서 발끝까지 샅샅이 꿰뚫어 보는 눈을 가졌습니다……. 두려워할 만한 자입니다. 하지만 몰레옹은……. 아, 저 자가 이쪽을 보는군요」

몰레옹은 사람들을 하나씩 훑어봤다. 그는 잠시 공주와 빅토르에게 시선을 멈췄다가 다른 곳으로 멀리 시선을 돌렸다.

그것으로 수사는 끝난 모양이었다. 몰레옹의 모습이 멀어져 갔다.

공주는 한숨을 내쉬었다. 그녀는 힘이 쭉 빠진 모양이었다.

빅토르가 말했다.

「자, 보십시오……! 저 사람은 저렇게 하는 걸로 자기 임무도 끝나고 아무도 자기 시야에서 벗어날 수 없다고 생각하는 겁니다. 아! 부인, 아무리 이곳에서 도난 사건이 일어났다고 해도 저는 절대로 피하지 않을 겁니다. 이곳이 전부 제 일터나 마찬가진데 왜 도망치라는 겁니까?」

「하지만 몰레옹은?」

「저 사람이 찾고 있는 건 보석 상자 도둑이 아닐 겁니다」

「그럼 누굴 찾는 거죠?」

「〈작은 집〉과 보지라르가의 살인자를 찾는 겁니다. 몰레옹이란 자는 온통 그 사건에 대한 생각뿐입니다. 경찰 전체가 그 사건에 매달려 있죠. 거의 집착이나 다름없습니다」

그녀는 음료수를 한 모금 마시고 담배를 피웠다. 그녀의 창백하면서 아름다운 얼굴은 안정을 되찾은 기색이었다. 하지만 빅토르는 그녀의 머릿속이 혼란과 두려움으로 가득 차 있다는 사실을 알아차렸다. 그녀는 지금 병적인 쾌감을 느끼고 있을 것이다!

그녀가 자리에서 일어섰을 때, 빅토르는 처음으로 그녀가 다른 누군가와 몰래 시선을 주고받는다는 느낌을 받았다. 두 남자가 멀리 떨어진 곳에 앉아 있었다. 한 사람은 얼굴빛이 붉고 매우 저속해 보이는 인상이었는데 영국 사람인 것 같았다. 빅토르는 그 남자가 한참 전부터 호텔 로비에 앉아 있는 것을 보았다. 그 옆에 있는 남자는 처음 보는 사람이었다. 자세히 살펴보니 우아하면서도 건방져 보이는 인상이 빅토르가 상상했던 뤼팽의 이미지와 꼭 맞아떨어졌다. 그는 동료와 함께 웃었다. 호감이 가는 인상이었고, 무척 즐거워 보였지만 때때로 알게 모르게 얼굴이 굳었다.

알렉산드라 공주는 다시 그를 쳐다보고 나서 고개를 돌리더니 멀어져 갔다.

오 분 후, 두 남자도 자리에서 일어섰다. 뤼팽으로 보이는 남자가 현관 입구에서 담배에 불을 붙인 다음, 모자와 상의를 집어들고 호텔 밖으로 나갔다.

영국 남자는 엘리베이터를 향해 다가갔다.

빅토르는 다시 내려온 엘리베이터를 타고 벨보이에게 물었다.

「방금 엘리베이터를 탔던 남자 이름이 뭐죠? 영국 사람이 맞죠?」

「337호 손님 말씀입니까?」

「예」

「비미시 씨입니다」

「이 호텔에 머문 지 꽤 됐죠?」

「예……. 2주 정도 됐습니다……」

그렇다면 그는 바실레이에프 공주와 같은 시기에 호텔에 투숙했으며 그녀와 같은 층에 머물고 있다는 말이 된다. 그자는 자기 방인 337호로 가기 위해 왼쪽 복도로 들어서는 대신 알렉산드라와 만나기 위해 오른쪽 복도로 들어서지는 않았을까?

빅토르는 알렉산드라의 방 쪽으로 조심스럽게 발을 내딛었다. 그는 자기 방으로 돌아와 문을 빠끔히 열어 놓고 귀를 기울였다.

한동안 아무 일도 일어나지 않자 빅토르는 기분이 나빠져 자리에 누웠다. 그는 영국인 비미시의 동료가 다름 아닌 아르센 뤼팽, 다시 말해 알렉산드라의 애인이라는 사실을 확신했다. 분명 이는 그의 수사에서 커다란 성과였다. 하지만 동시에 빅토르는 그 남자가 젊고 멋있다는 사실을 인정할 수밖에 없었다. 그래서 더욱 화가 났다.

빅토르는 다음 날 오후, 라르모나를 불렀다.

「몰레옹과 같이 일을 맡으신 게 있습니까?」

「응」

「그분이 제가 어디 있는지 알고 계십니까?」

「아니」

「어제저녁 이곳에 온 건 보석 상자 도난 사건 때문이었죠?」

「그래. 범인은 호텔 짐꾼이었다고 밝혀졌네. 그자는 공범인 것 같은데, 다른 놈은 도망쳤어. 몰레옹은 보석 상자 도난 사건 말고도 아주 바빠 보이더군. 오늘 오후에는 아르센 뤼팽 패거리들이 술집에 모여 그 유명한 천만 프랑 사건에 대해 모의를 한다는 정보를 입수했지. 그래서 그 술집을 포위하러 간다더군. 아르센 뤼팽이 편지에서 언급한 천만 프랑 사건 말일세」

「아! 아, 이런! 어디에 있는 술집이죠?」

「그건 몰레옹만 알고 있네……. 곧 술집으로 들이닥칠걸」

빅토르는 호텔에서 알렉산드라 바실레이에프하고 있었던 일을 이야기했다. 그리고 영국인 비미시에 대해서도 말했다.

「그 사람은 매일 아침 호텔 밖으로 나가서 보통 저녁때 다시 들어오는 것 같습니다. 그자를 미행해 주십시오. 지금부터 그자가 돌아올 때까지는 그자의 방을 살펴봐 주시고요」

「그건 불가능해! 그러려면 경찰청 명령도 있어야 하고……, 영장도 필요한데……」

「그런 격식 따윈 필요 없습니다! 경찰에서 개입하면 모든 게 날아가고 말 겁니다. 뤼팽은 도트레 남작이나 귀스타브 제롬 같은 사람하고는 다르단 말입니다. 저 혼자서 상대해야 합니다. 제 손으로 직접 그놈을 붙잡아 경찰서로 끌고 가야 합니다. 저와 관련된 일이고 제가 맡은 사건입니다」

「그런데?」

「그런데 오늘은 일요일입니다. 일요일은 숨어서 감시하는 부하들도 많지 않을 겁니다……. 웬만해서는 수사관님을 발견하지 못할 겁니다. 만약에 들키면 신분증을 보여 주십시오. 한 가지 문제가 있군요. 열쇠……」

라르모나는 웃으며 열쇠 꾸러미를 보여 주었다.

「그거야 내가 알아서 하겠네. 훌륭한 경찰관은 도둑만큼이나 많이 알아야 해. 아니, 그보다 더 많이 알아야지. 337호라고 했나?」

「예. 물건을 흐트러뜨리지는 마십시오. 그 영국인이 조금이라도 의심하지 않도록」

빅토르는 빠끔히 문을 열고 라르모나가 멀어져 가는 모습을 지켜보았다. 라르모나는 아무도 없는 복도 끝에 멈춰 서서 문을 열고 안으로 들어갔다…….

삼십 분쯤 지나자, 라르모나가 되돌아왔다.

「어떻게 됐습니까?」

라르모나가 눈을 깜박이며 말했다.

「자네, 정말 눈치 빠르더군」

「뭘 찾으셨습니까?」

「셔츠를 쌓아 놓은 곳에 스카프가 한 장 있더군. 주황색 바탕에 커다란 초록색 줄무늬가 있고……. 심하게 구겨져 있었네……」

빅토르는 흥분하며 말했다.

「엘리즈 마송의 스카프로군요……. 제가 잘못 본 게 아니었습니다……」

「그 영국인이 러시아 여자와 공범인 것 같으니까, 그럼 보지라르가에서 목격했던 여자는 러시아 여자일 테지. 혼자였거나 아니면 영국인 비미시와 함께였거나……」

이제 명백한 증거를 잡은 것이나 다름없다. 혹시 다른 해석도 가능할까? 그래도 더 의심해 봐야 하는 걸까……?

저녁 식사 바로 전에 빅토르는 호텔 밖으로 나가《라 퓌유 뒤 수아르》재판(再版)본을 샀다.
두 번째 장에 큰 글씨로 다음과 같은 기사가 실려 있었다.

속보. 오늘 오후, 몰레옹 경찰서장과 수사관 세 명이 마르뵈프가의 한 술집을 포위했다. 소식통에 따르면 그 술집에서는 보통 국제 범죄단 소속 사기꾼들이 모여 회의를 한다고 하는데, 그들은 대부분 영국인들로 이루어져 있다. 수사관들이 술집을 덮쳤을 때, 사기꾼들은 탁자에 앉아 있었다. 두 명은 술집 뒷문으로 도망쳤으며 그중 한 명은 중상을 입은 것으로 보인다. 나머지 세 명은 체포되었다. 몇 가지 정보에 따르면 그중 아르센 뤼팽이 끼어 있는 것으로 보인다. 경찰은 아르센 뤼팽이 변장을 했을 것으로 판단, 스트라스부르에서 그를 목격한 기동 수사대 수사관들을 불러놓은 상태다. 하지만 아르센 뤼팽의 신원 기록만 보면 범인들 중에는 그가 포함되어 있지 않은 것으로 보인다

빅토르는 옷을 입고 호텔 레스토랑으로 갔다. 알렉산드라 바실레이에프가 항상 앉는 탁자에 신문이 놓여 있었다.
그녀는 조금 늦게 도착했다. 얼굴에 걱정하는 기색이 없는 걸 보니 아직 아무것도 모르는 모양이었다.
그녀는 식사를 마치고 신문을 펼쳤다. 그러고는 첫 번째 장을 읽고 나서 한 장을 넘겼다. 그녀는 곧 고개를 숙여 신문 가까이

얼굴을 대더니 몸을 부르르 떨었다. 그리고 잔뜩 긴장해서 기사를 끝까지 읽었다. 빅토르는 그녀가 곧 기절할지도 모른다는 생각이 들었다. 실제로 순간 정신을 잃은 것 같기도 했다. 그러나 곧 그녀는 아무렇지도 않은 척 신문을 옆으로 치워 놓고, 빅토르에게는 눈길 한번 주지 않았다. 그녀는 빅토르가 아무것도 알아채지 못했다고 생각하는 모양이었다.

호텔 로비에서도 그녀는 빅토르를 만나러 오지 않았다.

영국인 비미시도 로비에 있었다. 마르뵈프가는 호텔에서 가까운 거리에 있었다. 술집에서 몰레옹을 피해 달아난 사기꾼 중 한 명이 비미시일까? 저 사람이 바실레이에프 공주에게 아르센 뤼팽에 관한 소식을 전해 줄까?

우연히 빅토르는 비미시보다 먼저 위층으로 올라갔다. 그러고는 문 바로 뒤에서 기다렸다.

먼저 러시아 공주가 모습을 드러냈다. 그녀는 자기 방 앞에서 불안하고 초조한 기색으로 기다렸다.

곧이어 영국인이 엘리베이터에서 내렸다. 그는 복도를 살펴보고 나서 서둘러 그녀에게 달려갔다.

두 사람이 몇 마디 이야기를 나누더니 러시아 공주가 웃음을 터뜨렸다. 영국인은 만족한 듯 그녀에게서 멀어져 갔다.

〈자, 그녀가 정말 그 빌어먹을 뤼팽의 애인인가 보군. 그 영국인은 뤼팽이 경찰의 단속에 걸리지 않았다고 그녀를 안심시키러 온 거야. 그래서 마음 놓고 웃음을 터뜨린 거지〉

그 후에 나온 경찰 발표도 이 같은 가설을 뒷받침해 주었다. 아르센 뤼팽은 체포된 세 명 중에 끼어 있지 않다는 내용이었다.

체포된 사람들은 러시아 인들이었다. 그들은 외국에서 있었던 몇몇 도난 사건에 개입했다고 자백했지만 자신들이 소속된 국제 범죄단의 두목이 누구인지는 모른다고 주장했다.

또 도망친 동료 두 명 중 한 명은 영국인이라고 했다. 그리고 또 다른 한 명은 그날 처음 보았으며 회의를 하는 동안에도 그 사람과는 전혀 말을 하지 않았다고 했다. 부상자는 그 사람인 것 같았다. 그 남자의 인상착의를 들어 보니 빅토르가 비미시 옆에서 보았던 젊은 남자와 비슷했다.

러시아 인 세 명은 더 이상은 입을 열지 않았다. 겉으로 볼 때 러시아 인들은 단지 하수인일 뿐인 것 같았다.

48시간 후, 러시아 인 세 명 중 하나가 엘리즈 마송의 애인이었으며 그녀로부터 돈을 받은 적이 있다는 사실이 드러났다.

엘리즈 마송이 사망하기 이틀 전, 그에게 보낸 편지도 발견되었다.

　〈도트레 남작님〉이 큰일을 계획하고 있어요. 그 계획이 성공하기만 하면 그 다음 날 절 브뤼셀로 데려가신댔어요. 당신도 같이 갈 거죠? 기회가 오면 큰돈을 가지고 도망쳐요. 정말 사랑해요…….

국방부 채권

마르뵈프가에서 벌어진 사건은 빅토르에게 더욱더 자극이 되었다. 그동안 빅토르는 〈작은 집〉 사건과 보지라르가 사건에 전념하는 다른 수사관들을 보며 비웃었다. 빅토르는 이 두 사건에 아르센 뤼팽이 관련되어 있다는 사실 말고는 전혀 흥미가 없었기 때문이었다. 하지만 다른 수사관이 아르센 뤼팽을 건드려서는 안 된다. 뤼팽을 체포하는 일은 마약 수사반 빅토르 혼자서 거둔 성과로 남아야 했기 때문이다. 그래서 빅토르 수사관은 아르센 뤼팽뿐 아니라 영국인 비미시나 바실레이에프 공주와 관련된 수사는 독점하다시피 했다.

그렇게 결심하고 나니, 오르페브르 승강장에서 일어난 일을 좀 더 자세히 살펴보고 몰레옹의 수사 방식을 간파할 필요가 있다고 느꼈다. 알렉산드라와 비미시는 자신들도 위험하다고 판단했는지 방에서 나올 생각도 하지 않았다. 빅토르는 이때를 틈타 자기 차를 세워 둔 차고까지 걸어가서 차를 타고 부아 구역 구석까지 달렸다. 빅토르는 미행당하지 않음을 확인한 다음, 상자에서 필요한 옷가지와 여러 물건을 꺼냈다. 그는 좁은 차 안에서 다시 마약 수사반 빅토르로 변신했다.

몰레옹 서장은 빅토르에게 미소를 지으며 그를 반갑게 맞았다. 빅토르는 오히려 모욕당하는 기분이 들었다.

「그래, 빅토르, 뭐 좀 건져 온 게 있나? 쓸 만한 건 없겠지, 응? 아니, 아니, 아무것도 묻지 않겠네. 자넨 항상 혼자서 일하고 말도 별로 안 하지. 뭐, 각자 자기 나름대로의 방식이 있는 법이니까. 난 드러내 놓고 행동하길 좋아하지. 나한텐 별로 나쁘지 않은 방법일세. 내가 마르뵈프에 있는 술집에서 벌인 체포 작전에 대해 어떻게 생각하나? 거기서 범죄 조직원 세 명을 붙잡았지……. 이제 곧 두목도 잡게 될 걸세. 하늘에 두고 맹세하지……! 이번에도 그놈이 내 포위망을 빠져나가면 그땐 정말 그의 범죄 조직과 엘리즈 마송 사이에 모종의 관련이 있었다는 말이 되고, 엘리즈 마송은 무덤 아래서 도트레 남작을 비난하겠지. 고티에 국장은 무척 기뻐할 테고 말야」

「예심판사는요?」

「발리두 씨 말인가? 다시 힘이 나는 모양이더군. 예심판사를 만나러 가지. 도트레 남작에게 엘리즈 마송이 남긴 끔찍한 편지에 대해 알려 준다더군……. 자네도 알지? 〈도트레 남작이 큰일을 꾸미고 있는 것 같다…….〉라고 씌어져 있던 편지 말일세. 정말이 사건에 확실한 증거가 아닌가! 그 증거 덕분에 저울추가 기울어지기 시작했네. 가지, 빅토르……」

판사실로 들어가니 도트레와 시의원인 제롬이 와 있었다. 빅토르는 도트레의 얼굴을 보고 깜짝 놀랐다. 안 그래도 체포될 당시에 많이 상했던 얼굴이 지금은 더 해쓱해지고 안 좋아 보였다. 서 있기조차 힘들어 보이는 도트레 남작은 탈진한 채 의자 위에 앉아 있었다.

발리두 판사는 그런 남작을 신랄하게 공격했다. 판사는 엘리즈 마송의 편지 일부를 읽은 뒤, 안 그래도 괴로워하고 있는 피의자를 더욱더 몰아부쳤다.

「이게 무슨 뜻인지 알겠습니까, 도트레 씨? 요약해 줄까요? 월요일 저녁, 당신은 우연히 국방부 채권이 레스코의 손에 있다는 사실을 알게 되었습니다. 수요일 저녁, 그러니까 사건 전날, 당신은 낮 동안 엘리즈 마송의 곁에 있었죠. 당신 애인이자 또 다른 러시아 인의 애인인 그녀와 허물없이 지내던 터라 범행 계획까지 털어놓았습니다. 그리고 그녀는 자기 애인에게 편지를 썼습니다. 〈도트레 남작님이 큰일을 계획하고 있어요. 성공하면 우린 브뤼셀로 도망칠 거예요…….〉하고 말입니다. 목요일, 범행을 저질렀고, 채권은 도난당했습니다. 그리고 금요일엔 당신과 당신 애인이 파리 북역에서 여행 가방을 든 모습이 목격되었죠. 물론 짐은 당신 애인 집에 미리 싸 두었고. 우리가 범행 이틀 뒤에 그 여행 가방을 발견했습니다. 이 정도면 명확히 밝혀진 셈 아닙니까? 증거도 확실하고? 그러니 도트레 씨, 이제 자백을 하십시오. 어째서 확실한 사실을 계속 부인하는 겁니까?」

남작은 기절할 것만 같았다. 잠시 후, 그는 얼굴을 찌푸리며 계속 중얼거렸는데 모두 범행을 자백하는 것으로 간주될 말이었다. 그는 편지를 보여 달라며 말했다.

「보여 주십시오……. 믿을 수 없습니다……. 제가 직접 읽어 보겠습니다……」

　남작은 편지를 읽고 더듬거리며 말했다.

　「빌어먹을 년……! 애인이 있었다니……. 그녀가……! 그녀가! 내가 진창에서 꺼내 주었더니……! 그놈과 도망을 치려고 했다니……!」

　그는 엘리즈 마송이 자기를 배신하고, 다른 남자와 도망칠 계획을 꾸몄다는 사실밖에 눈에 들어오지 않는 모양이었다. 자기가 도난과 살인 사건에 혐의를 받고 있는데도 그런 부분에 대해서는 전혀 무관심해 보였다.

　「자백하는 겁니까, 도트레 씨? 당신이 레스코를 죽였죠……?」

　남작은 대답하지 않았다. 그는 헌신을 다했던 여자가 자신을 배신하고 자신의 열정을 순식간에 물거품으로 만들었다고 생각해서인지 더욱더 고집스럽게 입을 다물었다.

　발리두는 귀스타브 제롬에게 고개를 돌렸다.

　「당신도 부분적으로 그 범행에 가담한 게……」

　하지만 귀스타브 제롬은 구금된 게 아무렇지도 않은 듯 안색도 매우 좋아 보였다.

　「전 아무 일에도 가담한 적 없습니다! 자정에는 집에서 잠을 자고 있었다고요」

　「하지만 당신 정원사인 알프레드가 다시 증언을 했습니다. 당신이 집에 돌아온 시각은 새벽 3시였으며, 당신이 체포되던 날 아침, 그에게 찾아가 자정 전에 집에 돌아왔다고 진술해 주면 5000프랑을 주겠다는 약속을 했다더군요」

　귀스타브 제롬은 잠시 당황하더니 다시 웃으며 소리쳤다.

　「아, 그래요, 사실입니다. 젠장! 그때는 경찰이 하도 괴롭혀서 진절머리가 난 상태였습니다. 그래서 확실히 못을 박아 두고 싶었죠」

「그럼 정원사를 매수하려고 했다는 사실을 인정하시는군요……. 매수 시도 혐의도 추가합니다……」

제롬은 발리두 판사에게 불평을 늘어놓았다.

「뭡니까? 그럼 제가 저 도트레와 함께 살인자로 몰리는 겁니까? 저자처럼 저도 가책을 느끼란 말입니까?」

그는 즐겁고 기분 좋은 표정을 지어 보였다.

빅토르가 끼어들었다.

「예심판사님, 제가 질문을 해도 되겠습니까?」

「하십시오」

「지금 피의자가 한 말대로라면 도트레 남작을 레스코의 살인자로 간주한다고 받아들여도 되겠습니까?」

제롬은 자기 견해를 말하려는 사람처럼 손짓을 하다가 다시 웃으며 간단하게 말했다.

「저와는 상관없는 일입니다. 경찰에서 알아서 하십시오!」

빅토르가 말했다.

「확실히 말씀드리죠. 지금 답변을 거부하시면 동의하시는 것으로 알겠습니다. 말 못하는 이유가 있다고 생각하죠」

제롬은 반복해서 말했다.

「경찰에서 알아서 하십시오!」

그날 저녁, 막심 도트레는 감방 벽에 머리를 부딪혀서 박살내려고 했다. 그래서 그에게는 구속복을 입혀야 했다. 그는 마구 소리쳤다.

「빌어먹을 년! 더러운 년! 널 위해서 그랬는데……. 아! 버러지 같은 년……」

몰레옹이 빅토르에게 말했다.

「도트레는 이제 버틸 힘이 없는 것 같군. 저자는 24시간 안에 자백할 걸세. 내가 찾은 엘리즈 마송의 편지 덕에 시간을 절약하게 된 셈이지」

「그렇겠죠. 또 러시아 공범 세 명을 이용해서 뤼팽도 잡으시겠군요」

빅토르는 아무렇지도 않게 뤼팽에 대해 말했다. 하지만 몰레옹이 아무 대꾸도 하지 않자 계속해서 말했다.

「뤼팽에 관해서는 새로운 소식 없습니까?」

몰레옹은 드러내 놓고 수사를 한다고 말하면서도 자신의 계획에 대해서는 입을 열지 않았다.

〈쳇, 경계하고 있군.〉

이제 그들은 서로를 감시했다. 두 사람은 게임에 운명을 내건 사람들처럼 불안해하고 상대를 질투했다. 한 사람이 성과를 거두면 다른 사람에게는 실망스러운 일이기 때문이었다.

이들은 모두 가르슈에서 한나절을 보내며 두 피의자의 부인들에게 시간을 쏟았다.

빅토르는 가브리엘 도트레가 다시 용기를 되찾고 더욱 강해진 모습을 보고 깜짝 놀랐다. 그녀를 지탱하고 있는 것은 종교적인 믿음일까? 그녀는 조사를 받으면서 더욱더 종교에 집착하는 것 같았다. 그녀는 처음처럼 자신을 감추려 하지 않았다. 하녀도 내보내고 혼자서 장을 보러 다녔다. 고개도 빳빳이 들고 다니는 걸 보니 남편에게 맞아서 생긴 것으로 보이는 시퍼렇고 누런 멍 자국에도 신경 쓰지 않는 것 같았다.

그녀는 반복해서 말했다.

「수사관 님, 남편은 결백해요. 그 사람이 그 못된 여자한테 푹 빠진 건 저도 인정해야겠죠. 하지만 그 사람은 절 정말 사랑했어요……. 그래요, 그래, 확실히 말할 수 있어요……. 정말 사랑했어요……. 예전보다도 더 사랑했죠」

빅토르는 예리한 시선으로 그녀를 살펴보았다. 남작 부인은 얼굴에 홍조를 띠었는데 이상하게도 자신감과 승리감, 안정감, 남편에 대한 순수한 애정으로 가득 찬 것 같았다. 남편이 저지른 실수는 사소한 일일 뿐이므로 자신은 계속 남편 인생의 동반자로 남아 있겠다는 생각인 모양이었다.

앙리에트 제롬을 만나도 이상하기는 마찬가지였다. 앙리에트는 격분해서 화를 내며 소리치고, 말을 퍼부어 대다가 절망에 빠졌다가 욕설을 퍼붓기도 했다.

「귀스타브요? 하지만 수사관님, 남편이 얼마나 착하고 솔직한 사람인데요! 이번만은 정말 예외라고요. 전 잘 알아요. 그날 밤 남편은 계속해서 제 옆에 있었어요! 그래요. 그때는 제가 질투심 때문에 그렇게 말했던 것뿐이에요……」

두 부인 중 어느 쪽이 거짓말을 하는 걸까? 아무도 아닐까? 아니면 둘 다일까? 빅토르는 두 부인을 열심히 관찰할수록 점점 더 진실은 희미해지는 상태에서 주변 사건들이 점점 정리되고 있다는 사실을 알아차렸다. 마지막으로, 그는 보지라르가에 있는 엘리즈 마송의 집을 방문하기로 했다. 몰레옹이 혹시 눈치를 채고 알렉산드라와 뤼팽에게까지 손을 뻗칠 수 있기 때문에 빅토르는 혼자서 갔다. 이번 사건에서 가장 파헤치기 힘든 부분은 바로 엘리즈 마송의 집과 관련된 일이었다.

경찰관 두 명이 문 앞을 지키고 있었다. 빅토르가 문을 열었을 때 몰레옹은 상자를 뒤적거리고 있었다.

몰레옹이 거만한 말투로 소리쳤다.

「자, 자네도 왔군. 자네도 여기에서 뭔가 건질 게 있다고 생각한 모양이지? 아! 그런데 말이야, 수사관 한 명이 살인 사건 당일, 우리가 함께 이곳에 왔을 때 사진이 열 장 정도 있었다더군. 그런데 자네가 그 사진을 관찰하는 것 같았다고 하던걸」

빅토르는 아무렇지도 않은 듯 대답했다.

「잘못 본 겁니다」

「그럼 다른 얘기로 넘어가지. 엘리즈 마송은 집에 있을 때 항상 주황색과 초록색이 들어간 스카프를 했다니, 범인이 그녀의 목을 조르는 데 그 스카프를 사용한 게 분명해. 자넨 혹시 그 스카프를 본 적 없나?」

몰레옹은 빅토르에게 시선을 돌렸다. 빅토르는 좀 전과 마찬가지로 대답했다.

「못 봤는데요」

「범행 몇 시간 전에 자네가 도트레 남작과 함께 이곳에 왔을 때는 그 스카프를 매고 있지 않던가?」

「못 봤습니다. 남작은 뭐라고 하던가요?」

「아무 말도 없더군」

몰레옹 서장이 투덜대며 말했다.

「이상한데」

「뭐가 이상하단 말입니까?」

「술책이 너무 많은 것 같아. 자넨 어떻게 생각하나?」

「뭘 말입니까?」

「자네, 엘리즈 마송의 친구를 찾아내지 않았나?」

「친구요?」

「아르망드 뒤트레크란 여자에 대해 들었네. 자네 그 여자에 대해 아는 거 없나?」

「없는데요」

「내 부하 한 명이 그 여자를 찾아냈네. 그 여자 말로는 경찰한 명이 찾아와서 벌써 질문을 했다고 하던데. 난 그게 자네라고 생각했지」

「전 아닙니다……」

보아하니 몰레옹은 빅토르가 그곳에 나타난 사실이 거북한 모양이었다. 빅토르가 자리를 떠나지 않자 몰레옹이 말했다.

「그 여자를 이곳으로 데려오기로 했네」

「누구 말입니까?」

「아가씨……. 자, 발소리가 들리는군」

빅토르는 눈 하나 꿈쩍하지 않았다. 지금까지 몰레옹이 이 사건에 깊숙이 발을 들여놓지 못하도록 꾸몄던 계략들이 모두 들통날까? 그리고 몰레옹은 발타자르 극장에서 본 여자의 실체를 밝혀 낼 것인가?

문이 열렸을 때, 몰레옹이 여자를 보지 않고 빅토르를 쳐다본다면 모두 끝장이다. 하지만 그런 생각을 하기에도 이미 늦어 버렸다. 빅토르는 눈짓으로 젊은 여자에게 입을 다물라는 신호를 보냈다. 여자는 처음에 놀라 당황하다가 잠시 후, 눈치를 챈 것 같았다.

그 순간, 승부는 결정된 셈이었다. 여자는 대략적인 답변밖에 하지 않았다.

「물론, 그 불쌍한 엘리즈와 잘 아는 사이에요. 하지만 엘리즈는 저한테 속내는 드러내지 않았어요. 전 엘리즈에 대해서 자세히 알지도 못하고, 또 자주 만나던 사람이 누군지도 몰라요. 주황색과 초록색 스카프라고요? 사진이오? 모르겠는데요」

두 경찰관은 경찰청으로 돌아갔다. 몰레옹은 화가 나서 침묵만 지켰다. 다시 집을 지킬 경찰관들이 도착하자 빅토르가 부드러운 목소리로 말했다.

「인사를 드려야겠군요. 전 내일 떠납니다」

「떠나다니?」

「예, 지방으로요……. 흥미로운 여행이 될 겁니다. 기대가 크거든요」

「참, 자네한테 말을 전한다는 걸 깜빡했군. 국장님이 자네한테 할 말이 있다고 하시더군」

「뭐 때문에요?」

「택시 기사……. 도트레를 파리 북역에서 생라자르 역까지 태웠던 택시 기사 말일세. 그자를 찾았어」

「젠장! 빨리 말씀하셨어야죠……」

빅토르는 서둘러 계단을 달려 올라가 비서에게 자신의 도착을 알렸다. 몰레옹이 뒤를 따라 달려왔다. 그가 국장실로 들어서며 말했다.

「그 택시 기사를 찾았다고요?」

「뭐야! 몰레옹이 다 얘기하지 않았나? 그 택시 기사가 오늘에야 도트레의 사진이 실린 신문 기사를 읽었다는군. 그래서 범행 다음 날, 도트레 남작을 태우고 파리 북역에서 생라자르 역으로 갔던 기사를 경찰에서 찾는다는 사실도 이제야 알았다는 걸세. 조금 전에 그 기사와 도트레를 불러와 대질 신문을 했네. 분명히 알아보겠다고 하더군」

「발리두 판사님이 신문을 했겠죠. 도트레가 직접 말했답니까?」

「아니」

「그럼 역에 도착해서 바로 내렸답니까?」

「아니」

「아니라고요?」

「파리 북역에서 에투알까지 갔다가 다시 에투알에서 생라자르 역으로 가자고 했다는군. 그러니까 쓸데없이 빙 둘러서 간 셈이지」

빅토르가 생각에 잠긴 듯 중얼거리며 말했다.

「아뇨. 쓸데없는 건 아닙니다」

그러고 나서 빅토르가 다시 물었다.

「그 택시 기사는 지금 어디 있습니까?」

「여기, 사무실에 있네. 자네가 그자를 보고 싶다고 말했잖나. 택시 기사만 찾으면 두 시간 후에 채권을 찾을 수 있다고……. 그래서 그자를 데리고 있었지」

「여기 도착한 이후로 누구누구와 얘기했습니까?」

「발리두 판사하고만 얘기했네」

「판사님은 경찰청의 다른 사람들과 그 택시 기사에 대해 얘기하지 않았습니까?」

「아무하고도 얘기하지 않았네」

「택시 기사 이름이 뭡니까?」

「니콜라. 작은 집에 세 들어 살고, 가진 거라고는 그 택시가 전부일세……. 차는……. 지금 마당에 세워져 있네」

빅토르는 잠시 생각에 잠겼다. 고티에 국장과 몰레옹은 의아한 눈빛으로 서로를 바라보았다. 고티에는 더 이상 참을 수 없어 소리치며 말했다.

「뭔가, 빅토르, 이게 그렇게 심각한 일인가?」

「물론이죠」

「얘기 좀 해 주게……. 확실한 건가……?」

「때로는 추론이 가장 확실한 것일 수도 있습니다」

「뭐! 그럼 단지 추론일 뿐이란 말인가?」

「국장님, 경찰이 하는 일이 원래 추론에 기반을 두고 있는 것 아닙니까……? 아니면 우연이든가……」

「빅토르, 이제 그만 됐으니, 어서 설명이나 해 보게」

「몇 마디면 충분합니다」

빅토르는 침착하게 설명을 시작했다.

「스트라스부르에서 〈작은 집〉에 이르기까지, 다시 말해 도트레가 채권을 손에 넣은 바로 그날까지는 채권이 누구의 손을 거쳐 갔는지 확실히 알 수 있습니다. 그날 밤, 도트레가 정확히 몇 시에 무엇을 했는지에 대해서는 넘어가도록 하겠습니다. 그 점에 대해서는 저도 나름대로 생각하고 있는 게 있으니 나중에 말씀드리겠습니다, 국장님. 어쨌든 금요일 아침, 도트레는 채권을 가지고 애인의 집으로 갔습니다. 짐은 미리 꾸려 두었고요. 두 사람은 파리 북역으로 가서 열차 시간이 되기를 기다렸죠. 그런데 갑자기 어떤 이유 때문에 생각을 바꾸고는 출발을 포기했습니다. 그때가 5시 25분이었습니다. 도트레는 자기 애인을 짐 가방과 함께 돌려보낸 뒤, 택시를 타고 생라자르 역으로 갔습니다. 그 때가 6시. 그때 이미 도트레는 석간신문을 통해 자기가 혐의를 받고 있다는 사실을 알고 있었습니다. 그래서 경찰이 가르슈 역에서 자길 노리고 있을 거라고 생각했겠죠. 도트레가 국방부 채권을 가지고 가르슈 역으로 오려고 했을까요? 아닙니다. 그 점에 있어서는 조금도 의심의 여지가 없습니다. 그러니까 5시 25분에서 6시 사이에 그는 채권을 안전한 곳에 숨겨 둔 것이죠」

「하지만 택시는 중간에 정차한 적이 없었잖나!」

「그렇기 때문에 두 가지 경우를 생각할 수 있습니다. 택시 기사와 짜고 기사에게 물건을 맡겼거나……」

「그럴 리가!」

「아니면 택시 안에 물건을 숨겼거나」

「그것도 불가능한 일이야!」

「왜죠?」

「다음 승객이 가져갔을 테니까! 택시 뒷좌석에 거의 백만 프랑이나 되는 채권을 보고 그냥 놓고 내리는 사람이 어디 있겠나!」

「아닙니다. 택시 안에 숨겨 놓은 거죠」

몰레옹 서장은 웃음을 터뜨렸다.

「빅토르, 자네 농담하나?」

고티에 국장은 생각에 잠겨 있다가 말했다.

「어떻게 숨길 수 있지?」

「의자 아래쪽을 10센티미터만 자르면 됩니다. 그리고 다시 꿰매면…… 끝이죠」

「그러려면 시간이 필요할 텐데」

「물론입니다, 국장님. 그래서 도트레가 쓸데없이 빙 돌아서 가자고 했던 겁니다. 그렇게 안전하게 물건을 감춰 놓은 다음, 아무렇지도 않게 가르슈 역으로 돌아온 겁니다. 그리고 수사가 끝나면 다시 채권을 찾으려고 했겠죠」

「하지만 자기가 혐의를 받고 있다는 사실을 알고 있었잖나?」

「예. 그렇지만 그는 자기가 받고 있는 혐의가 얼마나 비중이 큰지도 몰랐을 테고, 상황이 이렇게 빨리 변할지도 몰랐겠죠」

「그래서?」

「니콜라 기사의 택시가 마당에 있으니 국방부 채권을 찾으러 가죠」

몰레옹은 비웃으며 어깨를 으쓱해 보였다. 하지만 국장은 빅토르의 설명이 그럴듯하게 느껴졌는지 택시 기사를 불러오라고 했다.

「당신 택시가 있는 곳으로 우릴 안내하시오」

택시 기사는 짧게 자른 머리에 얼굴 피부는 거칠고 생기가 없었다. 또, 마른 전투(제1차 세계 대전 발발 직후인 1914년 9월 6~12일에 프랑스 파리의 북동쪽 마른 강을 사이에 두고 독일군과 프랑스 · 영국 연합군이 벌인 전투——옮긴이)에 참전했는지 몸은 온통 상처투성이였다.

택시 기사가 말했다.

「시동을 걸어야 합니까?」

「아뇨. 됐습니다」

빅토르는 택시 문을 열고 왼쪽 의자의 쿠션을 뒤집어 놓은 다음, 세심히 관찰했다.

그러고 나서 오른쪽 의자를 살펴보았다.

오른쪽 의자 아래에는 가죽 이음새 부분을 따라 10센티미터가량 이상한 부분이 있었다. 원래 가죽을 꿰맨 실은 짙은 회색이었는데 그 부분만 검정 실로 꿰매져 있었다. 꿰맨 모양은 불규칙했는데 매우 촘촘하고 튼튼했다.

고티에 국장이 말했다.

「빌어먹을! 정말……」

빅토르가 칼을 꺼내 실을 잘라 내자 가죽 천이 넓게 벌어졌다.

그는 손가락을 틈 사이로 집어넣고, 봉투를 찾았다.

사오 초 후에 빅토르가 중얼거렸다.

「여기 있습니다」

그는 쉽게 종이를 끄집어냈다. 아니, 종이라기보다는 상자에 가까웠다.

빅토르는 상자를 열어 보더니 마구 화를 냈다.

상자 안에는 아르센 뤼팽의 명함과 함께 다음과 같은 글귀가 적혀 있었다.

「진심으로 사과드립니다. 그럼 이만」

몰레옹은 웃음을 참지 못해 배를 움켜쥐고 깔깔대며 웃었다. 그가 심술궂게 말했다.

「세상에나, 정말 우습군! 우리 친구 뤼팽의 속임수를 다시 보게 되었군! 응, 빅토르, 10만 프랑짜리 채권 아홉 장 대신 뤼팽이 남긴 상자라니! 이런 일이 있나! 정말 우습기 짝이 없군! 마약 수사반 빅토르, 자네 정말 우습게 됐군그래」

118

고티에 국장이 말했다.

「난 그렇게 생각하지 않네, 몰레옹. 그와 반대로 이번 일은 빅토르의 뛰어난 통찰력과 직감을 보여 주는 일이었네. 대중들도 나처럼 생각할 걸세」

빅토르는 목소리를 낮춰 말했다.

「또 이번 일은 뤼팽이 얼마나 만만치 않은 상대인지 똑똑히 보여 준 겁니다. 제게 〈통찰력과 직감〉이 있다면 뤼팽은 저보다 몇 배는 더 능력이 뛰어나다는 얘기죠. 그자가 제 생각을 앞질러 갔을 뿐만 아니라 교묘히 저의 수사망을 피해 갔으니까요. 저뿐만 아니라 경찰의 수사망을요!」

「포기하지 않을 거지?」

빅토르가 웃으며 말했다.

「이건 적어도 2주 전 일입니다. 몰레옹 서장님, 서두르십시오. 제가 선수 치기 전에 말입니다」

그는 발뒤꿈치를 모은 뒤 두 상관을 향해 어색하게 군대식 인사를 하고 나서 굳은 표정으로 뒤를 돌아 밖으로 나왔다.

빅토르는 집에서 저녁 식사를 하고 다음 날 아침까지 편안하게 잠을 잤다.

신문에서는 이 사건을 수도 없이 다뤘다. 분명 몰레옹이 정보를 흘렸을 것이다. 대부분의 여론은 고티에 국장의 말대로 마약 수사반 빅토르의 능력을 칭찬하는 쪽으로 기울었다.

하지만 다른 한편에서는 빅토르가 예견한 대로, 아르센 뤼팽에 대한 찬사가 이어졌다. 그의 뛰어난 머리와 예리한 관찰력을 칭찬하는 기사들이 얼마나 많던지! 유명한 모험가의 기발한 발상! 그리고 대사기꾼의 새로운 계획에 대해서!

빅토르는 헛수고가 되어 버린 자신의 수사 결과에 관한 기사를 읽으며 중얼거렸다.

「이런 젠장! 널 바닥으로 추락하게 만들어 주마, 뤼팽」

날이 저물 무렵, 도트레 남작의 자살 소식이 들려왔다. 남작은 그나마 채권이라도 남아 있어서 그동안 견뎌 왔는데, 채권이 사라져 버렸다는 소식을 접하자 스스로 목숨을 끊어 버린 것이다. 그는 벽 쪽을 보고 침대에 누워 유리 조각으로 손목 동맥을 잘랐다. 그리고 조금도 움직이지 않고 소리 없이 저 세상으로 갔다.

자살을 통해 남작의 자백을 받아 낸 셈이었다. 그의 자살이 미궁에 빠져 있는 〈작은 집〉 사건과 보지라르가 사건을 밝혀 내는 계기가 될까?

대중들은 그 부분에는 별 관심을 기울이지 않았다. 대중들의 관심은 오로지 아르센 뤼팽과 그가 어떤 방법으로 마약 수사반 빅토르의 포위망을 빠져나갈까에 쏠렸다.

빅토르는 자동차를 타고 다시 부아 구역으로 돌아갔다. 그는 몸에 꼭 끼는 군복을 입고, 페루 인 마르코스 아비스토의 우아하면서도 검소한 차림으로 돌아왔다. 그러고 나서 케임브리지 호텔의 자기 방으로 들어갔다.

잠시 후, 빅토르는 훌륭하게 재단된 턱시도를 차려입고 웃옷에 달린 장식용 단추 구멍에 꽃을 꽂은 다음, 호텔 레스토랑에 가서 저녁 식사를 했다.

알렉산드라 공주는 보이지 않았다. 그녀는 호텔 로비에도 모습을 드러내지 않았다.

하지만 10시경, 그가 방으로 돌아왔을 때 전화 한 통이 왔다.

「마르코스 아비스토 씨? 저, 알렉산드라 바실레이에프 공주예요. 특별히 할 일 없으시면…… 괜찮으시다면 이리로 오셔서 저하고 얘기 좀 할 수 있을까요? 선생님을 좀 뵈었으면 하는데요」

「지금 당장요?」

「예, 지금 당장」

공범

빅토르는 손바닥을 비비며 생각했다.

〈됐어! 그녀가 나한테 뭘 원하는 걸까? 그녀는 불안해하고 공포에 떨며 도움을 바라고 있을까? 그래서 나한테 모든 걸 털어놓을까? 아냐, 그럴 가능성은 거의 없어. 지금은 2단계 과정을 거치고 있을 뿐이야. 목표에 도달하기 전까지는 3단계, 4단계 과정을 거쳐야 할지도 몰라. 하지만 상관없어! 중요한 건 그녀가 날 필요로 한다는 사실이지. 나머지는 천천히해도 돼.〉

빅토르는 거울을 바라보며 넥타이 매듭을 고쳐 맸다. 그러고는 한숨을 내쉬며 말했다.

「젠장……! 예순 살은 더 되어 보이는군……. 물론 눈빛은 여전히 살아 있고 단단한 가슴 위로 흉부 근육도 불끈 솟아 있긴 하지만. 어쨌든 환갑 노인인걸……」

그는 복도로 고개를 내밀어 복도를 살핀 다음 엘리베이터를 향해 걷는 척했다. 그러다가 공주의 방 앞에 이르렀을 때 갑자기 몸을 돌렸다. 문은 빠끔히 열려 있었다. 빅토르는 방 안으로 들어 갔다.

작은 대기실을 지나자 커다란 방이 나타났다.

알렉산드라는 문지방에 서서 그를 기다리고 있었다.

그녀는 응접실에서 신사를 맞이하듯 웃으며 손을 내밀었다.

그러고는 앉으라고 권하면서 말했다.

「와 주셔서 감사해요」

알렉산드라는 흰색 실크로 만든 가운을 입고 있었는데 앞 여밈 부분이 많이 벌어져 있어 팔과 아름다운 어깨가 전부 드러났다. 그녀가 사람들 앞에 나타날 때 얼굴에서 보이는 비장하고 운명적 인 분위기는 느껴지지 않았다. 더 이상 도도하거나 무관심해 보 이지도 않았다. 얼굴에는 수심이 가득했는데 그 모습이 왠지 사 랑스럽고 친절하며 친근하게 느껴졌다.

그녀의 방은 전형적인 고급 호텔 객실 그대로였다. 하지만 빛 을 희미하게 차단해서 일반 객실보다 좀더 우아한 분위기가 느껴 졌다. 또, 값나가는 골동품과 가지런히 정리된 책들, 외국산 담 배에서 느껴지는 은은한 향이 우아한 느낌을 더해 주었다. 장식 용 탁자 위에는 신문이 놓여 있었다.

그녀가 말했다.

「전 좀 혼란스러워요……」

「혼란스럽다고요?」

「어떻게 해야 할지 몰라서 오시라고 했어요……」

「저도 알고 있습니다」

「아! 제가 왜 혼란스러운 거죠?」

「지루하니까요」

「그래요. 하지만 제가 말하는 지루함은 고질병이에요. 다른 사람과 대화를 한다고 해서 사라지지 않죠」

「폭력적인 행동이나 커다란 위험이 닥쳐왔을 때에만 없어집니다」

「그럼 선생님은 절 돕지 못하시겠죠?」

「도울 수 있습니다」

「어떻게요?」

빅토르는 농담을 던졌다.

「부인께 가장 끔찍한 위험을 가져다드리고, 부인을 재앙과 혼란 속으로 몰아넣을 수 있습니다」

빅토르는 알렉산드라에게 다가가며 심각한 목소리로 말했다.

「하지만 그럴 필요가 있을까요? 부인 생각을 하면…… 실제로 전 자주 부인 생각을 합니다. 부인 생각을 하면 부인의 삶 전체가 끊임없는 위험의 연속은 아닐까 하는 의문이 들죠」

그녀의 얼굴이 약간 붉게 물들었다.

「뭐 때문에 그런 생각을 하신 거죠?」

「손을 줘 보십시오……」

그녀는 빅토르에게 손을 내밀었다. 그는 한참 동안 그녀에게 몸을 기울여 손바닥을 관찰하고 나서 말했다.

「제가 생각했던 대로입니다. 부인은 겉으로 보기엔 무척 복잡한 사람 같지만 내면 깊숙한 곳을 들여다보면 전혀 그렇지 않습니다. 저는 부인의 눈과 태도를 보고 이미 그런 점을 간파했습니다. 간결하게 이어진 이 손금들이 바로 그 증거죠. 이상한 점은 대담한 성격과 나약한 성격이 한데 합쳐져 있다는 사실입니다. 부인께서는 위험한 일을 찾아다니면서도 보호를 필요로 합니다.

부인께서는 고독을 좋아하십니다. 그런데 그런 기질 때문에 위험에 처하게 되고 부인께서 상상으로 만들어 낸 악몽으로부터 도망치기 위해 아무에게나 도움을 청합니다. 부인은 자신을 지배할 주인을 필요로 합니다. 부인께서는 일상의 지루함과 틀에 박힌 생활, 슬픔, 단조로운 삶에서 벗어나기 위해 그 주인에게 복종합니다. 그렇게 해서 부인 안에 있는 평안과 열정, 안정과 폭력을 향한 본능, 두려움과 충동, 사랑의 정열과 독립을 향한 의지가 충돌합니다」

빅토르는 말을 마치고 알렉산드라의 손을 놓았다.

「제가 바로 맞혔겠죠? 부인께서는 분명 제가 말한 그대로일 겁니다」

알렉산드라는 빅토르가 예리한 눈으로 자신의 마음속 비밀까지 꿰뚫어 보자 시선을 다른 곳으로 돌렸다. 그리고 담배에 불을 붙인 다음, 다시 일어나서 화제를 다른 것으로 바꾸었다. 그녀는 신문을 보여 주며 경쾌한 목소리로 말했다. 빅토르는 그녀가 자기를 부른 이유가 바로 그것 때문이라는 사실을 알 수 있었다.

「국방부 채권 사건에 대해서 어떻게 생각하세요?」

두 사람의 머릿속은 온통 국방부 채권 사건에 대한 생각으로 가득 차 있었지만 이 사건을 화제로 삼기는 처음이었다. 빅토르는 그녀와 채권 사건에 대한 이야기를 한다고 생각하니 무척 떨렸다.

빅토르도 그녀처럼 아무 감정도 내비치지 않고 대답했다.

「미궁 속 사건이죠……」

「그것도 아주 깊은 미궁 속……. 어쨌든 새로운 사실이 밝혀진 셈이에요」

「새로운 사실이라뇨?」

「그래요. 가령, 도트레 남작이 자살을 한 건 자백이나 다름없다는 거죠」

「왜 그렇게 확신하시는 겁니까? 도트레 남작은 자기 애인한테 배신당하고 또 이제 돈도 찾을 수 없게 되었다는 생각에 자살을 한 겁니다. 하지만 정말로 그 사람이 레스코를 죽인 걸까요?」

「그럼 누가 죽였을까요?」

「공범이오」

「무슨 공범?」

「문으로 도망친 남자. 그 남자가 귀스타브 제롬일 수도 있고, 아니면 창문으로 도망친 여자의 애인일 수도 있습니다」

「여자의 애인……?」

「예, 아르센 뤼팽……」

그녀는 빅토르의 의견에 이의를 제기했다.

「하지만 아르센 뤼팽은 그런 범행은 저지르지 않아요……. 그는 사람을 죽이진 않는다고요……」

「죽여야만 하는 상황이었을지도 모르죠……. 자신의 안전을 위해서」

두 사람 다 무관심한 듯한 어조로 대화를 나눴지만 이야기는 점점 더 심각한 내용으로 빠져들었다. 빅토르는 속으로 쾌재를 불렀다. 그는 알렉산드라를 쳐다보지 않았다. 하지만 빅토르는 그녀가 떤다는 사실을 알 수 있었다. 그녀가 물었다.

「그 여자를 어떻게 생각하세요?」

「극장에 있던 여자요?」

「그럼 극장에 있던 여자와 〈작은 집〉에서 목격한 여자가 동일

126

인물이라고 생각하시나요?」

「물론!」

「그럼 보지라르가에 있는 엘리즈 마송의 아파트 층계의 여자도 요?」

「물론이죠」

「그럼 당신은……?」

알렉산드라는 더 이상 묻지 않았다. 뒤이어 말하려던 내용을 차마 입밖에 낼 수 없었을 것이다. 대신 빅토르가 말을 마쳤다.

「그럼, 그녀가 엘리즈 마송을 죽인 범인이라는 추측이 가능하죠」

빅토르는 직접 추측을 한 것처럼 말했다. 그의 말이 끝나자 침묵이 흐른 뒤, 그녀의 입에서 한숨이 흘러나왔다. 그는 여전히 관심 없는 듯한 말투로 덧붙였다.

「하지만 그 여자만큼은 확실치가 않습니다……. 너무 서툴러 보이는 게 이상하거든요. 초보자처럼……. 아무것도 아닌 일로 사람을 죽인다는 건 너무 어리석죠……. 그 여자가 살인을 저질렀다면 그건 국방부 채권을 훔치기 위해서였을 테니까요. 그런데 엘리즈 마송에겐 채권이 없었습니다. 그녀를 죽일 필요가 없었죠. 그래서 그 범행은 말도 안 되고 어리석었다는 얘기입니다. 뭐, 사실 그 여자한테는 별로 흥미도 가지 않습니다……」

「그럼 이 사건에서 선생님께 흥미로운 점은 뭐죠?」

「두 남자요. 진짜 남자 두 명이죠. 도트레도 제롬도 몰레옹 수사관도 아닌……. 물론 그 사람들은 아니죠. 실수도 하지 않고 허풍도 떨지 않는 정상적인 두 남자. 결국 끝에 가서 맞부딪치게 될 두 남자……. 바로 뤼팽과 빅토르입니다」

「뤼팽……?」

「대단한 놈입니다. 보지라르가에서 채권을 찾지 못하자 다시 뒤를 밟아 국방부 채권을 가로챈 방법만큼은 정말 놀라울 정도입니다. 빅토르도 마찬가지로 대단한 자죠. 택시 의자 안에 채권을 숨겨 놓았던 곳까지 찾아냈으니까요」

그녀가 말했다.

「빅토르란 사람이 뤼팽을 잡을 거라고 생각하세요?」

「예. 전 그렇게 생각합니다. 이미 전에도 여러 번 신문이나 목격자들의 이야기를 통해서 빅토르란 수사관이 한 일에 대해 들은 적이 있습니다. 아무리 뤼팽이라고 해도 그렇게 감쪽같고, 고집스럽고, 치열하게 계속되는 공격에는 어쩔 수가 없을 겁니다. 빅토르는 뤼팽을 절대 포기하지 않을 걸요」

「아! 그래요……?」

「예. 우리가 생각하는 것보다 훨씬 더 진전이 있을 겁니다. 추적 중일 겁니다」

「몰레옹 서장도요……?」

「예. 상황이 뤼팽한테 매우 불리합니다. 그자를 잡을 겁니다」

알렉산드라는 팔꿈치를 무릎에 괴고 아무 말도 하지 않고 있었다. 마침내 그녀가 웃으려고 애쓰면서 작게 속삭였다.

「안됐군요」

「예. 대부분의 여자들이 그러는 것처럼 부인도 뤼팽에게 매력을 느끼시는 모양이군요」

그녀는 더욱 낮은 목소리로 말했다.

「저 이외의 모든 사람이 제 마음을 사로잡죠……. 그 사람……. 다른 사람도 모두……. 강렬한 감정을 느끼게 하거든요」

빅토르가 웃으며 소리쳤다.

「아닙니다. 그렇게 생각하지 마십시오……. 그런 감정에는 익숙해지게 마련입니다……. 시간이 흘러 익숙해지면 가장 좋은 패를 손에 쥔 사람처럼 안정을 되찾을 겁니다. 물론 고통스러운 순간들도 있겠지만 아주 드문 경우죠. 거의 대부분은 범죄에 손을 대도 아무 일 없던 것처럼 지나갑니다. 어디서 들은 얘긴데……」

빅토르는 중간에 말을 멈추고 일어서서 나가려고 했다.

「죄송합니다……. 제가 시간을 너무 많이 뺏었군요……」

알렉산드라는 빅토르를 잡고 호기심 어린 눈으로 흥분해서 말했다.

「무슨 얘길 들었는데요?」

「아! 아무것도 아닙니다……」

「왜요? 말씀해 보세요……」

「확실한 정보를 입수했습니다……. 팔찌가 하나 있는데……. 어디서 들은 얘깁니다만, 그 팔찌를 손에 넣기는 식은 죽 먹기라더군요……. 아무런 위험 부담도 없고……. 그저 산책을 하는 것과 다를 바 없다고 말입니다……」

빅토르는 문을 열고 나가려고 하자 알렉산드라가 그의 팔을 붙잡았다. 빅토르가 그녀를 향해 돌아보자 그녀는 도발적인 눈빛으로 그를 바라보며 물었다. 그런 눈빛이라면 어떤 남자도 청을 거절할 수 없을 것 같았다.

「언제 산책을 하실 거죠?」

「왜요? 함께 가시려고요?」

「예. 함께 가고 싶어요……. 전 정말 지루하다고요!」

「그냥 기분 전환을 하시려는 겁니까?」

「어쨌든 저도 따라가서 보고 싶어요……. 저도 함께 갈게요……」

「이틀 후, 2시, 리볼리가에 있는 생자크 광장에서 만나죠」

빅토르는 대답을 기다리지도 않고 방에서 나가 버렸다.

알렉산드라는 정확히 제 시간에 약속 장소에 나왔다. 빅토르는 그녀가 다가오는 모습을 보며 중얼거렸다.

「넌 이제 내 손안에 있어. 실 끝을 잡았으니 이제 곧 바늘도 잡게 되겠지. 네 애인 말이야」

그녀는 매우 젊고 발랄해 보였다. 어서 빨리 일을 시작하고 싶어 안달이 난 것 같았다. 놀러 가는 사람처럼 무척 행복한 표정이었다. 변장을 하지는 않았지만 완전히 다른 사람 같았다. 아주 짧은 회색 모직 치마를 입고, 챙 없는 단색 모자를 썼는데 머리카락은 하나도 보이지 않았다……. 사람들의 주의를 끌 만한 차림새는 아니었다. 이제 귀부인 같은 모습은 전혀 찾아볼 수 없었다. 그녀의 빼어난 미모는 베일을 씌운 것처럼 살짝 가려진 느낌이었다.

빅토르가 물었다.

「준비되셨습니까?」

「제 자신에게서 벗어나는 일이라면 언제든 시작할 준비가 돼 있어요」

「우선 몇 마디만 하죠」

「그게 필요한가요?」

「가책을 줄이기 위해서입니다」

그녀는 즐겁게 대답했다.

「전 가책은 느끼지 않아요. 우린 산책을 하러 가는 거잖아요. 안 그래요? 물건을 손에 넣으려고……. 그 이상은 몰라요」

「정확한 사실이군요. 산책을 하는 도중에 한 남자의 집을 방문할 겁니다. 그 남자의 직업은 빌어먹을 장물아비입니다……. 그자는 그저께 훔친 팔찌를 수중에 넣었는데, 그 팔찌를 팔려고 한다더군요」

「그리고 선생님은 그 사람한테서 다시 팔찌를 사들일 생각은 없는 거고요」

「물론 없죠. 게다가 그 남자는 잠을 자고 있습니다……. 아주 규칙적인 생활을 하는 사람이거든요. 레스토랑에서 점심 식사를 하고, 집에 돌아와서 2시부터 3시까지는 항상 낮잠을 잡니다. 아주 깊은 잠을 자죠. 아무리 시끄러워도 깨지 않을 겁니다. 그러니 그 사람 집에 들어가도 걱정할 일은 전혀 일어나지 않을 겁니다」

「할 수 없죠. 그 잠자는 남자는 어디에 살고 있죠?」

「따라오십시오」

그들은 작은 정원을 떠났다. 100보 정도 걸어간 뒤, 그들은 인도를 따라 세워 놓은 자동차에 올라탔다. 빅토르는 알렉산드라가 자동차 번호를 보지 못하도록 했다.

그들이 탄 차는 리볼리가를 지나 왼쪽으로 방향을 틀었다. 그런 다음, 빅토르는 복잡하게 얽힌 골목길 사이로 핸들을 마구 꺾었다. 자동차는 차체도 낮은 데다 거리 이름은 지붕에 가려 알아볼 수가 없었다.

알렉산드라가 말했다.

「절 못 믿나 보군요. 제가 어디로 가는지 모르게 하시려는 거죠? 이 동네 도로는 도무지 하나도 모르겠어요」

「여기는 도로가 아닙니다. 시골 한가운데, 멋진 숲 속에 나 있는 환상의 길이죠. 부인을 환상적인 성으로 안내하겠습니다」

그녀가 웃으며 말했다.

「페루 출신 아니신가요?」

「아닙니다!」

「프랑스?」

「몽마르트르에서 자랐죠」

「선생님은 도대체 누구신가요?」

「바실레이에프 공주의 운전사입니다」

자동차가 정문 앞에 멈춰 서자 두 사람은 차에서 내렸다.

커다란 정원에는 포석이 깔려 있었고, 중앙에 나무가 보였다. 정원은 거대한 직사각형 모양이었으며 정원 가장자리에는 낡은 건물들이 서 있었다. 그런데 A 계단……, B 계단…… 하는 식으로 각 집 계단에 알파벳을 새겨 놓은 것이 보였다.

그들은 F 계단을 올라갔다. 그들이 돌계단 위로 걸음을 내딛을 때마다 진동이 느껴졌다. 주위에는 아무도 없었다. 계단을 올라가면서 보니 각 층마다 문이 하나씩 달려 있었다.

제대로 관리를 안 했는지 모두 낡고 허름했다.

드디어 마지막 층인 6층에 도착했다. 지붕은 매우 낮았다. 빅토르는 주머니에서 가짜 열쇠 꾸러미와 건물 구조가 그려진 종이를 꺼냈다. 그는 여자에게 종이를 내보이며 이 집에는 작은 방이 네 개 있다고 알려 주었다.

자물쇠를 여는 데는 전혀 힘이 들지 않았다. 빅토르는 조용히 문을 열었다.

그가 작은 소리로 말했다.

「두렵지 않습니까?」

그녀는 어깨를 으쓱했다. 하지만 웃지는 않았다. 그녀의 얼굴은 여느 때처럼 다시 창백한 빛으로 돌아와 있었다.

대기실을 지나가니 정면에 방문 두 개가 보였다.

빅토르는 오른쪽 문을 가리키며 속삭였다.

「여기서 자고 있을 겁니다」

그러고는 왼쪽 방문을 살짝 열고, 안으로 들어갔다. 그 방에는 가구가 거의 없었다. 책상 하나와 의자 네 개가 전부였다. 두 방은 커튼으로 나뉘어 있었다.

그는 커튼을 살짝 젖히고 들여다보았다. 그러고는 알렉산드라에게 들여다보라는 신호를 했다.

반대편 벽에 걸린 거울에 침대 겸용 소파가 비쳤다. 그리고 그 위에서는 한 남자가 잠을 자고 있었는데 얼굴은 보이지 않았다. 빅토르는 그녀에게 몸을 숙여 귀에 대고 말했다.

「여기서 기다리십시오. 저자가 조금만 움직여도 저한테 알려 주십시오」

빅토르는 몸을 움직이다가 그녀의 손을 살짝 스쳤는데 얼음장처럼 차가웠다. 또, 그녀는 자고 있는 남자를 뚫어져라 쳐다보느라 눈이 벌겋게 충혈될 정도였다.

빅토르는 책상이 있는 곳으로 돌아와서 다시 책상 서랍 자물쇠를 여는 데 시간을 보냈다. 잠시 후, 서랍 몇 개가 열렸다. 서랍을 뒤지자 실크 천에 싸여 있는 팔찌가 나왔다.

그 순간, 옆방에서 작은 소리가 들려왔다. 뭔가가 상자에 부딪히는 듯한 소리였다.

알렉산드라는 붙잡았던 커튼에서 손을 떼고, 부들부들 떨었다.

빅토르가 다가가자 그녀가 더듬거리며 말했다.

「움직였어요……. 깨어나려고 해요……」

빅토르는 손에 권총을 쥐었다. 그러자 알렉산드라가 그에게 달려들며 팔을 잡았다.

「미쳤어요……! 그건 안 돼요. 절대 안 돼요!」

빅토르가 그녀의 입을 막았다.

「조용히해요……. 들어 봐요……」

그들은 귀를 기울였다. 아무 소리도 나지 않았다. 잠자는 남자의 숨소리만이 적막을 깨고 있었다.

빅토르는 그녀를 데리고 입구로 나왔다. 그들은 한 걸음씩 뒤로 물러섰다. 빅토르가 문을 닫았을 때는 안으로 들어갔을 때부터 채 오 분이 지나지 않은 시각이었다.

그녀는 계단에서 숨을 깊게 들이쉬었다. 그리고 그동안 구부렸던 등을 펴고 편안하게 계단을 내려갔다.

그런데 다시 차에 오르자 그녀는 다시 팔이 뻣뻣해지고 얼굴이 일그러졌다. 울음을 터뜨릴 것만 같았다. 그러다가 잠시 후, 신경질적인 미소를 짓는 것을 보니 안정을 되찾는 모양이었다. 빅토르가 팔찌를 보여 주자 그녀가 말했다.

「정말 아름답군요……. 찬란하게 빛나는 다이아몬드보다 더 아름다운 건 없어요……. 잘됐군요……. 정말 훌륭한 솜씨였어요!」

그런데 왠지 반어적인 표현인 것 같았다. 빅토르는 그녀가 갑자기 이방인처럼, 아니 적군처럼 멀게 느껴졌다. 그녀는 차를 세우라는 손짓을 하고는 아무 말 없이 차에서 내렸다. 그러고는 택시 정류장으로 가서 택시를 탔다.

빅토르는 방금 전에 나온 황폐화된 동네로 돌아가 또다시 커다란 정원을 가로지른 다음, F 계단을 올라갔다. 그리고 6층에서 초인종을 눌렀다.

라르모나 수사관이 문을 열었다.

빅토르가 즐겁게 말했다.

「잘하셨습니다, 라르모나 수사관님. 잠자는 장물아비 역할도 아주 잘했고, 이 아파트도 우리 계획에 딱 들어맞는 곳이었어요. 그런데 뭘 떨어뜨리신 거죠?」

「외눈박이 안경」

「조금만 소리가 더 컸어도 머리에 총알을 날렸을 겁니다! 바실레이에프 공주가 그것 때문에 겁을 먹은 것 같아요. 저한테 달려들어서 하마터면 잠을 깨울 뻔했지 뭡니까」

「그럼 그 여자가, 총을 쏘는 걸 원치 않았다는 말인가?」

「보지라르가 살인 사건 당시 끔찍한 기억이 남아 있기 때문이거나 이미 그런 종류의 경험은 충분히했기 때문일 수도 있죠」

「정말, 그렇게 생각하나……?」

「전 아무것도 생각하지 않았습니다. 아직은 그 여자가 무슨 생각을 하고 있는지 정확히 모르겠습니다. 어쨌든 제가 바라던 대로 그 여자와 제가 공범이 된 셈입니다. 이곳에서 그녀를 데리고 나가면서 목표에 한걸음 더 다가간 셈이죠. 그런데 훔친 물건을 그녀에게 넘기거나 그녀의 몫을 떼어 줄 걸 그랬나 봅니다. 그게 제 계획이었는데……. 그렇게 할 수 없었죠. 저도 모르게 그녀가 살인자라는 사실을 인정하는지도 모르겠군요……. 하지만 그 여자가…… 도둑일까요……? 그건 상상이 안 갑니다……. 자, 여기, 팔찌요. 그 팔찌 빌려 준 보석상한테 고마워해야겠군요」

라르모나가 웃으며 말했다.

「속임수를 쓴 건 아니겠지!」

「물론 속임수도 필요하죠. 뤼팽 같은 자를 상대하려면 특별한 기술도 익혀야 하니까요」

케임브리지 호텔에서 저녁 식사를 하기 전, 빅토르는 라르모나에게 전화를 받았다.

「잘 살펴보게……. 몰레옹 서장이 그 영국인에 대한 정보를 입수한 것 같아……. 뭔가를 준비하고 있어……. 다시 소식 전하겠네」

빅토르는 불안해져 가만히 앉아 있었다. 이제는 최대한 신중을 기해 한 걸음씩 나아가는 길밖에 없었다. 그렇지 않으면 범인들이 겁을 먹고 달아나 버릴 수 있기 때문이다. 하지만 몰레옹은 전혀 조심하는 유형이 아니었다. 그는 위치를 추적하면 곧바로 적을 향해 달려들었다. 그가 영국인을 잡는다면 이제 뤼팽이 위험에 처할 테고, 그럼 알렉산드라도 위험해질 것이 뻔했다. 상황이 빅토르의 뜻대로 흘러가지 않고 있었다.

48시간이 흘렀다. 신문에서는 라르모나가 경고했던 내용은 전혀 찾아볼 수 없었다. 하지만 라르모나는 전화를 걸어 새로 알아낸 사실은 없으나 세세한 일들을 보면 자기 직감이 맞는 것 같다고 말했다.

영국인 비미시의 모습은 보이지 않았다. 그는 방에서 꼼짝도 하지 않았다. 비미시가 발목을 접질려 움직이지 못한다는 말이 들려왔다.

바실레이에프 공주는 저녁 식사 후, 딱 한 번 로비에 모습을 드러냈다. 그녀는 잡지만 뚫어져라 쳐다보면서 담배를 피웠다. 그녀는 평소에 앉던 자리가 아닌 다른 자리에 앉아 빅토르에게 인사도 하지 않았다. 빅토르는 멀리서 그녀를 훔쳐보아야 했다.

알렉산드라는 전혀 걱정하는 기색이 없었다. 하지만 왜 모습을 드러내는 걸까? 빅토르에게 자기가 인사도 안 하고 말도 하지 않는다는 사실을 보여 주려고? 하지만 항상 그곳에 있으니 언제든 다시 만나 대화를 나눌 준비가 되어 있다는 뜻인가? 그녀는 이번 사건 때문에 자신이 심각한 위협을 당할 거라는 사실을 알지 못했지만, 여자의 직감으로 자기와 자기 애인 주위에 위험이 도사리고 있다는 점을 어렴풋이 느끼는 것 같았다. 무엇 때문에 그녀는 이 호텔을 떠나지 않는 걸까? 영국인 비미시는 왜 이곳에 머물러 있는 걸까? 왜 두 사람은 좀더 안전한 장소를 찾지 않는 걸까? 왜 위험한 상황에서도 항상 같은 곳에 있으려고 할까?

그녀는 분명 그 남자를 기다리고 있을 것이다. 어느 날 저녁 영국인 옆에 서 있던 남자……. 아르센 뤼팽이 분명한 그 남자…….

빅토르는 알렉산드라에게 다가가 말하고 싶었다.

「떠나십시오. 상황이 심각하게 돌아가고 있습니다」

하지만 그녀가 이렇게 묻는다면 뭐라고 대답할 것인가?

「누구한테 심각하다는 거죠? 제가 걱정해야 할 일인가요? 바실레이에프 공주가 뭐 때문에 두려워해야 하죠? 영국인 비미시요? 전 모르는 사람이에요」

빅토르는 기다렸다. 그도 호텔을 떠나지 않았다. 적이 호텔에서 철수할 생각이 없다면 몰레옹 서장이 들이닥쳤을 때 이곳에서 큰 충돌이 벌어질 것이 분명하기 때문이다. 빅토르는 한참 동안 생각에 잠겼다. 그는 매 순간 사건 전체를 돌이켜 보고, 그러다가 멈춰서 해결책을 찾으려고 애썼다. 하지만 알렉산드라의 성격이나 행동, 그녀에 대해 알고 있는 사실들이 떠오를 때마다 생각에 방해가 되었다.

빅토르는 방에서 점심을 먹고 오랫동안 공상에 잠겼다. 그러고 나서 길가로 난 발코니에 기대어 섰는데 경찰청 동료 한 명의 모습이 보였다. 반대 방향에서 또 한 명이 다가왔다. 그들은 케임브리지 호텔 정면에 있는 의자에 앉았다. 하지만 대화를 나누지는 않았다. 그들은 빅토르에게 등을 보였으나 호텔 쪽으로 시선을 떼지 않았다. 또 다른 수사관 두 명이 반대편 인도에 자리를 잡고 앉았다. 그리고 좀더 멀리 떨어진 곳에 또 두 명이 있었다. 전부 여섯 명이었다. 호텔이 포위되기 시작했다.

빅토르는 딜레마에 빠졌다. 만약 수사반 빅토르로 돌아가서 영국인을 고발하고 곧장 아르센 뤼팽에게 달려들까? 그러려면 알렉산드라의 정체도 밝혀야 할 텐데……. 아니면…….

빅토르가 작은 소리로 중얼거렸다.

「아니면 어떻게 하지? 몰레옹의 편에 서지 않으면 알렉산드라의 편에 서는 것이고, 그럼 몰레옹과 싸워야 한다는 얘긴데……. 무슨 이유로 그런 행동을 한단 말인가? 나 혼자 사건을 해결하기 위해서? 나 혼자서 아르센 뤼팽을 잡기 위해서……?」

때로는 생각하지 않고, 어디로 흘러갈지 몰라도 그대로 본능에 따르는 편이 나을 때가 있다. 중요한 것은 사건의 핵심을 파고드는 것이며 상황의 추이를 살피면서 행동의 여지를 남겨 두는 것이다. 다시 발코니에 몸을 기대자 옆길에서 라르모나 수사관이 호텔을 향해 다가오는 모습이 보였다.

뭘 하러 오는 걸까?

라르모나는 의자에 앉아 있는 동료들을 쳐다보았다. 세 수사관은 고갯짓을 하며 신호를 주고받았다.

그러고 나서 라르모나는 산책하는 사람처럼 걷다가 차도를 건너 호텔로 들어왔다.

빅토르는 망설이지 않았다. 라르모나가 뭘 하러 오든 그에게 말을 해야만 했다. 논리적으로 볼 때, 라르모나는 빅토르와 마주치기를 기대하면서 호텔로 온 것이 분명했다.

빅토르는 로비로 내려갔다.

차 마시는 시간이 다되었기 때문에 빈 탁자가 거의 없었다. 호텔 로비와 로비 주위의 큰 복도에는 많은 사람들로 북적거렸다. 그 덕분에 빅토르와 라르모나는 눈에 띄지 않고 만날 수 있었다.

「어떻게 됐습니까?」

「호텔이 포위됐네」

「몰레옹 서장은 어디까지 알고 있습니까……?」

「술집에서 도망친 영국인이 이 호텔에 묵고 있다고 확신하네」

「공주는요?」

「전혀 얘기 없어」

「뤼팽은?」

「그자도 마찬가질세」

「그럼, 새 명령이 떨어지면……. 저한테 알려 주러 오시겠습니까?」

「난 공무 집행 중이네」

「그래도요!」

「인원이 한 명 부족했던 모양이야. 몰레옹 주위를 맴돌고 있었는데……. 그 사람이 날 이곳으로 파견했지 뭔가」

「몰레옹도 왔나요?」

「문지기와 얘기하고 있네」

「젠장! 착착 진행되고 있군요」

「전부 열두 명이야. 자네도 여길 떠나게, 빅토르. 아직은 시간이 있어」

「미쳤군요!」

「자네도 신문을 받을 거야……. 누가 자네를 알아보면 어떻게 하나?」

「그럼 어때서요? 빅토르가 페루 인으로 변장하고 경찰이 들이닥친 호텔에서 임무를 수행하고 있었다고 해서 무슨 문제가 됩니까? 제 일에는 상관 마십시오. 어서 가서 새로운 정보나 얻어 오세요……」

라르모나는 현관 입구로 서둘러 달려가 몰레옹과 합류했다. 그러고는 밖에서 들어온 팀과 함께 몰레옹을 따라 임시 사무실로 들어갔다.

삼 분이 흘렀다. 라르모나가 다시 와서 빅토르 곁을 비스듬히 돌아갔다. 두 사람은 몇 마디밖에 나누지 못했다.

「기록을 살펴보고 있어. 혼자 투숙한 영국인의 이름과 외국 투숙객의 이름을 모조리 목록에 넣고 있단 말이야」

「왜요?」

「뤼팽의 공범 이름을 모르니까. 그자가 영국인이란 사실은 확실하다더군」

140

「그리고요?」

「그리고 한 명씩 소환하거나 직접 객실로 올라가서 신분증을 검사하고 있어. 자네도 불릴 걸세」

「제 신분증은 이상 없습니다……. 지나치게 완벽하죠. 호텔 밖으로 나가려고 하면 어떻게 됩니까?」

「수사관 여섯 명이 감시하고 있네. 의심스러운 사람들은 직접 임시 사무실로 끌려오게 돼 있어. 수사관 한 명은 전화를 도청하고 있고. 모두 명령대로 진행되고 있네. 전혀 문제없이 말야」

「라르모나 수사관님은요?」

「난 호텔 뒤편, 퐁티외가에 있어. 유명 인사나 납품업자들만 출입하는 문이지. 하지만 일반 고객도 그리로 나갈지 몰라. 내가 감시를 맡고 있어」

「지시는요?」

「저녁 6시 전까지, 호텔 메모지에 몰레옹이 직접 서명한 허가증을 가지고 있지 않은 사람은 아무도 내보내지 말라는 지시야」

「그럼 저한테 남은 시간은 얼마나 됩니까?」

「일을 벌이려고?」

「예」

「무슨 일?」

「그건 묻지 마시고요!」

그들은 로비를 떠났다.

빅토르는 엘리베이터를 탔다. 그는 조금도 망설이지 않았다. 심지어는 자신이 결심한 것 외에 다른 결정을 내릴 수 있다는 생각조차 하지 않았다.

그가 생각했다.

「그래, 바로 그거야. 다른 결정은 있을 수 없어. 상황이 어느 정도까지 내 계획에 유리하게 돌아갈지 그게 의문이군. 서둘러야 해. 시간은 십오 분밖에 없어……. 많아 봐야 이십 분」

복도를 걸어가니 알렉산드라의 방문이 열려 있었다. 그녀는 차를 마시러 로비로 내려가려는지 곱게 단장한 차림으로 나타났다.

빅토르는 그녀에게 다가가 어깨를 잡고 그녀의 방으로 밀어붙였다.

그녀는 저항하며 화를 냈다. 도대체 무슨 일일까?

「경찰이 호텔을 포위했습니다. 객실을 수색하고 있단 말입니다」

케임브리지 호텔에서 벌어진 대격돌

알렉산드라는 계속 뒤로 물러서며 빅토르가 세게 잡고 있는 손을 뿌리치려고 했다. 빅토르는 대기실을 지나 방으로 들어가서 문을 닫아 버렸다. 그녀가 소리쳤다.

「어떻게 이럴 수가! 도대체 무슨 권리로 이러는 거예요……?」

그가 천천히 반복해서 말했다.

「경찰이 호텔을 포위했습니다……」

하지만 그가 예상했던 반응은 나오지 않았다.

「그래서요? 저하고는 상관없는 일이에요」

「경찰이 영국인들을 집중 수사하고 있습니다……. 영국인은 모두 소환될 겁니다……」

「바실레이에프 공주와는 상관없는 일이라고요」

「그 영국인 중에 비미시 씨도 있습니다」

그녀는 눈꺼풀을 한번 깜빡이더니 말했다.

「비미시 씨가 누군지 몰라요」

「아뇨……. 부인은 알고 있습니다……. 같은 층에 투숙한 영국인이오……. 337호실……」

「전 모르는 사람이에요」

「알잖습니까!」

「그럼 절 훔쳐보셨나요?」

「당신을 구하기 위해 꼭 필요한 일이었습니다. 지금처럼요」

「전 도움은 필요 없어요. 특히……」

「특히 저의 도움은 필요 없다…… 그런 말씀이신가요?」

「누구의 도움도 필요 없어요」

「제발, 쓸데없이 계속 설명하지 않게 해 주십시오. 시간이 없습니다! 십 분밖에 시간이 없어요……. 십 분이라고요. 알겠습니까? 십 분 후면 수사관 두 명이 비미시의 방으로 들어가 그를 임시 사무실로 데려갈 겁니다. 그리고 몰레옹 서장 앞에 앉히겠죠」

알렉산드라는 웃으려고 애썼다.

「비미시라는 분한테는 안된 일이군요. 그 사람이 무슨 잘못을 저질렀죠?」

「마르뵈프가의 술집에서 도망친 두 남자 중 한 명입니다. 다른 사람은 아르센 뤼팽이었고요」

그녀는 여전히 침착하게 말했다.

「곤란한 입장이군요. 그 사람이 그렇게 안돼 보이면 전화라도 해서 알려 주시죠……. 그 다음에 어떻게 할지는 그 사람이 판단할 테니까요」

「전화는 모두 도청당하고 있습니다」

그녀는 약간 신경질적으로 말했다.

「그래요! 그럼 알아서 하시죠!」

그녀의 말투가 너무 무례하게 느껴져 빅토르는 화가 치밀었다. 그가 냉정하게 말했다.

「부인, 상황을 제대로 이해하지 못하시나 보군요. 지금부터 팔 분에서 십 분 후면 수사관 두 명이 비미시의 방문을 두드릴 겁니다. 한 명은 그를 임시 사무실로 데려가고 또 한 명은 그의 방을 뒤지겠지요」

「그 사람한텐 안된 일이네요!」

「부인께도 안된 일이죠」

「저한테도요?」

알렉산드라는 화들짝 놀랐다. 그녀는 항의하는 걸까? 아니면 화를 내거나 불안해하는 걸까?

그녀는 다시 안정을 되찾고 말했다.

「저한테라뇨? 그 사람하고 제가 무슨 관계가 있다는 거죠? 그 사람은 제 친구가 아니에요」

「친구는 아닐지도 모르죠. 하지만 두 사람은 공모자예요. 부인 하지 마십시오. 전 알고 있습니다……. 부인께서 생각하시는 것 보다 훨씬 더 많은 사실을 알고 있습니다……. 부인께서는 머리 핀을 도둑맞은 사실을 알면서도 제게 화해를 청하셨죠. 그런 일 을 아무렇지도 않게 여기시는 부인을 보며 이상하게 여기는 게 당연하지 않겠습니까?」

「그럼 제가 직접 꾸민 일이란 말씀이세요?」

「어쨌든 부인께선 핀을 훔친 사람 때문에 화가 나셨겠죠. 전 어느 날, 부인께서 그 영국인과 이야기하는 모습을 봤습니다」

「그게 다인가요?」

「그 이후에, 그 영국인의 방에 들어가서 물건을 찾았습니다……」

「무슨 물건이오?」

「부인에 대한 정보를 알려 주는 물건이죠」

그녀는 불안을 감추지 못하고 말했다.

「경찰이 잠시 후에 그 물건을 찾아낼 겁니다」

「무슨 물건이냐고요!」

「비미시의 옷장 안에서…… 정확히 말하자면 셔츠를 쌓아 놓은 중간쯤에서 주황색 바탕에 초록색 무늬가 들어간 스카프를 찾았습니다……」

그녀가 자리에서 일어서며 말했다.

「뭐라고요? 지금 무슨 말씀을 하시는 거예요?」

「주황색 바탕에 초록색 무늬가 들어간 스카프 말입니다. 엘리즈 마송의 목을 졸랐던 스카프요. 그 스카프를 봤습니다……. 영국인의 옷장에 그 스카프가 있었습니다……」

그 한마디에 바실레이에프 공주는 순식간에 무너졌다. 아직 서 있긴 했지만 곧 정신을 잃고 쓰러질 것 같았다. 그녀가 입술을 바들바들 떨며 말했다.

「사실이 아니에요……. 그럴 리가 없어요……!」

빅토르는 냉정하게 계속해서 말했다.

「그 스카프를 봤습니다. 경찰에서 찾고 있는 스카프를요. 부인께서도 신문에서 읽으셨겠죠……. 엘리즈 마송이 항상 목에 두르고 다니는 스카프……. 사건 당일 아침에도 집에서 그 스카프를 두르고 있었죠. 영국인이 그 스카프를 가지고 있으니 그자가 보지라르가 살인 사건에 연루됐다는 게 입증된 셈입니다. 아르센 뤼팽과 함께요. 또, 그 스카프 말고도 다른 인물의 실체를 파헤칠 증거들이 어딘가에 숨어 있을 겁니다. 가령, 그 여자……」

그녀가 속삭이듯 물었다.

「어떤 여자요?」

「그들의 공범 말입니다. 범행 시각에 엘리즈 마송의 아파트 계단에서 목격된 여자……. 엘리즈 마송을 죽인……」

알렉산드라는 빅토르에게 달려들어 항의인지 자백인지 모를 말들을 거칠게 쏟아 냈다.

「그 여자는 죽이지 않았어요……! 그 여자는 정말 죽이지 않았어요……. 그녀는 범죄를 끔찍이 싫어한다고요! 피와 죽음은 끔찍해요……! 그녀는 죽이지 않았어요……!」

「그럼 누가 죽였습니까?」

알렉산드라는 대답하지 않았다. 그녀는 수많은 감정이 한꺼번에 밀려와 혼란스러운 모양이었다. 잠시 후, 그녀는 흥분이 가라앉았나 싶더니 갑자기 의기소침해졌다. 그녀는 매우 희미한 목소리로 중얼거렸다. 빅토르는 겨우 알아들을 수 있었다.

「상관없어요. 저에 대해서 생각하고 싶으신 대로 생각하세요. 전 개의치 않아요. 게다가 이젠 다 끝장이니까요. 상황이 전부 제게 불리한 방향으로 흘러가고 있어요. 비미시는 왜 그 스카프를 가지고 있었죠? 어떤 방법으로든 그 스카프를 버리기로 했는데. 아니……. 전 이제 끝장이에요」

「왜요? 떠나세요. 부인을 막는 건 아무것도 없습니다. 어서 떠나십시오」

「아니요. 그럴 수 없어요. 이젠 그럴 힘도 없어요」

「그럼, 절 도와주십시오」

「어떻게요?」

「비미시한테 경고하겠습니다」

「뭐라고요?」

「뒷일은 제가 책임지겠습니다」

「성공하지 못할 거예요」

「아뇨. 성공할 겁니다」

「다시 스카프를 가져오실 건가요?」

「예」

「비미시는 어떻게 될까요?」

「제가 도망칠 방법을 알려 줄 겁니다」

알렉산드라가 빅토르에게 다가왔다. 빅토르는 잠시 그녀의 얼굴을 살펴보았다. 그녀는 다시 용기를 되찾았는지 부드러운 눈빛으로 그에게 미소 짓고 있었다. 아무리 빅토르처럼 나이 든 남자라도 얼마든지 매혹시킬 수 있다는 표현 같았다. 그는 왜 아무 조건 없이 그녀에게 헌신을 다하는 것일까? 왜 여자를 구하기 위해 위험을 감수하려고 할까?

그녀는 빅토르의 눈빛이 흔들리지 않고, 표정도 딱딱하게 굳은 것을 보고 압도된 것 같았다.

그녀가 손을 내밀며 말했다.

「서두르세요. 무서워요」

「그자가 잘못될까 봐 무섭다는 겁니까?」

「그 사람이 절 배신하진 않겠지만……. 하지만 잘 모르겠어요」

「비미시가 제 말을 순순히 따를 것 같습니까?」

「예……. 그 사람도…… 두려워하고 있어요……」

「하지만 절 믿으려고 하지 않을 텐데요?」

148

「아뇨. 믿을 거예요」

「문을 열어 줄까요?」

「문을 두 번씩 끊어서 세 번 두드리세요」

「둘이 만날 때 주고받는 신호 같은 건 없습니까?」

「아뇨. 그렇게 문을 두드리는 게 전부예요」

빅토르가 자리를 뜨려고 하자 그녀가 붙들며 말했다.

「전 어떻게 해야 하죠? 떠나야 하나요?」

「여기서 움직이지 마십시오. 한 시간 후에 수사가 끝나면 제가 다시 이리로 오겠습니다」

「만약에 돌아오지 않으시면요?」

「금요일, 생자크 탑 광장에서 만납시다」

빅토르는 잠시 생각에 잠겼다가 속삭였다.

「자, 이제 다 해결됐죠? 저는 무턱대고 행동하는 사람은 아닙니다. 자, 그럼. 절대로 방 밖으로 나가지 마십시오」

빅토르는 밖으로 나가 주위를 살펴보았다. 여느 때와 달리 복도에는 사람들이 몇 명 있었다. 왔다 갔다 하는 사람들을 보니 왠지 불길한 예감이 들었다.

그는 잠시 기다렸다가 행동을 개시했다.

빅토르는 우선 엘리베이터 앞으로 걸어갔다. 아무도 없었다. 그는 337호로 달려가 알렉산드라가 말한 대로 문을 두드렸다.

안에서 발소리가 들려오고, 문이 열렸다.

문을 밀고 들어가자 비미시가 보였다. 빅토르는 알렉산드라에게 했던 말을 반복해서 말했다.

「경찰이 호텔을 포위했습니다……. 이제 곧 객실도 수색할 걸 겁니다……」

비미시는 알렉산드라와는 다른 반응을 보였다. 비미시가 저항을 하지 않자 빅토르도 공격적인 태도를 보일 필요가 없었다. 처음에 문을 열고 들어갔을 때 잠시 몸싸움이 일었을 뿐이다. 비미시는 빅토르의 말을 듣고 상황을 있는 그대로 받아들였으며, 두려움에 휩싸인 나머지 빅토르가 왜 그 사실을 알려 주러 왔는지는 생각하려 들지 않았다. 게다가 비미시는 프랑스 어를 듣고 이해할 뿐 말은 거의 못했다.

빅토르가 말했다.

「즉시 제 말대로 하십시오. 경찰이 방마다 수색을 할 겁니다. 마르뵈프가 술집에서 도망친 영국인이 이 호텔에 투숙한다는 정보를 입수한 모양입니다. 당신이 제일 먼저 대상이 될 겁니다. 발목이 접질렸다고 방 안에만 처박혀 있었으니까요. 평계를 대기는 그리 어렵지 않을 겁니다. 이곳을 떠나든가 아니면 호텔에 있더라도 방 안에만 있으면 위험합니다. 의심받을 만한 서류나 편지가 있습니까?」

「아뇨」

「공주에게 해가 될 만한 건 아무것도 없단 말입니까?」

「아무것도 없습니다」

「거짓말! 어서 옷장 열쇠를 이리 주십시오」

비미시는 빅토르의 말대로 따랐다. 빅토르는 셔츠 더미를 헤치고 실크 스카프를 찾아 주머니에 집어넣었다.

「이게 전부입니까?」

「그렇습니다」

「아직은 시간이 있습니다. 정말로 이게 전부입니까?」

「정말 이게 답니다」

「바실레이에프 공주를 배신하면 내가 박살을 내 버릴 테니 그렇게 알아. 신발과 모자, 상의를 챙겨서 어서 이곳을 떠나」

「하지만……. 경찰은?」

「쉿! 퐁티외가로 나 있는 호텔 출입구가 어디 있는지 아나?」

「예」

「거기는 보초를 서고 있는 수사관이 한 명밖에 없네」

비미시는 그 수사관에게 주먹을 날리는 시늉을 했다.

빅토르가 제지하며 말했다.

「아니. 어리석은 짓 하지 마. 그러다가 체포되기 십상이니」

빅토르는 탁자 위에 호텔 메모지를 놓고 〈통행증〉이라고 쓴 뒤 몰레옹 서장의 서명을 했다.

「보초를 서고 있는 수사관에게 이 통행증을 내밀면 될 걸세. 서명은 정확하니까. 그런 다음, 조금도 망설이지 말고, 뒤도 돌아보지 말고 도망치게. 그리고 길 끝에 이르면 빠른 걸음으로 걸어」

비미시는 옷장을 열어 안을 보여 주었다. 옷장은 온갖 속옷과 옷가지, 세면도구로 가득 차 있었다. 그는 옷을 전부 두고 가게 생겼으니 유감이라는 듯한 몸짓을 보였다.

빅토르가 비웃으며 말했다.

「그래서 뭘 어떡하라고? 보상이라도 해 줄까? 자, 어서 준비나 하라고……」

비미시가 신발을 집어 들었다. 그런데 그 순간 문을 두드리는 소리가 들렸다. 빅토르는 불안해하며 말했다.

「젠장……! 벌써 왔나? 할 수 없지. 끝까지 해보는 수밖에」

다시 두드리는 소리가 들렸다.

그가 말했다.

「들어오세요!」

비미시는 신발을 구석으로 던지고 소파에 몸을 눕혔다. 빅토르가 문을 열려고 다가가는 동안 열쇠로 문 여는 소리가 들렸다. 객실 청소원이 만능 열쇠로 객실 문을 연 것이다. 수사관 두 명이 함께 따라 들어왔다. 빅토르의 동료들이었다.

빅토르는 남미 특유의 악센트를 섞어 과장된 말투로 비미시에게 말했다.

「그럼, 안녕히 계십시오. 다리가 좀 나아졌다니 다행입니다」

빅토르는 나가려다가 두 수사관과 마주쳤다. 그들 중 한 명이 공손하게 말했다.

「수사관 루보라고 합니다. 이 호텔에서 수사를 진행 중이죠. 언제부터 비미시 씨와 알고 지내셨습니까?」

「비미시 씨요? 오! 얼마 안 됐습니다……. 호텔 로비에서……. 비미시 씨한테 담배를 빌렸죠…….그런데 발목을 접질렸다는 소식을 듣고 문병차 잠깐 들렀습니다」

그는 수사관들에게 자기 이름을 밝혔다.

「마르코스 아비스토라고 합니다」

「페루 인이시죠? 선생님 성함도 명단에 있군요. 사무실로 함께 가시겠습니까? 신분증은 가지고 계신가요?」

「아뇨. 제 방에 있습니다. 저도 같은 층에 묵고 있죠」

「제 동료가 따라갈 겁니다」

루보 수사관은 소파에 누워 있는 비미시의 다리를 살펴보았다. 발목에는 붕대가 감겨 있었고, 옆에 있는 탁자에도 붕대가 쌓여 있었다. 루보가 무뚝뚝하게 말했다.

「지금은 걷지 못하십니까?」

「예」

「그럼 서장님께서 이리로 오실 겁니다」

루보가 동료에게 말했다.

「서장님께 전해. 서장님이 오실 때까지 내가 신분증을 확인하지」

빅토르는 루보의 동료를 따라갔다. 그는 속으로 비웃었다. 루보 수사관은 한번도 제대로 임무를 수행한 적이 없었다. 그는 이번에도 영국인의 방을 수색하는 임무에 전념하느라 빅토르에게는 조금도 주의를 기울이지 않았다. 그리고 자신이 무기도 없이 폐쇄된 공간에서 혐의자와 단둘이 남았다는 사실조차 인식하지 못하는 것 같았다.

빅토르는 그런 생각을 하며 방으로 돌아왔다. 그는 옷장에서 마르코스 아비스토의 신분증을 꺼내 수사관에게 내밀었다. 신분증은 정말로 감쪽같았다. 그는 자기를 감시하고 있는 수사관을 관찰하며 생각했다.

〈어떻게 해 줄까? 다리를 걸어 넘어뜨리고 땅에 처박은 다음 이곳에 가둘까……? 그리고 나는 퐁티외가로 도망칠까?〉

하지만 그렇게 해 봐야 무슨 소용이 있을까? 경찰의 용의 대상이 된 비미시는 루보를 따돌리고 나서 몰레옹의 가짜 서명이 된 통행증을 내민 다음 달아날 텐데 뭐 하러 빅토르가 위험을 무릅쓴단 말인가?

빅토르는 얌전히 수사관을 따라갔다.

하지만 호텔은 술렁였다. 호텔 로비와 현관에는 호기심에 구경하는 사람, 시끄럽게 떠드는 사람, 밖으로 나가지 못하게 되자 화를 내는 사람 등 수많은 여행객과 호텔 손님들로 붐비고 있었다. 경찰이 있었지만 통제가 되지 않았다. 몰레옹 서장은 사람들이 임시 사무실을 에워싸고 구경하자 성질을 부렸다.

몰레옹은 빅토르를 흘끔 쳐다보고 나서 다시 신문 중이던 외국인에게 고개를 돌렸다. 몰레옹의 머릿속에는 비미시에 대한 생각밖에 없었다. 그는 비미시가 범인이라고 확신했다.

그는 빅토르를 데리고 온 수사관에게 물었다.

「그 영국인은? 데려오지 않았나?」

「걸을 수 없답니다…… 발목이 접질려서……」

「말도 안 돼! 그자한테서 냄새가 난단 말야. 덩치 큰 놈이지? 얼굴은 붉은빛이고?」

「예. 수염은 아주 짧고, 잘 손질되어 있습니다」

「아주 짧다고? 그놈이 맞는 것 같군……. 루보가 지키고 있나?」

「예」

「내가 가 보지……. 앞장서게」

하지만 한 여행객이 불려와 신문을 받게 되자, 열차 시간이 늦었다며 화를 내서 몰레옹은 곧바로 올라갈 수가 없었다. 그는 그렇게 귀중한 시간 이 분을 허비했다. 그러고 나자 또 다른 두 명이 와서 방해했다. 몰레옹은 명령을 내리고 그곳을 빠져나왔다.

빅토르는 신분증 검사를 마치고 나서도 통행증을 달라고 요청하지 않았다. 그는 자기를 데려온 수사관과 또 다른 경찰관과 함께 엘리베이터에 올라탔다. 다른 경찰관 세 명이 엘리베이터에 함께 탔지만 그들은 빅토르를 알아보지 못했다. 그들은 3층에 내린 다음, 서둘러 달려갔다.

몰레옹이 337호 객실 문을 두드렸다.

154

「루보, 문을 열게!」

그는 화를 내며 반복해서 말했다.

「문을 열어, 빌어먹을! 루보! 루보!」

몰레옹은 3층 청소 담당을 불렀다. 종업원이 사무실에서 열쇠를 손에 쥐고 나왔다. 몰레옹은 점점 더 불안해져 종업원이 빨리 문을 열도록 떠밀었다. 드디어 문이 열렸다.

몰레옹이 소리쳤다.

「제길……! 계속 기다렸잖아……」

루보 수사관은 결박당하고 재갈을 물린 채 바닥에 쓰러져 있었다. 그는 결박을 풀려고 몸부림쳤다.

「루보, 부상은 안 당했나? 아! 그놈이 자네를 결박했나? 젠장! 어떻게 그냥 당하고만 있을 수가 있지? 자네 같은 사람이 말이야」

루보는 결박을 풀어 주자 화를 내며 말했다.

「두 놈이었습니다. 그래요, 두 놈이었어요. 한 놈은 어디서 나온 거지? 숨어 있던 게 분명합니다. 뒤에서 공격했어요. 목덜미를 쳐서 단번에……」

몰레옹은 수화기를 들고 명령했다.

「아무도 호텔을 빠져나가지 못하도록 해! 예외 없이! 알겠지? 누구든 호텔을 빠져나가려는 자는 즉시 체포해. 절대 예외는 없어」

그러고는 다시 큰 소리로 말했다.

「두 놈이었단 말이지! 하지만 한 놈은 어디서 나왔지? 두 번째 놈 말이야? 수상한 점도 없었나? 수색해 봐……. 욕실도 살펴봤나? 욕실에 숨어 있었을 거야」

루보가 말했다.

「그런 것 같습니다……. 느낌이…… 욕실 쪽에 등을 돌리고 있었으니까요……」

그들은 욕실을 둘러보았다. 수상한 점은 찾아볼 수 없었다. 옆 방과 연결되어 있는 문에도 정상적으로 빗장이 채워져 있었다.

몰레옹 서장이 명령했다.

「뒤져 봐! 구석구석 잘 뒤져 보라고! 루보! 1층에서 움직여야 겠군」

몰레옹은 복도에 몰려 있는 사람들을 헤치고 엘리베이터가 있 는 왼쪽 복도로 방향을 틀었다. 오른쪽 복도에서 고함소리가 소리가 들려왔다. 그쪽 복도는 호텔 건물 사방으로 이어졌다. 비미시는 그 복도를 통해 퐁티외가로 난 호텔 뒤편 문으로 빠져나간 게 분명했다.

몰레옹이 말했다.

「그래. 하지만 그쪽은 라르모나가 지키고 있어. 확실히 지시해 두었으니……」

다시 아래쪽에서 사람들의 고함소리가 들려왔다. 오른쪽 복도로 들어서자 복도 끝에 사람들이 모여 있었다. 누군가 사람들에게 신호를 했다. 바닥에는 종려나무와 소파가 널브러져 있고, 주위로 몰려든 사람들이 바닥에 누운 남자를 내려다보며 소리쳤다. 종려나무 사이로 쓰러져 있는 남자의 모습이 보였다.

루보가 말했다.

「영국인입니다……. 얼굴을 알아보겠는데요……. 그런데 피투성이입니다……」

「뭐! 비미시? 죽진 않았겠지?」

수사관 한 명이 비미시를 살펴보고 나서 대답했다.

「안 죽었습니다. 하지만 중상입니다……. 칼에 어깨를 찔렸어요」

156

몰레옹이 소리쳤다.

「뭐야, 루보, 그럼 그 공범이? 숨어 있다가 자네를 뒤에서 내리친 놈이란 말인가?」

「젠장! 그놈이 자기 공범을 제거하려고 한 겁니다. 다행히 아직 빠져나가지 못했을 겁니다. 출구를 모두 봉쇄했으니까요」

두 경찰관과 함께 있던 빅토르는 몰려든 사람들을 이용해서 두 번째 엘리베이터 쪽으로 빠져나갔다. 그는 서둘러 1층으로 내려갔다.

엘리베이터에서 내리니 퐁티외가로 난 출구가 가까이에 있었다. 호텔 종업원 두 명이 사람들의 접근을 막고, 라르모나와 수사관 두 명이 문을 감시하고 있었다. 빅토르는 라르모나에게 할 말이 있는 것처럼 손짓을 하며 그를 불렀다.

「빅토르, 지금 통과하는 건 불가능해……. 지시가……」

「걱정 마십시오. 제가 알아서 하죠……. 통행증을 보여 주고 나간 사람이 있습니까?」

「응」

「가짜 통행증입니다」

「젠장!」

「도망쳤습니까?」

「빌어먹을!」

「인상착의는요?」

「별로 자세히 보질 않아서……. 젊은 사람이었네」

「그게 누군지 아십니까?」

「아니」

「아르센 뤼팽입니다」

공포스러운 분위기에서도 빅토르는 뤼팽의 재치와 익살, 풍자가 섞여 있다고 생각했다.

몰레옹은 수치스럽고 당황하여 창백해진 얼굴로 임시 사무실 안에 틀어박혀 있었다. 그는 군대 총사령관이라도 된 것 같았다. 경찰청에 전화를 걸어 지원군을 요청하고 호텔 구석구석에 연락병을 파견했다. 부하들은 상반되는 명령을 받고 머리가 터질 지경이었다. 누군가 소리쳤다.

「뤼팽……! 뤼팽이다……! 뤼팽이 이 안에 갇혀 있다! 뤼팽을 본 사람이 있다……」

영국인 비미시는 들것에 실려 보종 병원으로 후송되었다. 담당 의사가 말했다.

「치명적인 부상은 아닙니다……. 내일이면 만나 보셔도 될 겁니다……」

잠시 후, 루보가 흥분해서 퐁티외가에서 달려왔다.

「뒷문으로 도망쳤답니다. 라르모나에게 서장님 서명이 된 통행증을 보여 줬답니다」

몰레옹이 깜짝 놀라 말했다.

「그건 가짜야! 난 한 장도 서명을 한 적이 없어! 라르모나를 불러와! 내 서명을 베끼는 건 불가능해! 그런 짓을 할 놈은 뤼팽밖에 없다고! 영국인이 있던 방으로 올라가 봐……. 잉크와 펜촉이 있나 살펴봐. 호텔 메모지도 있나 보고……」

루보가 쏜살같이 달려갔다.

오 분 뒤, 그가 다시 달려와 말했다.

「잉크 병이 열린 채 발견됐습니다……. 펜촉도 제자리에 없고……. 하지만 호텔 메모지는 찾았습니다……」

「그럼 자넬 결박한 다음에 서명을 위조했다는 건가?」

「아닙니다. 전 보지 못했습니다. 영국인이 신발을 신고 나서 두 놈 다 서둘러 나갔습니다」

「그럼 두 놈 다 우리가 문을 통제하고 있다는 사실을 몰랐단 말인가?」

「알았겠죠」

「어떻게?」

「처음 이 방에 들어왔을 때, 영국인과 또 한 명이 더 있었습니다……. 페루 인이오……」

「마르코스 아비스토……. 그자는 어떻게 됐지?」

루보가 또 한번 달려갔다 왔다.

「아무도 없습니다……. 방이 비었습니다……. 셔츠 세 벌과…… 정장…… 세면도구…… 그리고 화장품 상자가 하나 있었습니다. 뚜껑도 닫지 않은 걸 보니 방금 전까지 사용하고 나간 모양입니다. 그 페루 인이 도망치려고 분장을 한 게 분명합니다」

몰레옹이 말했다.

「공범이군. 그러면 세 명……. 지배인 님, 비미시가 묵었던 방의 욕실과 맞닿은 방에는 누가 묵었습니까?」

지배인은 호텔 지도를 가져오라고 시켰다. 그러더니 지배인도 깜짝 놀라 말했다.

「그 방도 비미시의 이름으로 되어 있습니다」

「어떻게 그럴 수가 있죠?」

「처음 이 호텔에 올 때부터 방을 두 개 잡은 겁니다」

정말 놀라웠다. 몰레옹이 요약해서 말했다.

「그러니까 세 공범이 같은 층에 나란히 묵었군. 마르코스 아비스토는 345호실, 비미시는 337호실, 그리고 아르센 뤼팽은 비미시의 바로 옆방. 그러니까 마르뵈프가에 있는 술집에서 도망친 다음 그곳에서 묵었던 거지. 비미시가 쪽문을 통해 드나들면서 뤼팽의 상처를 치료하고 그를 돌보고 음식을 가져다주었던 거야. 신중하고 능숙하게 행동한 탓에 같은 층에 묵던 사람들도 그 방에 누가 있다는 사실을 몰랐겠지」

고티에 국장은 몰레옹의 보고를 듣고 직접 상황을 파악하러 왔다. 고티에 국장은 몇 가지 추가 설명을 들은 다음 결론지어 말했다.

「비미시는 잡았고……. 서명이 된 통행증을 보이고 도망친 게 뤼팽이 아니라면 그는 아직 호텔 안에 있겠군. 어쨌든 그 페루 인은 호텔에 있을 게 아닌가? 그럼 수색이 좀더 쉽겠군. 일단 지금까지 내린 지시를 모두 거두게. 각 입구에 수사관 한 명씩만 남기고 출입하는 사람들을 감시해. 몰레옹, 객실을 둘러봐……. 수색이나 질문도 하지 말고, 정중하게 방문해서 살펴봐. 빅토르가 함께 갈 걸세」

몰레옹이 말했다.

「국장님, 빅토르는 이곳에 없습니다」

「있네」

「빅토르가요?」

「물론, 마약 수사반 빅토르 말일세. 여기 와서 얘기도 나눴다고. 빅토르는 동료들하고 호텔 문지기와 이야기를 나누던걸. 루보, 빅토르를 불러오게」

빅토르는 꽉 끼는 옷을 입어서인지 부자연스런 표정으로 들어
왔다. 평소의 모습 그대로였다.

몰레옹이 물었다.

「여기 있었나, 빅토르?」

「예. 정보를 입수하자마자 바로 달려왔죠. 영국인을 체포해서
정말 다행입니다」

「그래, 하지만 뤼팽은……?」

「뤼팽은 제가 맡죠. 서장님이 상황을 너무 급하게 몰고 가지만
않으시면 뤼팽은 제가 충분히 요리할 수 있습니다」

「지금 무슨 얘길 하는 건가? 그자의 공범인 마르코스 아비스토
는? 브라질 사람 말일세……?」

「그놈도 요리해다 드리죠. 마르코스는 제 친구입니다. 아주 매
력적인 친구죠. 거칠고 강하기까지 합니다. 서장님 눈앞에서 빠
져나갔을걸요?」

몰레옹은 어깨를 으쓱했다.

「자네 말이 사실이라면……」

「물론입니다. 그런데 한 가지 이상한 게 있는데요……. 아! 별
로 중요한 건 아닙니다……. 우리 일과는 관련 없을지도 모르죠」

「뭔데 그러나?」

「명단을 보니 또 다른 영국인이 있더군요. 뮈르댕이라는 사람
인데……」

「그래, 에르베 뮈르댕. 그자는 호텔을 나갔네」

「다시 돌아오는 걸 봤습니다. 문지기한테 그자에 대해 물어봤
죠. 그자는 숙박료를 한 달치씩 지불하는데 호텔에서 잠을 자는
일은 거의 없다더군요. 일주일에 한두 번 정도 오후에만 들른답

니다. 그런데 항상 얇은 베일로 얼굴을 가리고 다니는 우아한 여자와 함께 와서 차를 마신다더군요. 그 여자는 때때로 혼자 로비에 앉아 뮈르댕이 오기를 기다린답니다. 그런데 오늘은 호텔이 소란스러운 걸 보고 그냥 돌아갔답니다. 뮈르댕이라는 사람도 불러서 조사해 보는 게 좋지 않을까요?」

「루보, 어서 가서 뮈르댕이란 영국인을 데려와」

루보는 또다시 달려가서 한 남자를 데려왔다. 하지만 에르베 뮈르댕이란 이름으로 불려서는 안 될 사람 같았다. 그는 분명 영국인이 아니었다.

몰레옹은 즉시 그자를 알아보고 놀라서 소리쳤다.

「뭐야! 당신은 귀스타브 제롬의 친구인 펠릭스 드발 아닙니까? 생클루에서 장사를 하는! 왜 영국인 행세를 하고 다니는 거요?」

귀스타브 제롬의 친구이자 생클루의 장사꾼인 펠릭스 드발은 어쩔 줄 모르는 것 같았다. 그는 농담을 하려고 애쓰며 웃음을 지었지만 억지웃음이라는 것을 금방 알 수 있었다.

「맞습니다……. 아니, 그렇잖습니까……? 저도 파리에 오면 편안한 안식처가 있어야죠……. 극장에 가면……」

「하지만 왜 가명을 쓰죠?」

「그냥 제 맘이죠……. 그런다고 다른 사람한테 피해 주는 것도 아니잖습니까?」

「같이 오는 여자는요……?」

「친굽니다」

「그 친구는 항상 베일을 쓰나요……? 결혼한 여자겠죠?」

「아뇨……. 안 했습니다……. 그럴 만한 이유가 있습니다……」

정말 우습기 짝이 없는 일이었다. 하지만 왜 당황하고…… 망설이는 걸까?

잠시 침묵이 흐른 다음 몰레옹이 호텔 도면을 보여 달라고 했다.

「펠릭스 드발의 방도 3층에 있습니다. 비미시가 사고를 당한 야외 테라스 바로 옆방이군요」

고티에 국장은 몰레옹을 쳐다보았다. 둘 다 뭔가 떠오르는 게 있었다. 펠릭스 드발을 네 번째 공범으로 봐야 할까? 그렇다면 베일을 쓰고 그를 찾아오는 여자는 다름 아닌 발타자르 극장에서 목격된 여자……, 엘리즈 마송을 살해한 여자일까?

그들은 빅토르에게 시선을 돌렸다. 빅토르는 어깨를 으쓱해 보이고 말했다.

「너무 멀리 나가시는 것 같군요. 이미 말씀드린 대로 이건 부차적인 문제일 뿐입니다」

고티에 국장은 펠릭스 드발을 경찰청으로 보냈다.

빅토르가 말했다.

「좋습니다. 국장님, 며칠 안으로 아침에 한번 찾아뵙겠습니다」

「새로운 소식이라도 있나, 빅토르?」

「설명드릴 게 있습니다, 국장님」

빅토르는 몰레옹 서장을 따라 호텔 객실을 둘러보러 나섰다. 그는 바실레이에프 공주에게 경고를 하려면 신중해야 한다고 판단했다. 비미시가 체포되었으니 그녀도 위험에 처할 수 있기 때문이었다.

이제 모든 지시를 거둔 상황이었기 때문에 빅토르는 도청당할 염려 없이 전화를 걸 수 있었다. 그는 교환에게 345호를 연결해 달라고 부탁했다.

하지만 345호에서는 응답이 없었다.

「다시 걸어 주십시오」

하지만 이번에도 응답이 없었다.

빅토르는 문지기에게 가서 물었다.

「345호 부인이 나가는 모습을 봤습니까?」

「바실레이에프 공주요? 떠나셨습니다……. 한 시간쯤 전에요」

빅토르는 큰 충격을 받고 다시 물었다.

「떠났다고요……? 그냥 잠깐 나간 거죠?」

「오! 아닙니다. 어제 짐을 전부 내보냈습니다. 오늘 아침에 객실료도 전부 지불하셨고요. 남은 건 가방 하나뿐입니다」

빅토르는 더 이상 묻지 않았다. 알렉산드라 바실레이에프가 호텔을 떠나는 게 당연한 일일까? 경찰이 그녀가 떠나지 못하도록 막지 않은 게 당연한 걸까? 무엇 때문에 빅토르의 지시를 기다리지 않고 호텔을 떠난 걸까?

어쨌든 빅토르는 화가 치밀어 올랐다. 뤼팽이 사라졌다……. 알렉산드라도 사라졌다……. 어디서 어떻게 그들을 찾아야 할까?

광장 한가운데서

빅토르는 골똘히 생각했다.

〈하루면 모두 다 바로잡을 수 있어.〉

그 다음 날 저녁, 라르모나가 찾아왔을 때 빅토르는 평소의 웃음 띤 얼굴이 아니었다. 그래도 처음보다는 많이 진정되고 자신감을 되찾은 상태였다.

빅토르가 말했다.

「조금 연기된 것뿐입니다. 제 작품은 아직 견고합니다. 겉으로 보기에만 조금 차질에 생긴 거죠」

「내 견해를 말해 줄까?」

「알고 있습니다……. 충분히 말씀하셨잖아요」

「그래, 맞아! 너무 일을 복잡하게 만들었어……. 경찰이라면 속임수는 쓰지 말아야지……. 경찰도 자네를 적으로 여길걸」

「목표에 도달하기만 하면 가는 길은 중요하지 않습니다」

「그럴지도 모르지. 하지만 난……」

「이젠 지겹습니다. 공조는 여기서 그만두죠……」

라르모나는 단단히 결심한 듯 말했다.

「좋아. 자네 제안이니 받아들이지. 그만두자고? 자넬 한참 잘 못 봤군. 하지만 공조를 그만두는 데서 그치지 않고 아예 자네 계획을 방해하겠네」

빅토르가 비웃으며 말했다.

「오늘은 농담도 잘하시는군요. 가책을 덜어 드리려는 겁니다. 뭐, 일이 잘못된다 해도 사법 경찰을 또 다른 파트너로 붙여 주고 그냥 넘어가겠지만요……」

「누구로?」

「모르겠어요……. 뭐, 국장님이나……」

「뭐? 고티에 국장님?」

「아마도요……. 누가 알겠습니까? 경찰청에서는 다른 말 없습니까?」

「자네가 신문에서 읽은 내용이 전부야. 몰레옹은 좋아서 어쩔 줄 모른다네! 뤼팽은 놓쳤지만 영국인은 잡았으니까. 러시아 인 세 명을 합하면 성과가 좋은 편이잖나」

「영국인은 입을 열었습니까?」

「러시아 인들이 말한 내용 외에는 별 말 없네. 속으로는 뤼팽 이 나타나서 자기들을 구해 주길 바라고 있겠지」

「귀스타브 제롬의 친구인 펠릭스 드발은요?」

「몰레옹이 그 일 때문에 이리저리 뛰고 있지. 오늘은 생클루 로, 가르슈로 왔다 갔다 하더군. 정보를 수집하고 있네. 여론도 몰레옹의 움직임을 주시하고 있어. 펠릭스 드발 덕에 여러 가지

166

문제가 풀릴 것 같아. 한마디로 전부 흥분 상태라네」

「마지막으로 한 가지만 부탁하죠. 드발에 관한 새로운 정보가 들어오면 저한테 전화로 알려 주십시오. 특히 드발의 사업 상태나 재정 문제에 관해서요. 그게 관건입니다」

빅토르는 집 안에만 틀어박혀 있었다. 그는 그렇게 지내는 게 좋았다. 아무 일도 하지 않고 휴식을 취하면서 사건을 다시 한번 떠올려 보고, 그동안 일어났던 일을 전부 돌아보며 조금씩 생각을 정립했다.

목요일 저녁, 라르모나에게서 연락이 왔다. 펠릭스 드발은 재정 상태가 매우 안 좋았다. 부채에 뻥튀기된 재산까지…… . 그는 주식 투자나 투기를 통해 겨우 버티는 중이었다. 그리고 몰려드는 채권자들 때문에 곤경에 처해 있었다.

「드발도 소환되었습니까?」

「내일 오전 11시, 예심판사에게 불려 갈 걸세」

「또 소환된 사람은 없습니까?」

「있어. 도트레 남작 부인과 제롬 부인일세. 좀 확실히해 둘 부분이 있어서. 국장과 몰레옹이 참석할 걸세……」

「저도 참석하겠습니다」

「자네가?」

「예. 고티에 국장님께 말씀드려 주십시오」

다음 날 아침, 빅토르는 케임브리지 호텔 직원의 안내에 따라 펠릭스 드발이 묵었던 방으로 갔다. 문은 닫혀 있었다. 다시 경찰청으로 돌아가니 고티에 국장이 기다리고 있었다. 빅토르는 고티에 국장, 몰레옹 서장과 함께 예심판사실로 들어갔다.

잠시 후, 빅토르는 하품을 하고 몸을 뒤척이면서 지루해하는 표를 냈다. 그를 잘 아는 고티에 국장이 참다 못해 말했다.

「뭐야! 빅토르, 자네가 할 말이 있다고 했으니 어서 해 보게」

빅토르는 불만 가득한 얼굴로 말했다.

「할 말이야 있죠. 하지만 도트레 부인과 귀스타브 제롬이 있는 자리에서 말할 겁니다」

사람들은 놀라서 그를 쳐다보았다. 빅토르가 좀 괴짜이긴 해도 매사에 진지하며 자기 시간은 물론 다른 사람의 시간도 귀중히 여긴다는 사실을 잘 알기 때문이었다. 그러니 아무 이유 없이 고집을 부리는 건 아닐 것이다.

먼저 남작 부인이 상중임을 알리는 베일을 쓰고 들어왔다. 그리고 잠시 후, 귀스타브 제롬이 들어왔는데 편안하게 웃고 있었다.

몰레옹은 빅토르를 비난하려는 의도를 감추지 않고 말했다.

「좋아, 어서 해 보라고, 빅토르. 중대 발표를 하려는 모양이지……?」

빅토르는 아무렇지도 않게 대답했다.

「발표는 아닙니다. 하지만 몇 가지 걸리는 점을 없애고 우리가 가는 길을 어지럽히고 있는 여러 가지 실수와 잘못된 생각들을 바로잡자는 것입니다. 어떤 일에서건 좀더 나은 재출발을 위해 잠시 멈춰 서서 정리할 시간이 필요하죠. 저는 벌써 국방부 채권과 관련된 사건은 모두 정리했습니다. 이제 본격적으로 뤼팽을 공격하기에 앞서, 〈작은 집〉 살인 사건을 정리할 필요가 있습니다. 도트레 부인과 귀스타브 제롬 부부, 그리고 펠릭스 드발 씨가 모두 모였으니…… 이야기를 끝냅시다. 길지는 않을 겁니다. 우선 몇 가지 질문을 하죠……」

빅토르는 가브리엘 도트레에게 몸을 돌리고 말했다.

「부탁입니다, 부인. 제가 묻는 말에 솔직히 대답해 주십시오. 남편의 자살이 자백을 뜻한다고 생각하십니까?」

남작 부인은 베일을 들어 올렸다. 양 볼은 창백했고, 두 눈은 눈물 때문에 빨갛게 충혈되어 있었다. 그녀가 단호하게 말했다.

「제 남편은 그날 밤 제 곁에 있었어요」

「그건 부인의 생각일 뿐이죠. 부인의 진술 때문에 진실을 밝히는 데 어려움이 있었습니다. 하지만 진실은 꼭 밝혀져야 합니다」

「제가 아는 사실 외에 다른 진실은 없어요. 다른 진실은 있을 수 없어요」

「다른 진실이 있습니다」

빅토르는 귀스타브 제롬에게 물었다.

「당신, 귀스타브 제롬은 그 진실을 알고 있죠. 지난번 질의 때 당신이 하는 말을 듣고 있다가 순간적으로 깨달은 사실입니다. 말해도 되겠죠?」

「안 된다고 하진 않겠습니다. 전 아무것도 모르니까요」

「아뇨. 당신은 알고 있습니다」

「전 아무것도 모릅니다. 맹세코 모릅니다」

빅토르가 말했다.

「그럼, 제가 결정하죠. 그 이야기를 하면 도트레 부인이 치명적인 상처를 입을까 걱정입니다. 아주 끔찍하게 고통스러운 이야기일 겁니다. 하지만 언젠가는 도트레 부인도 알게 되겠죠. 생살을 도려내는 것처럼 힘든 일이겠지만요」

귀스타브 제롬은 거북한 듯 눈길을 피하며 말했다.

「수사관님, 수사관님께서 말씀하시려는 내용은 정말 심각한 이야기입니다」

「심각하다는 사실을 아시다니 제가 무슨 말을 하려는지 전부 아신다는 이야기로군요. 그렇다면 말씀드리겠습니다……」

빅토르는 잠시 기다렸다. 하지만 제롬이 입을 다물자 드디어 결심한 듯 말을 시작했다.

「범행 당일 저녁, 귀스타브 제롬은 파리에서 친구인 펠릭스 드 발과 저녁 식사를 했습니다. 두 친구는 자주 그렇게 만나서 놀곤 했습니다. 둘 다 미식가인 데다가 포도주 광이기도 하니까요. 하지만 그날 저녁은 특히 술이 과했습니다. 귀스타브 제롬이 10시 30분에 집에 돌아왔을 때 그는 제정신이 아닐 정도였으니까요. 사거리 술집에서 그는 마지막으로 퀴멜 주를 한 잔 더 마셨습니다. 머리끝까지 취한 상태였죠. 그런데 간신히 차를 몰고 가르슈로 돌아왔습니다. 그는 어디로 갔을까요? 집 앞으로 갔을까요? 물론 자신은 집으로 갔다고 믿었습니다. 하지만 사실은 현재 살고 있는 집 앞이 아니라 10년 동안 살았던 집, 지난 10년간 수백 번도 넘게 파리에서 근사한 저녁 식사를 하고 돌아가던 그 집이었습니다. 이번에도 근사한 식사를 하고, 다시 한번 그 집으로 들어갔던 거죠. 주머니에 그 집 열쇠가 있었을까요? 세입자인 도트레 남작이 달라고 요구했던 그 열쇠……. 바로 그 열쇠 때문에 도트레와 제롬은 법원의 중재를 받기도 했습니다. 제롬은 그래도 고집스럽게 그 집 열쇠를 가지고 다녔습니다. 집이나 다른 곳에 두면 자신이 그 집 열쇠를 갖고 있다는 사실을 들킬 수도 있으니까요. 그런데 제롬이 그 열쇠로 문을 땄을까요? 그는 초인종을 눌렀습니다. 수위가 문을 열어 주었죠. 그는 문을 통과하면서 자기 이름을 말했습니다. 그리고 위로 올라갔습니다. 그러고는 열쇠로 문을 열고 들어갔죠. 자기 집으로 말입니다. 물론 그의 집인 건 확실합니다. 자기 소유의 집이었으니까요. 눈에 초점도 없고, 머리도 빙빙 도는 상태에서 그가 어떻게 자기 집을 제대로 알아볼 수 있었겠습니까?」

가브리엘 도트레가 자리에서 일어섰다. 그녀의 얼굴은 백지장처럼 하얗게 질렸다. 그녀는 항의를 하려고 했지만 그렇게 할 수가 없었다. 빅토르는 계속 천천히 말했다.

「그런 상태에서 어떻게 자기 방문을 제대로 알아볼 수 있었겠습니까? 똑같은 문으로 보였겠죠. 손잡이도, 문짝도 모두 자기 집과 똑같다고 생각했을 겁니다. 방 안은 어두웠습니다. 그리고 자기 부인이 잠을 잔다고 생각했죠. 그녀는 반쯤 눈을 뜨고……작은 소리로 몇 마디 말을 했습니다……. 그녀도 착각하긴 마찬가지였습니다……. 당연히 착각할 수 밖에요……. 그렇게 생각하지 않을 이유가 없었으니까요……. 전혀……」

빅토르는 거기서 말을 멈췄다. 도트레 부인은 매우 불안한 기색이었다. 그녀는 기억을 더듬어 보려고 애쓰는 것 같았다. 그러다가 갑자기 무슨 생각이 떠올랐는지 빅토르의 설명이 논리적으로 들어맞는다고 느낀 모양이었다. 그녀는 귀스타브 제롬을 바라보며 끔찍한 표정을 짓더니, 소파 앞에 무릎을 꿇고 얼굴을 파묻었다…….

방 안에는 무거운 침묵이 감돌았다. 빅토르의 희한한 이야기에 남작 부인마저 동의한 셈이니 이제 아무도 이의를 제기하지 못했다. 가브리엘 도트레는 다시 베일로 얼굴을 덮었다.

귀스타브 제롬은 약간 당황스럽기도 하고 우습기도 한지 어색한 미소를 지었다. 빅토르가 그에게 말했다.

「제 말이 맞죠? 제가 잘못 안 것이 아니죠……?」

제롬은 자백을 해야 할지 아니면 한 여자를 고통스럽게 만드는 대신 끝까지 신사답게 입을 다물고 그냥 교도소에 가야 할지 결정을 내리지 못하다가 마침내 입을 열었다.

「맞습니다……. 그래요……. 전 취한 상태였습니다……. 저도 이해할 수가 없습니다……. 오전 6시가 돼서야……. 잠에서 깨어나 제 실수를 깨달았습니다……. 도트레 부인도 절 용서해 주시리라 믿습니다……」

제롬은 더 이상 아무 말도 하지 않았다. 발리두 판사와 고티에 국장, 서기관과 몰레옹까지 모두들 입을 꼭 다물며 억지로 웃음을 참는 표정들이었다. 그런데 그때 귀스타브 제롬이 입을 썰룩이더니 소리도 내지 않고 웃기 시작했다. 그런 일로 교도소 신세를 진 게 너무나 우습게 느껴지는 모양이었다.

잠시 후, 제롬이 무릎을 꿇고 정중한 태도로 말했다.

「절 용서해 주십시오……. 제 잘못이 아닙니다……. 우연히 그렇게 된 것 아니겠습니까? 그 일이 있고 나서도 저는 사람들이 눈치 채지 못하도록 최대한 노력했습니다……」

남작 부인이 자리에서 일어섰다. 빅토르가 그녀에게 말했다.

「다시 한번 죄송하다는 말씀을 드리고 싶군요, 부인. 하지만 그 이야기는 꼭 해야 했습니다. 경찰을 위해서나 부인 자신을 위해서도……. 그렇습니다, 부인 자신을 위해서. 언젠가는 제게 고마워하실 겁니다……. 분명히 그러실 겁니다……」

남작 부인의 베일에 가린 얼굴은 보이지 않았지만 그녀는 수치심에 아무 말 없이 있다가 밖으로 나가 버렸다…….

귀스타브 제롬도 수사관들에게 이끌려 나갔다…….

빅토르는 여전히 진지한 표정이었다. 그는 본의 아니게 우스운 분위기를 만들어 놓고, 동정 어린 말투로 이야기했다.

「불쌍한 여자! 저는 도트레 부인 덕분에 이번 일을 밝혀 내게 된 겁니다. 그날 밤, 자기 남편이 집에 돌아왔다고 말하는 투가 좀 이상했거든요. 그녀는 매우 감동했던 기억을 떠올리듯 말했습니다……. 〈남편 품안에서 잠이 들었어요.〉하고 말이죠. 마치 그런 일이 매우 드물다는 말처럼 들렸습니다. 그런데 그날 저녁 도트레는 한 번도 자기 부인에게 애정을 느껴 본 적이 없다고 말하더군요. 명백한 모순이죠, 안 그렇습니까? 그 말을 듣자, 순간 열쇠 이야기가 떠오르더군요. 도트레 부부와 제롬 부부 사이에서 그 열쇠 때문에 심한 갈등이 있었다는 이야기 말입니다. 그 두 가지 사실만으로 제 머릿속에 섬광처럼 떠오른 생각이 있었습니다. 〈집주인인 제롬은 옛날에 살던 집 열쇠를 가지고 있는 게 분명하다.〉그 다음은 말할 것도 없이 저절로 풀렸습니다. 좀 전에 말씀드린 것처럼 말입니다」

발리두 판사가 물었다.

「그럼 살인 사건은……?」

「살인 사건은 도트레 혼자서 저지른 일입니다」

「그럼 극장에서 봤다던 여자는? 엘리즈 마송의 아파트 계단에서 목격됐다는 그 여자 말이네」

「그 여자는 엘리즈 마송과 아는 사이였습니다. 그녀는 엘리즈 마송을 통해 채권이 레스코의 집에 있다는 사실과 도트레가 그 채권을 훔치려고 한다는 사실을 알게 됐습니다. 그래서 그녀도 레스코의 집에 침입했던 거죠」

「채권을 훔치려고?」

「아닙니다. 제가 입수한 정보에 따르면 그녀는 도둑이 아니라 신경증 환자입니다. 항상 강한 자극을 찾아다니죠. 범행 현장에 나타나긴 했지만 즉시 도망쳐 차를 타고 달아났습니다」

「뤼팽한테로 갔다는 말인가?」

「아뇨. 뤼팽이 스트라스부르에서 채권을 훔치는 데 실패한 뒤로 계속 국방부 채권에 집착을 했다면 일이 오히려 쉬워졌을 겁니다. 그건 아닙니다. 뤼팽은 현재 천만 프랑 사건에만 매달려 있고, 그 여자는 뤼팽과 상관없이 혼자서 레스코 살해 현장에 나났습니다. 도트레도 레스코의 집에서 그 여자를 보지 못했을 겁니다. 도트레는 거기서 도망쳐 집으로 들어갈 엄두도 못 내고 밤새도록 길가를 배회하다가 새벽이 되어서야 엘리즈 마송을 만났습니다. 잠시 후, 저는 처음으로 남작의 집을 방문해서 남작 부인을 만났습니다. 남작 부인은 자기가 착각했다는 사실은 꿈에도 모른 채 자기 남편을 보호하려고 했습니다. 남편이 밤새도록 자기 곁을 떠나지 않았다고 확신하고 제게도 그렇게 말했죠」

「하지만 도트레는 자기 부인이 착각했다는 사실을 몰랐잖나……」

「처음엔 그랬겠죠. 하지만 오후가 되자, 도트레는 자기 부인이 정말로 사실이라고 착각한 채 자신을 변호해 주고 있다는 사실을 알아차렸습니다」

「어떻게 알았지?」

「말씀드리죠. 우선, 나이 든 하녀가 문 뒤에 서 있다가 제가 도트레 부인과 이야기하는 내용을 들었습니다. 그 하녀는 시장에 가다가 숨어서 기다리던 기자가 나타나자 그 이야기를 했습니다.

기자는 그대로 기사를 썼고, 석간신문 한 귀퉁이에 그 기사가 실렸습니다. 오후 4시, 도트레는 파리 북역 근처에 있다가 신문을 샀습니다. 그리고 자기 부인이 확실한 알리바이를 제시했다는 사실을 알고 놀랐겠죠. 그래서 도트레는 도망칠 계획을 포기하고 채권을 안전한 곳에 숨겨 놓은 다음 전쟁터로 뛰어든 겁니다. 그런데⋯⋯」

「그런데⋯⋯?」

「그런데 도트레도 시간이 갈수록 눈치를 챘던 겁니다. 자기 부인이 그 알리바이가 사실이라고 믿는다는 사실을요. 그래서 그는 부인에게 아무 말 없이 폭력을 휘둘렀던 겁니다」

빅토르는 잠시 말을 끊었다가 다시 말했다.

「도트레 남작의 알리바이가 이제 귀스타브 제롬에게 유리하게 된 셈이군요. 제롬은 살인 사건에 가담하지 않았으니 이제 〈작은 집〉 사건은 해결되었습니다. 제롬의 결백이 밝혀질 겁니다」

「어떻게?」

「그의 부인인 앙리에트 제롬이 밝혀 줄 겁니다」

발리두 판사가 말했다.

「제롬 부인도 소환했네」

「판사님, 펠릭스 드발도 함께 들여보내 주십시오」

우선 앙리에트 제롬이 들어오고, 그 다음에 펠릭스 드발이 따라 들어왔다.

제롬 부인은 매우 지루해하는 것 같았다. 예심판사가 앉으라고 말하자 그녀는 더듬거리며 고맙다고 인사를 했다.

빅토르는 그녀에게 다가가 몸을 낮추고 무언가 줍는 시늉을 했다. 머리핀이었는데 구릿빛에 구불구불한 모양이었다. 빅토르는 그 핀을 자세히 관찰했다. 앙리에트는 아무 생각 없이 핀을 집어 머리에 꽂았다.

「부인 핀이 맞습니까?」

「예」

「확실합니까?」

「예. 확실해요」

「그 핀은 여기서 주운 게 아닙니다. 펠릭스 드발이 케임브리지 호텔에 잡아 놓은 방에서…… 다른 여러 가지 핀과 자질구레한 물건 중에서 하나 집어 온 겁니다. 부인께서 드발을 만나러 가시곤 하던 케임브리지 호텔 말입니다. 펠릭스 드발의 애인은 바로 제롬 부인입니다」

과연 빅토르다운 방식이었다. 그는 예기치 않게 상대의 허를 찌르며 공격을 가했다.

제롬 부인은 소스라치게 놀란 표정이었다. 그녀는 부인하려고 했지만 빅토르는 그녀에게 마지막으로 쐐기를 박았다.

「부인하지 마십시오, 부인. 그것 말고도 증거가 스무 개는 더 됩니다」

사실은 아무 증거도 없었다.

제롬 부인은 어떻게 응수해야 할지, 누굴 의지해야 할지 몰라 펠릭스 드발을 쳐다보았다. 그는 창백한 얼굴로 입을 꾹 다물었다. 드발도 갑작스러운 공격에 무척 당황한 모양이었다.

빅토르가 다시 말했다.

「모든 사건에는 논리만큼이나 많은 우연이 있기 마련입니다. 펠릭스 드발과 제롬 부인이 약속 장소를 케임브리지 호텔로 정한 것도 순전히 우연이었죠. 케임브리지 호텔이 아르센 뤼팽의 구역이라는 사실은 전혀 모른 채 말입니다. 순전한 우연……. 단순한 우연의 일치……」

펠릭스 드발은 분개하며 빅토르에게 다가왔다.

「내가 존경하는 여자를 함부로 비난하지 마십시오, 수사관님……」

빅토르가 말했다.

「그럼 농담은 그만두죠. 확인하기 쉬운 사실만 몇 가지 말씀드리겠습니다. 제 말이 사실과 다르면 이의를 제기하셔도 좋습니다. 당신이 제롬 부인의 애인이 아니라면, 당신 친구이자 애인의 남편인 제롬을 경찰이 의심하게 만드려고 이번 살인 사건을 이용하지 않았다면, 제롬 씨가 체포되게 하려고 노력하지 않았다면 이의를 제기하십시오. 당신이 몰레옹 서장에게 전화를 걸어 귀스타브 제롬의 책상 서랍을 뒤져 보라고 말하지 않았다면, 당신 애인을 시켜 제롬의 권총 두 발을 없애라고 부추기지 않았다면, 제롬의 집에 정원사 알프레드를 소개한 사람이 당신이 아니라면, 그리고 알프레드에게 진술을 번복하고 제롬에게 불리한 거짓 증언을 한 대가로 돈을 주지 않았다면 어서 이의를 제기하십시오」

펠릭스 드발은 화가 나서 얼굴이 벌겋게 달아올라 소리쳤다.

「뭐요! 미쳤군요! 제가 무엇 때문에 그런 일을 벌였다는 겁니까?」

「파산했으니까요. 그런데 당신 애인은 부자란 말입니다. 이혼을 하면 부패한 의원인 남편 재산을 쉽게 챙길 수 있죠. 그렇다고 해서 제가 사실을 밝혀 내지 않았다면 당신이 게임에서 이겼을 거란 말은 아닙니다. 당신은 이 사건에 너무 깊숙이 개입했습니다. 게임에 전 재산을 걸고 뛰어든 사람처럼! 그 증거는……」

빅토르는 발리두 판사를 보며 말했다.

「예심판사님, 경찰의 역할은 법원에 쓸 만한 정보를 제공하는데 있죠. 증거는 찾기 쉬울 겁니다. 제가 내린 결론이 확실합니다. 도트레는 유죄고, 귀스타브 제롬은 무죄입니다. 펠릭스 드발은 법원이 잘못된 판단을 내리도록 술수를 썼습니다. 제가 하고 싶었던 말은 여기까지입니다. 엘리즈 마송의 살인 사건에 대해서는 나중에 말씀드리겠습니다」

빅토르는 입을 다물었다. 사람들은 그의 말에 강한 인상을 받았다. 펠릭스 드발은 반항적인 태도를 보였다. 몰레옹은 고개를 설레설레 흔들었지만 판사와 고티에 국장은 현실을 받아들이는 분위기였다.

빅토르는 예심판사와 고티에 국장에게 담뱃갑을 내밀었다. 그들은 담배를 받아 라이터를 켜고, 담배에 불을 붙였다. 그러고는 뒷일은 다른 사람들에게 맡기고 밖으로 나갔다.

복도에서 고티에 국장이 힘 있게 손을 잡으며 말했다.

「정말 기막히게 잘했네, 빅토르」

「몰레옹 서장이 초를 치지만 않았어도 더 잘할 수 있었습니다」

「무슨 말인가?」

「젠장! 그놈들 패거리를 전부 잡으려는 찰나에 케임브리지 호텔로 들이닥쳤지 뭡니까?」

「그럼 그때 자네가 호텔에 있었단 말인가?」

「물론입니다. 객실 안에 있었습니다」

「영국인 비미시와 함께 말인가?」

「그럼요」

「하지만 영국인과 같이 있던 사람은 페루 인 마르코스 아비스토뿐이었는데」

「그 페루 인이 바로 접니다」

「지금 무슨 말을 하는 건가?」

「진실을 말하는 겁니다, 국장님」

「그럴 리가!」

「맞습니다. 마르코스 아비스토와 빅토르는 동일 인물이죠」

빅토르는 고티에 국장의 손을 잡고 덧붙여 말했다.

「당분간 뵐 수 없을 겁니다, 국장님. 대엿새 뒤에는 몰레옹의 실수를 바로잡고, 뤼팽을 올가미에 붙들어 매 오겠습니다. 하지만 그때까진 아무 말씀 마십시오. 그렇지 않으면 또다시 모든 일이 허사가 될 테니까요」

「하지만 자네……」

「물론 제가 지나쳤다는 사실은 인정합니다. 하지만 국장님께도 도움이 되는 일 아닙니까? 제가 하는 대로만 지켜봐 주십시오」

빅토르는 카페 레스토랑에서 점심을 먹었다. 그는 기분이 무척 좋았다. 이제 〈작은 집〉 살인 사건과 도트레 부부, 제롬 부부, 펠릭스 드발뿐만 아니라 오디그랑, 타자수인 에르네스틴, 샤생 부인 같은 사람들 때문에 신경 쓰지 않아도 되니 한시름 놓은 것 같았다. 이제는 한 가지 일에만 전념할 수 있을 것이다. 더 이상은 모호한 일도 없고, 제3자 때문에 판단 착오를 일으킬 일도 없다! 몰레옹도 없고! 라르모나도 없다! 의지할 사람도 없다! 뤼팽과 알렉산드라, 알렉산드라와 뤼팽, 이 두 사람만 중요할 뿐이다.

빅토르는 두세 가지 필요한 물품을 사고, 다시 페루 인 마르코스 아비스토로 돌아갔다. 그리고 2시 55분, 그는 생자크 탑 광장으로 들어섰다.

빅토르는 케임브리지 호텔에서 벌어진 대격돌 이후, 바실레이에프 공주와 헤어지면서 마지막 순간에 했던 약속을 공주가 지키리라고 확신했다. 빅토르는 몰레옹이 일을 망치기 전에 이미 많은 일을 통해 그녀에게 깊은 인상을 남겼고, 또 그녀와 함께 위험을 무릅쓰기도 했으니 그녀가 다시는 자기를 보지 않으려고 떠났다는 생각은 할 수 없었다. 빅토르는 어느 날 갑자기 그녀 앞에 나타나, 뛰어난 솜씨와 능력을 보여 주고, 활기 차며 헌신적인 남자의 이미지를 심어 주었다. 그러니 그녀가 꼭 다시 나타날 거라고 확신했다.

빅토르는 약속 장소에서 기다렸다.

아이들이 모래를 가지고 장난을 치고 있었다. 나이 든 부인들은 뜨개질을 하거나 나무 그늘, 또는 탑 아래서 낮잠을 자고 있었다. 의자에서는 한 남자가 신문을 읽고 있었는데 신문에 가려 얼굴은 보이지 않았다.

십 분이 흘렀다. 다시 십오 분, 또다시 이십 분이 흘렀다.

3시 30분, 빅토르는 걱정하기 시작했다. 알렉산드라는 정말 오지 않으려는 걸까? 두 사람 사이에 이어진 끈을 자르기로 결정한 걸까? 그녀는 파리를……, 아니, 프랑스를 떠났을까? 그렇다면 어떻게 그녀를 찾아 뤼팽을 추격한단 말인가?

불안한 마음은 사라지고 다시 안도감이 밀려와 웃음이 났다. 빅토르는 표정을 감추려고 얼굴을 다른 쪽으로 돌렸다. 그쪽에는 남자의 두 다리와 펼쳐진 신문이 보였다…….

빅토르는 다시 오 분을 더 기다렸다. 그리고 일어서서 천천히 광장 출구를 향해 걸어갔다.

그런데 순간, 어깨에 손이 닿는 느낌이 들었다. 신문을 보던 남자가 다가와 친근하게 말을 걸어왔다.

「마르코스 아비스토 씨? 맞습니까?」

「직접 오셨군요……. 아르센 뤼팽 씨 아닙니까?」

「예, 아르센 뤼팽……. 지금은 앙투안 브레삭이란 이름을 쓰고 있습니다. 그냥 바실레이에프 공주의 친구라고 소개하겠습니다」

빅토르는 그의 얼굴을 알아보았다. 어느 날 저녁, 케임브리지 호텔에서 영국인 비미시와 함께 있던 남자였다. 강인하면서도 솔직해 보이며 청록빛을 띤 짙은 회색 눈이 특히 강렬한 느낌을 주었다. 가까이서 보니, 미소 때문에 인상이 조금 부드러워 보였다. 아니 조금이 아니라 농담을 걸고 싶을 정도로 부드러워 보였다. 얼굴은 매우 젊었고, 넓은 가슴팍에서는 힘이 넘쳐 보였으며 몸도 매우 유연했다. 얼굴 골격에서는 활동적인 힘이 느껴졌다……. 마흔 살 정도 된 것 같았다. 옷은 매우 훌륭한 솜씨로 재단이 되어 있었다.

빅토르가 말했다.

「케임브리지 호텔에서 뵌 적이 있습니다」

브레삭이 웃으며 말했다.

「아! 한 번 본 사람은 절대로 안 잊는 능력까지 있으신가 보군요? 사실, 부상을 당해 비미시의 옆방에 숨기 전에는 여러 번 로비에 나갔습니다」

「부상은……?」

「별거 아닙니다. 하지만 좀 아프고 신경 쓰이긴 하죠. 비미시한테 위험을 알려 주러 오셨을 때는 거의 안정을 찾은 뒤였습니다. 참, 그 일은 정말 감사드립니다」

「어쨌든 비미시를 칼로 찌를 정도의 힘은 되찾으신 모양이군요」

「이런! 비미시는 당신이 서명해 준 통행증을 제게 넘기지 않으려고 하더군요. 그래도 생각했던 것보다 훨씬 세게 찌르긴 했습니다」

「비미시가 전부 불어 버리지 않을까요?」

「절대 그럴 리 없습니다. 저를 철석 같이 믿고 있으니까요」

그들은 리볼리가를 따라 걸었다.

브레삭은 그곳에 차를 주차해 놓은 모양이었다.

그가 느닷없이 물었다.

「더 이상 얘긴 필요 없을 것 같군요. 그럼 동의하시는 겁니까?」

「뭘를 동의한다는 겁니까?」

브레삭은 유쾌하게 말했다.

「선생께서 흥미를 갖고 계신 일 말입니다」

「무슨 말씀인지 알겠습니다」

「지금은 어디서 묵고 계십니까?」

「케임브리지 호텔에서 나온 이후로는 거처가 일정치 않습니다」

「오늘은요……? 함께 갑시다. 짐을 챙겨 오십시오. 편하게 모시겠습니다」

「시간이 촉박합니까?」

「예, 촉박합니다. 이번 일은 아주 큰 건입니다. 천만 프랑이 걸린 일이죠」

「공주는요?」

「당신을 기다리고 있습니다」

그들은 차에 올랐다.

빅토르는 이번 일이 뭘 뜻하는지 생각하며 〈되몽드〉 호텔에 풀었던 짐을 챙겨 왔다.

그들은 파리를 떠나 뇌이로 들어섰다.

룰가 끝에 다다르자 길모퉁이, 정원과 안뜰 사이에 3층 집이 보였다.

브레삭이 차를 세우며 말했다.

「조그만 휴식처일 뿐입니다. 이런 집이 파리에 열 채도 넘죠. 그저 틀어박혀 지내다시피 하는 곳입니다. 3층에 있는 제 작업실을 쓰십시오. 제 방 바로 옆방입니다. 공주는 2층을 쓰고 있습니다」

그의 작업실은 길 쪽으로 창문이 나 있었다. 멋진 소파와 침대 소파, 책장이 놓인 매우 안락한 공간이었다.

브레삭이 책장을 가리키며 말했다.

「철학책 몇 권……. 회고록 몇 권……. 그리고 아르센 뤼팽의 모험에 관한 책은 전부 있습니다……. 잠이 안 오면 읽으십시오」

「이미 전부 외울 정도인걸요」

브레삭이 웃으며 말했다.

「저도 마찬가지입니다. 참, 집 열쇠를 드릴까요?」

「열쇠는 왜?」

「외출을 하려면……」

순간, 두 남자의 눈이 마주쳤다.

빅토르가 대답했다.

「외출할 일도 없습니다. 다음 일을 시작하기 전까진 휴식을 취하는 게 좋죠. 그런데 아직 무슨 일인지도……」

「오늘 저녁에 이야기합시다……. 저녁 식사 후에……. 저녁 식사는 공주님 방에서 할 겁니다. 좀더 안락하고 조용한 분위기에서 식사를 할 수 있으니까요. 제 집은 항상 1층을 비워 둡니다. 경찰이 들이닥쳐 싸움이 벌어질 경우를 대비해서죠」

빅토르는 짐을 풀고, 담배를 피웠다. 그러고 나서 작은 다림질용 철판으로 턱시도 바지를 정성스럽게 다린 다음, 옷을 갈아입었다. 8시가 되자 앙투안 브레삭이 그를 부르러 왔다.

바실레이에프 공주는 그를 반갑게 맞이하며 케임브리지 호텔에서 자신과 자기 친구를 도와준 것에 몇 번이나 감사 인사를 했다. 하지만 왠지 조금은 거리를 두는 느낌이었다. 그녀는 대화에 거의 끼지 않았고, 두 남자의 말도 건성으로 듣는 것 같았다.

빅토르는 말을 많이하지는 않았지만 자신의 능력이 뛰어나다는 것을 알리기 위해 지금까지 벌인 두세 가지 사업을 상세하게 이야기해 주었다. 앙투안 브레삭은 그야말로 열변을 토했다. 그는 재치도 뛰어나며 유쾌하게 이야기를 끌고 나갈 줄 아는 사람이었다. 반어법을 사용하여 교묘하게 자기 자랑을 하고 자신을 부각시켰다.

저녁 식사가 끝나자 알렉산드라는 커피와 술을 가져오고 담배를 내준 후에 소파에 기대어 꼼짝도 하지 않았다.

빅토르도 쿠션을 댄 커다란 소파에 앉았다.

모든 게 만족스러웠다. 모든 일이 빅토르의 예상대로, 준비해 둔 순서대로 진행됐다. 우선 알렉산드라와 공범이 되고, 조금씩 범죄 조직에 끼어들어 능력을 인정받은 다음, 헌신적인 행동이나 말을 통해 자기가 그들 편이라는 사실을 확실히 인식시킨다. 그런 다음, 아르센 뤼팽의 믿음직한 공범이 되는 것이다. 뤼팽이 직접 약속 장소에 나타났고 그는 빅토르를 필요로 한다. 그리고 이번 일에 협력해 줄 것을 요청했다. 그러니 모든 게 빅토르의 뜻대로 돌아가고 있지 않은가!

빅토르는 속으로 되뇌었다.

〈그를 내 손에 잡았어……. 내 손안에……. 실수를 저지르면 안 돼……. 너무 웃지도 말고……. 어설픈 말투도 안 돼……. 뒷일에 대해서는 생각하지 말자. 저 사람들처럼 생각해야 해. 그렇지 않으면 모두 끝장이야〉

브레삭이 천천히 말했다.

「그럼 시작해 볼까요?」

「예」

「아! 그전에 질문이 하나 있습니다. 제가 어떻게 하려는지 알고 계십니까? 대충이라도?」

「대충은 압니다」

「말씀해 보시죠」

「더 이상 과거에 집착하지 않고, 새 일을 벌이기로 한 거죠. 국방부 채권, 〈작은 집〉 살인 사건 등 전부요. 신문에서 떠벌리는 이야기들, 검찰 측 주장, 여론……. 이제 모두 끝난 일이죠. 그 얘긴 이제 그만하기로 하죠」

「잠깐. 보지라르가 살인 사건도 해결되었다고 생각하십니까?」

「그것도 마찬가지로 끝난 일이죠……」

「검찰 측 견해는 다르던데요」

「제 생각을 이야기한 겁니다. 제 생각으로는 다 결론이 난 일이라는 거죠. 그 이야기는 나중에 하기로 합시다. 지금은 오로지 한 가지 걱정, 한 가지 목표에 대해서만 생각합시다」

「무슨 목표요?」

「천만 프랑. 당신이 바실레이에프 공주에게 보낸 편지에 그 일을 계획하고 있다고 썼던데요」

앙투안 브레삭이 큰 소리로 말했다.

「좋습니다! 하나도 놓치는 게 없으시군요. 정말 발 빠르게 움직이셨군요」

브레삭은 빅토르 앞에 있는 의자에 걸터앉아 설명을 시작했다.

A. L. B. 사건

「우선 이번 천만 프랑 건은 비미시가 물어 온 일입니다. 이 일
에 대해서는 신문에서도 보도한 적이 있죠. 전혀 수긍이 안 가는
추측만 늘어놓은 기사였지만 말입니다. 비미시는 전쟁이 끝난 후
에 타자수와 결혼한 적이 있습니다. 그녀는 열차 사고로 사망했
죠……. 그의 아내는 아테네 출신이었고 한때 그리스 갑부 밑에
서 일을 했습니다. 그녀가 일할 당시 사장에 관한 이야기를 한 적
이 있는데 그때 비미시의 관심을 끄는 내용이 있었답니다.

그 이야기를 해 드리겠습니다. 그 그리스 갑부는 자국의 화폐
가치가 폭락할 것을 우려해 전 재산을 현금으로 바꿨습니다. 우
선, 아테네에 있던 각종 증권과 부동산을 처분하고, 그 다음엔
에페이로스(그리스 북서부 도시 ─ 옮긴이)와 알바니아에 있던 본
인 소유의 토지를 전부 매각했습니다. 그는 재산을 크게 두 부분
으로 나눠서 보관했습니다. 우선 절반에 해당하는 재산을 다시

증권으로 바꾸어 영국 은행에 맡겼습니다. 그 증권은 〈런던 서류〉라고 불렀습니다. 또 다른 하나는 전체 토지와 영지를 매각한 것으로 〈A. L. B. 서류〉란 이름을 붙였습니다. A. L. B.는 알바니아(Albanie)의 앞 글자가 분명합니다. 그런데 이상한 건 두 서류의 값어치가 각각 천만 프랑으로 거의 비슷한데도 런던 서류는 부피가 무척 큰 반면에 A. L. B. 서류는 작은 상자 안에 들어갈 정도로 부피가 작다는 겁니다. 봉투에 넣고 끈으로 묶어서 감춰 두었다고 하는데 길이는 20~25센티미터 정도 된다더군요. 그리스 갑부는 그 상자를 서랍 속이나 여행 가방 안에 넣어서 보관한답니다.

에페이로스 영지를 매각한 천만 프랑이 들어 있는 A. L. B. 서류는 어떤 형태로 보관되어 있을까요? 그건 아직 수수께끼입니다. 또, 타자수가 결혼 후 회사를 그만두었기 때문에 그 사장이 어떻게 지내는지도 수수께끼였습니다. 제가 3년 전 비미시를 만났을 때, 그는 여전히 수수께끼의 해답을 밝혀 내지 못한 상태였습니다.

그런데 저의 국제 조직을 통해 좀더 활발하게 작업을 진행했습니다. 시간이 많이 걸리긴 했지만 효과적인 작업이었죠. 저는 X씨가 재산의 절반을 보관해 둔 영국 은행을 찾아냈습니다. 그리고 그 은행에서 증권의 이자를 지급하고 있는 X씨가 파리에 산다는 사실도 알아냈습니다. 그 X씨가 누군지 알아내는 일도 어려웠습니다. 어쨌든 저는 그 사람이 독일인이라는 사실을 알아냈고, 그 다음엔 독일인의 주소를 찾아냈죠. 그 독일인이 바로 그리스 갑부였습니다」

앙투안 브레삭은 거기서 말을 멈췄다. 빅토르는 질문도 하지 않고 그의 말을 듣고만 있었다. 알렉산드라는 눈을 감고 잠을 자는 것 같았다. 브레삭이 다시 말했다.

「저는 믿을 만한 정보 조사 대행 업체를 통해 조사를 계속했습니다. 그래서 몇 가지 사실을 알아냈습니다. 그리스 갑부는 병이 들어 거의 몸을 가누지 못하며 저택 안에서만 지냅니다. 또, 은퇴한 탐정들을 개인 경호원으로 고용했습니다. 가정부는 세 명이며 지하에서 잠을 잡니다.

또 중요한 정보가 있습니다. 제가 직접 찾아낸 정보죠. 앞서 말씀드린 것보다 훨씬 더 중요한 내용입니다. 그 노인의 저택과 관련된 자료를 보다가 알아낸 내용이죠. 그 노인의 집 한구석에는 전기 벨이 울리게 해 놓은 장치가 있습니다. 보안 장치라고 할 수 있죠. 그 저택의 덧창은 전부 보이지 않는 보안 장치에 연결되어 있어 조금 밀기만 해도 벨이 울립니다. 저는 그 사실에 주목했습니다. 뭔가 불안하고, 감추고 싶은 물건이 있으니 그런 장치를 해놓은 것 아니겠습니까? 그게 뭘까요? A. L. B. 서류일까요?」

빅토르가 대답했다.

「물론 그렇겠죠」

「문제는 그 서류가 어디 있느냐 하는 겁니다. 1층에 있을까요? 그건 아닐 겁니다. 1층은 사람들이 가장 빈번히 지나다니는 곳이니까 그런 엄청난 보물을 그곳에 두었을 리 없습니다. 2층은 비어있고, 문도 잠겨 있습니다. 그 집에 가정부를 심어 두고 관찰하게 한 결과, 그리스 갑부는 매일 오후 3층으로 올라가 혼자 시간을 보낸다는 사실을 알아냈습니다. 3층에는 커다란 방이 있는데 서재로 사용합니다. 그곳에는 갖은 서류와 책, 기념품들이 있습니다. 갑부가 가장 사랑했던 두 사람과 관련된 기념품이죠. 그의 딸과 손녀……. 지금은 둘 다 이 세상에 없습니다……. 그리고 태피스트리 작품들과 초상화, 아이들 장난감, 자질구레한 물건들이 있습니다. 저는 그 가정부의 말을 바탕으로 3층 방의 도면을 그려 보았습니다」

그는 도면을 보여 주며 말했다.

「이쪽이 책상, 여기에 전화가 있고, 이쪽에는 책장이 있습니다. 그리고 여기에 진열장……, 진열장에는 기념품을 진열해 두었습니다. 여기에 벽난로가 있고, 그 위에 유리창이 하나 있습니다. 이곳에 유리창이 있다는 사실을 알고 나서 저는 구체적인 계획을 세웠습니다. 설명해 드리죠」

브레삭은 연필로 도면 가장자리에 선을 그었다.

「넓은 도로 끝에 세워진 저택입니다. 도로는 좁고 기다란 정원으로 나뉘어 있습니다. 그리고 철조망이 매우 높은 데다 양쪽으로 벽이 서 있어 안뜰로 들어가지 못하도록 해 났습니다. 오른쪽에는 잡목이 우거진 공터가 있는데 그 땅은 팔려고 내놓은 상태였습니다. 저는 그 공터로 숨어들었습니다. 그곳에서는 3층 유리창이 바로 보이더군요. 덧창도 없습니다. 저는 곧바로 계획을 세우기 시작했고, 이제 거의 준비가 끝나 갑니다」

「그래서요?」

「선생을 믿습니다」

「왜 하필 접니까?」

「비미시는 교도소에 있고, 또 선생께서 충분히 일을 수행할 능력이 있다는 판단이 들었기 때문입니다」

「조건은?」

「이익의 4분의 1」

190

「제가 A. L. B. 서류를 찾으면 반을 받는 걸로 합시다」

「그럼 3분의 1」

「좋습니다」

두 남자는 악수를 나눴다.

브레삭은 웃음을 터뜨렸다.

「협상가나 금융가는 중요한 사업에 관해 합의를 할 때는 공증인이 참석한 가운데 서명을 합니다. 하지만 우리처럼 정직한 사람들은 악수 하나로 족하죠. 선생의 능력이 뛰어나시니 안심입니다. 제가 합의 내용을 충실히 이행할 거라고 믿으시죠?」

빅토르는 속으로 무척 기뻤지만 겉으로는 드러내지 않으려고 애썼다. 그는 전혀 좋은 기색을 보이지 않고, 살며시 미소만 지었다. 그러자 브레삭이 그 이유를 물었다.

빅토르가 대답했다.

「협상가든 재력가든 서명을 할 때는 사업 내용을 구체적으로 알고 나서 하는 법이죠」

「그런데요?」

「그런데 저는 그 갑부의 이름도, 그가 사는 장소도, 당신이 이용할 방법도, 행동을 개시할 날짜도 모릅니다」

「무슨 뜻이죠?」

「당신이 절 신뢰하지 않는 듯하다는 거죠……」

브레삭은 잠시 망설였다.

「그 내용 공개를 조건으로 제시하는 겁니까?」

「아뇨. 제 조건은 아무것도 없습니다」

「전 있어요」

알렉산드라가 갑자기 공상에서 깨어났는지 두 남자에게 다가와 말했다.

「무슨 조건이죠?」

「피는 보고 싶지 않아요」

알렉산드라는 빅토르를 바라보며 확고한 말투로 말했다.

「조금 전에 〈작은 집〉 사건과 보지라르가 살인 사건이 모두 해결됐다고 말씀하셨죠. 하지만 아니에요. 제가 범인으로 지목받고 있으니까요. 이번 일에 개입하시면 저나 앙투안 브레삭과 같이 의심을 받을 거예요」

빅토르가 아무렇지 않은 듯 말했다.

「전 부인이나 앙투안 브레삭 모두 그 살인 사건의 범인이라고 생각하지 않습니다」

「그렇게 생각할걸요」

「왜죠?」

「우리가 엘리즈 마송을 죽이고…… 아니 적어도 우리 공범 중 한 명이 그 여자를 죽였으니 우리한테도 책임이 있다고 생각하시겠죠」

「아닙니다」

「하지만 검찰에서는 그렇게 확신하고 있어요. 여론도 그렇고」

「제 생각은 다릅니다」

「그럼 범인이 누구죠? 생각해 보세요! 엘리즈 마송의 집에서 도망치는 여자를 본 사람이 있다고요. 그게 바로 저예요, 바로 저라고요. 어쨌든 제가 엘리즈 마송을 죽였다고 생각할 것 아니에요? 의심받는 사람은 저밖에 없다고요」

「부인 이름을 알고 있는 사람은 한 명뿐인데 그 사람은 아직 부인의 이름을 밝힐 생각이 없습니다」

「그게 누구죠?」

빅토르는 정확히 대답해야 한다고 느꼈다. 앙투안 브레삭은 즉각적인 대답을 요구하며 빅토르가 자기 공범으로서 능력이 있는지 다시 한번 확인하려고 했다.

빅토르가 반복해서 말했다.

「그게 누구냐고요? 마약 수사반의 빅토르란 자입니다」

「지금 무슨 말씀을 하시는 거예요?」

「제가 드리는 말씀은 부인께는 단순한 추측으로밖에 들리지 않을 겁니다. 하지만 이건 어디까지나 진실입니다. 제가 사건을 조금씩 분석하고 신문 기사를 주의 깊게 읽으면서 알아낸 진실입니다. 부인께서는 제가 빅토르 수사관을 어떻게 생각하는지 잘 알고 계실 겁니다. 대단히 능력 있는 수사관이죠. 하지만 그 사람도 다른 동료들이나 세상 모든 사람들과 마찬가지로 약점이 있습니다. 살인 사건 당일 아침, 빅토르 수사관은 도트레 남작과 함께 엘리즈 마송의 집에 처음 찾아가면서 한 가지 실수를 저질렀습니다. 아무도 그 사실을 알아채진 못했지만 분명 그 실수가 수수께끼의 열쇠를 제공해 주었습니다. 그 수사관은 남작을 차에 태우고 다른 경관에게 남작을 감시하라고 한 다음, 카페로 갔습니다. 그곳에서 경찰청에 전화를 걸어 수사관 두 명을 더 보내 달라고 지원 요청을 했죠. 그는 엘리즈 마송의 집을 수사관들이 감시한다고 생각했기 때문에 가택 수색이 끝나기 전까지는 그녀가 집에서 나올 수 없을 거라고 믿었습니다」

알렉산드라는 놀라서 작은 소리로 말했다.

「계속해 보세요」

「그런데 통화가 쉽게 연결되지 않았습니다. 빅토르 수사관은 계속 기다려야 했죠. 그렇게 십오 분이 흘렀습니다. 그때, 도트레 남작은 한 가지 생각이 떠올랐죠. 도망칠 생각은 아니었습니다. 그래 봐야 아무 소용없으니까요. 남작은 자기 애인의 집으로 올라갔습니다. 왜 아무도 그를 막지 않았을까요? 빅토르 수사관은 매우 바빴습니다. 보초를 서는 경찰은 집 주위를 돌고 있었고 멀리서 자동차 지붕만 겨우 보였을 뿐이죠」

앙투안 브레삭이 관심을 기울이며 물었다.

「하지만 왜 다시 애인을 보려고 한 거죠?」

「왜냐고요? 빅토르 수사관이 설명한 대로, 엘리즈 마송의 집에서 벌어진 일을 떠올려 보십시오. 그녀는 막심 도트레가 도둑질을 한 것뿐만 아니라 살인까지 저질렀다는 말을 듣자 그를 의심스러운 눈으로 쳐다봤습니다. 빅토르 수사관은 그녀가 분개하고 두려워했다고 말했습니다. 엘리즈 마송은 자기 애인이 채권을 훔쳤다는 사실은 알았지만 레스코를 죽였을 거란 생각은 꿈에도 하지 못했습니다. 그녀는 남작이 무섭게 느껴졌죠. 그녀는 검찰도 두려워했습니다. 도트레는 그 사실을 알아차렸죠. 자기 애인이 자기를 고발할지도 모른다고 생각했습니다. 그래서 다시 그녀를 찾아가 이야기를 하려고 했을 겁니다. 도트레 남작은 엘리즈 마송의 집 열쇠를 갖고 있었습니다. 그는 애인을 위협하며 물었습니다. 그러자 엘리즈 마송은 겁에 질려 사실대로 말했죠. 도트레가 그녀를 가만 놔뒀을까요? 이제 목표에 거의 다가섰고, 이미 국방부 채권을 손에 넣기 위해 한 번 살인을 저지른 사람이 마지막 순간에 일이 실패로 돌아가도록 내버려 두었을까요? 남작은 그녀를 죽였습니다. 자신이 그토록 사랑하던 여자를…… 하지만 자기를 배신할 게 분명하다는 생각이 들자 순식간에 여자를 증오하기 시작한 겁니다. 잠시 후, 그는 다시 아파트 아래로 내려와 경찰차에 올라탔습니다. 보초를 서고 있던 경찰은 아무것도 알아채지 못했습니다. 빅토르 수사관도 아무런 의심을 하지 않았죠」

공주가 작은 소리로 물었다.

「그럼 저는요……?」

「부인은 그로부터 한두 시간 후에 그곳에 도착했습니다. 단지 엘리즈 마송과 그 사건에 대해 이야기를 나누려고 한 것이었죠. 그런데 문 앞에 살인자의 열쇠가 떨어져 있었습니다. 부인께서는 안으로 들어갔습니다. 그런데 눈앞에 엘리즈 마송이 주황색 바탕에 초록색 줄무늬가 들어간 스카프로 목이 졸려 죽어 있었습니다. 그 스카프는 부인께서 선물한 것이었죠……」

알렉산드라는 너무 놀라 더듬거리며 말했다.

「맞아요……. 맞아요. 전부 사실이에요……. 그 스카프는 카펫 위에, 시체 옆에 떨어져 있었어요……. 제가 그 스카프를 주웠죠……. 전 너무 무서웠어요. 맞아요……. 맞아요」

앙투안 브레삭이 웃으며 말했다.

「맞습니다……. 한 치의 오차도 없군요……. 그 사건의 진상은 그렇습니다……. 범인은 바로 도트레죠……. 경찰이 신중하지 못했습니다」

그는 빅토르의 어깨를 치며 말했다.

「정말 대단하신 분이군요. 처음으로 믿을 만한 협력자를 만난 것 같습니다……. 마르코스 아비스토 씨, 앞으로 한번 잘해 봅시다」

그러고 나서 그는 필요한 정보를 알려 주었다.

「그리스 갑부의 이름은 세리포스입니다. 여기서 멀리 떨어진 곳에 살고 있죠. 불로뉴 숲을 따라가다 보면 마이요 대로 98-2번지가 있습니다. 작업은 다음 주 화요일에 진행될 겁니다. 12미터 짜리 고가 사다리를 구해야 하기 때문에 시간이 필요합니다. 그 사다리를 타고 올라갈 겁니다. 현장에 도착하면 다시 1층으로 내려와서 잠복해 있는 부하 세 명을 안으로 들여보내야 합니다」

「안에서 현관 문을 열 수 있습니까?」

「예」

「하지만 현관 문에도 경보 장치를 해 놓지 않았을까요?」

「예. 하지만 경보는 밖에서 문을 열려고 할 때만 울립니다. 안에서 열 때는 상관없죠. 그러니 경보는 울리지 않을 겁니다. 그런 다음에 제 부하들이 자고 있을 경호원 두 명을 결박할 겁니다. 그러는 동안 우리는 1층에 있는 방들을 대충 훑어보고 나서, 보물이 있는 3층 서재를 샅샅이 뒤지는 겁니다. 됐죠?」

「예」

두 남자는 다시 한번 악수를 나눴다. 이번에는 더 힘이 들어가 있었다.

빅토르는 기다리는 며칠 동안 앞으로 있을 승리를 음미하며 기분 좋게 보냈다. 하지만 그러는 와중에도 최대한 신중을 기했다. 단 한 번도 외출을 하지 않았고, 편지나 전화 통화도 하지 않았다. 브레삭에게 믿음을 심어 주기 위한 행동이었다. 그런데 빅토르가 자신의 뛰어난 통찰력만 믿고 잠시 방심했던 모양이었다. 브레삭은 빅토르와 계약을 하기는 했지만 그를 부하 정도로밖에 생각하지 않았다. 앙투안 브레삭은 혼자서 일을 계획했고, 빅토르는 그대로 따라야 했다.

어쨌든 혐오스러운 적의 일거수일투족을 관찰하고, 적이 일을 꾸미는 방법을 연구하며, 가까이서 대화를 나눈다는 사실만으로도 매우 즐거운 일이었다! 또, 브레삭의 사생활에 개입해서 그의 신임을 얻고 그의 계획에 참여하게 되었으니 얼마나 만족스러운 일인지…….

그래도 빅토르는 이따금씩 걱정이 되었다.

〈저자가 날 가지고 노는 것은 아닐까? 내가 파 놓은 덫에 내가 걸려 넘어지는 것은 아닐까? 저런 사람이 순순히 나한테 속아 넘어갈까?〉

하지만 그런 생각은 모두 기우였다. 브레삭은 완전히 마음을 놓고 빅토르에게 속아 넘어갔다. 빅토르는 하루에도 몇 번씩 그 사실을 확인할 수 있었다. 빅토르는 오후가 되면 알렉산드라 공주와 즐거운 시간을 보냈다.

그녀는 이제 긴장이 풀려서 활기 차고 상냥한 태도를 보였으며 빅토르에게 살인자를 밝혀 낸 대접을 톡톡히 했다.

「물론 저는 제가 범인이 아니란 사실을 알고 있었지만 만약에 체포되기라도 하면 그때 가서 제가 죽인 것이 아니라고 말하면 된다고 생각했어요」

「체포되다뇨?」

「앞일을 어떻게 알겠어요?」

「알죠, 왜 모릅니까? 브레삭을 친구로 두고 있으니 누구도 부인께 손대지 못할 겁니다」

알렉산드라는 아무 말도 하지 않았다. 브레삭이 그녀의 애인임이 분명할 텐데 그녀는 브레삭에 대한 감정을 전혀 드러내지 않았다. 그녀는 브레삭에게 너무 무관심해 보였다. 빅토르는 때로 그녀를 보며 정말 브레삭의 애인이 맞을까 의심을 할 정도였다. 브레삭은 그녀에게 위험을 함께하는 친구 정도밖에 되지 않는 것 같았다. 알렉산드라는 강렬한 자극을 추구해 왔고, 브레삭을 통해 자극적인 감정을 느꼈다. 그렇다면 브레삭의 다른 점에는 매력을 느끼지 못할 수도 있지 않을까? 그녀가 브레삭에게 관심을 갖고 그의 곁에 머무는 이유는 단지 뤼팽이라는 이름 때문이 아닐까?

하지만 마지막 날 저녁, 빅토르는 두 사람이 입 맞추는 모습을 보고 깜짝 놀랐다…….

그는 끓어오르는 분노를 억제할 수 없었다. 알렉산드라는 조금도 거북해하지 않고 웃었다.

「제가 브레삭에게 왜 그렇게 친절하게 대하는 줄 아세요? 내일 저녁에 저도 데려가 달라고 부탁하려고요. 물론 자연스러운 일은 아니겠죠! 물론, 아니죠. 거절할 거예요……. 여자가 따라가면 방해가 될 테니까요……. 일이 엉망이 될 수도 있고……. 너무 위험한 일이니까요……. 안 되는 이유는 수없이 많겠죠」

하늘하늘한 가운 위로 그녀의 아름다운 어깨가 드러났다. 그녀는 흥분한 얼굴로 빅토르에게 간청했다.

「저 사람을 좀 설득해 주세요. 저도 거기 가고 싶단 말이에요……. 전 위험한 게 좋아요……. 제가 좋아하는 건 단순한 위험이 아니라……. 공포예요……. 그래요, 공포……. 두려움만큼 사람을 돌게 만드는 것도 없죠……. 전 두려워하는 사람들을 경멸해요. 그건 비겁한 태도니까요……. 하지만 저에 대한 제 자신의 두려움

만큼 절 미치게 하는 것도 없어요」

빅토르는 농담을 하듯 앙투안 브레삭에게 말했다.

「이 부인의 공포 애착증을 치료하려면 실제 상황이 어떻게 돌아가는지 보여 주는 게 좋을 것 같군요. 공포 운운할 정도로 그렇게 무서운 일이 아니란 것을 보여 줍시다. 당신과 제가 느끼는 감정은 그녀가 말하는 그런 공포심이 아니니까요」

브레삭이 웃으며 말했다.

「이런! 그게 그렇게 좋다면……! 할 수 없죠, 뭐」

다음 날, 빅토르는 자정이 조금 지난 시각에 1층에서 기다렸다.

알렉산드라는 몸에 꼭 맞는 회색 원피스를 입고 즐거운 표정으로 나타났다. 그녀는 아주 어려 보였다. 위험한 모험을 하러 가는 여인이 아니라 놀러 가는 어린아이 같았다. 하지만 얼굴은 창백했고 눈동자에서는 빛이 났다. 발랄한 겉모습과 달리 속으로는 공포를 만끽할 준비가 된 모양이었다.

그녀는 작은 병을 보여 주고 나서 웃으며 말했다.

「독약이에요……」

「어디에 쓰려고요?」

「교도소에 가지 않으려고요. 죽음은 받아들일 수 있지만 교도소에는 무슨 일이 있어도 가기 싫거든요」

빅토르는 병을 빼앗아 뚜껑을 열고 내용물을 바닥에 쏟아 버렸다.

「죽지도, 교도소에 가지도 않을 겁니다」

「뭘 믿고 그렇게 말씀하시는 거죠?」

「사실만을 말하는 겁니다. 뤼팽이 함께 있으니 죽을 염려도, 교도소에 갈 걱정도 할 필요 없습니다」

그녀는 어깨를 으쓱하며 말했다.

「뤼팽도 실패할 수 있어요」

「그를 절대적으로 신뢰해야 합니다」

「예……. 그래요……. 하지만 며칠 전부터 예감이 안 좋아요……. 나쁜 꿈도 꾸고……」

열쇠로 자물쇠를 여는 소리가 들렸다……. 길 쪽으로 뚫린 문이 바깥에서 열렸다. 앙투안 브레삭이 마지막 준비를 마치고 돌아온 모양이었다.

그가 말했다.

「됐습니다. 알렉산드라, 아직 생각을 안 바꿨습니까? 사다리는 생각보다 높습니다. 위로 올라가면 흔들리죠」

그녀는 대답하지 않았다.

「당신은? 자신 있습니까?」

빅토르도 대답하지 않았다.

세 사람은 인적 없는 뇌이 거리를 지나갔다. 그들은 서로 아무 말도 하지 않았다. 알렉산드라는 두 남자 사이에서 가벼운 발걸음으로 걸었다.

지붕 위에는 구름 한 점 없는 하늘에 별이 반짝였고, 전깃불은 나뭇잎 사이로 불빛을 뿜었다.

마이요 대로와 평행으로 뻗은 샤를르라피트가로 접어드니 개인 저택에서 가꾸는 정원이 펼쳐졌다. 정원 사이에 세워진 저택에서 간혹 전깃불이 흘러나왔다.

낡은 나무판자 울타리가 쳐진 저택이 보였다. 사립문은 제대로 닫혀 있지 않았고, 그 집 너머로 나무와 관목들이 우거진 공터가 보였다.

늦은 시간이라 지나다니는 사람은 눈에 띄지 않았지만 그들은 신중을 기하기 위해 주변을 삼십 분쯤 돌아 보았다. 혹시라도 누가 나타나면 일에 방해가 되기 때문이었다. 빅토르와 알렉산드라가 망을 보는 사이, 앙투안 브레삭은 만능 열쇠로 자물쇠를 열고 문짝 하나를 슬그머니 밀었다.

그들은 안으로 들어갔다.

나무를 헤치고 지나가다가 가시에 찔려 작은 상처가 났다. 땅에는 커다란 돌 조각들이 군데군데 박혀 있었다.

브레삭이 말했다.

「왼쪽으로 가면 벽에 사다리가 걸쳐 있습니다」

그들은 사다리 아래 도착했다.

접혀 있던 사다리를 펴자 길게 늘어났다. 그들은 끈으로 사다리 이음새를 단단히 매고 나서, 모래와 자갈 더미에 사다리의 두 다리를 깊이 꽂았다.

사다리가 어두운 땅속에 똑바로 박히자 그들은 사다리를 기울여 조심스럽게 세리포스의 저택 3층 벽에 기대어 놓았다.

그들이 있는 쪽은 저택 측면이라 덧창이 꼭꼭 닫혀 있었고, 빛이 새어 나오는 곳은 전혀 없었다. 브레삭은 3층 유리창의 윤곽만 겨우 알아보고 사다리 끝을 창문에 가져다 댔다.

그가 말했다.

「제가 먼저 올라가겠습니다. 알렉산드라, 제 모습이 보이지 않으면 그때 올라오십시오」

브레삭은 재빠르게 사다리를 타고 올라갔다.

사다리가 흔들렸다. 너무 흔들려서 가느다란 사다리 받침대가 구부러지는 것처럼 느껴졌다.

빅토르가 속삭였다.

「이제 거의 끝까지 올라갔습니다. 브레삭이 유리를 잘라 내고 창을 열 겁니다」

그의 말대로 일 분쯤 지나자 브레삭이 안으로 들어갔다. 브레삭은 아래로 몸을 기울여 두 사다리 끝을 붙잡았다.

빅토르가 물었다.

「겁나십니까?」

「겁이 나기 시작했어요⋯⋯. 아주 좋은데요. 제 다리에 힘이 빠지고 현기증만 나지 않는다면요!」

알렉산드라는 처음에는 빠르게 올라가다가 갑자기 멈춰 섰다.

빅토르는 생각했다.

〈다리에 힘이 빠지고 현기증이 나는 모양이군.〉

그녀는 일 분도 넘게 멈춰 서 있었다. 브레삭은 작은 소리로 용기를 북돋아 주었다. 마침내 그녀는 사다리를 끝까지 올라 창틀을 넘었다.

요 며칠 동안 빅토르는 브레삭의 집에서 수도 없이 생각했다.

〈두 사람 다 내 손안에 있어. 난 고티에 국장의 개인 전화번호도 알고 있지. 전화 한 통이면 저자들을 집에서 붙잡을 수 있어. 몰레옹도 나타나지 않을 테고. 저놈을 체포한 공은 전부 마약 수사반 빅토르에게 돌아가겠지〉

그런데도 빅토르가 그런 해결책을 쓰지 않은 이유는 뤼팽을 현장에서 붙잡고 싶었기 때문이다. 뤼팽이 가방과 보석함을 손에 넣은 바로 그 순간에 잡아들여야 비열한 도둑으로 인정되기 때문이었다.

지금이 저자를 잡아들일 기회가 아닐까? 두 공범은 덫에 갇힌 쥐나 마찬가지가 아닌가?

하지만 빅토르는 결정을 내리지 못했다. 브레삭이 3층 창문에서 그를 불렀다. 빅토르는 기다리라고 손짓을 한 다음 중얼거렸다.

「서두르는군. 자네 애인처럼 교도소에 갈 일이 걱정도 안 되나 보지? 자, 어서 계속하라고……. 작업을 시작해……. 천만 프랑을 주머니에 넣어. 네 마지막 작품이 될 테니까. 그 다음엔, 뤼팽, 네 손에 수갑을 채워 주마……」

빅토르는 사다리를 올라갔다.

불안

빅토르가 창문 가까이 올라가자 브레삭이 물었다.

「아니, 왜 그렇게 망설였습니까?」

「아무것도 아닙니다. 소리를 듣느라……」

「무슨 소리요?」

「전 항상 소리에 귀를 기울이죠……. 언제나 귀를 열린 채로 놔두어야 합니다」

브레삭은 그렇게 신중을 기하는 것은 시간 낭비라고 생각했는지 경멸하는 투로 말했다.

「쳇! 과장이 심하시군요」

그러면서 브레삭도 조심스럽게 방 안에 손전등을 비췄다. 그는 오래된 태피스트리를 발견하고 의자 위에 올라가 벽에서 떼어냈다. 그런 다음 태피스트리를 유리창 앞에 걸어 놓았다. 그렇게 창문을 막아 놓고 스위치를 켜자 방 안이 환하게 밝아졌다.

그러자 브레삭은 알렉산드라의 손을 잡고 조용하면서도 날렵하게 앙트르샤(발레 동작 중 공중에서 발을 마주치는 스텝 — 옮긴이)와 캉캉, 지그(17~18세기에 유행하던 빠르고 경쾌한 모음곡에 맞추어 추는 춤 — 옮긴이)를 추었다.

알렉산드라는 부드럽게 미소를 지었다. 뤼팽이 일을 시작하기 전에 연례 행사처럼 치르는 댄스 축제가 무척 즐거운 모양이었다.

하지만 빅토르는 눈살을 찌푸리며 의자에 앉았다.

브레삭이 웃으며 말했다.

「아니! 앉으면 어떡합니까? 일을 하러 왔는데……」

「지금 일을 하고 있는 겁니다」

「참 희한한 방법도 있군요……」

「당신의 작품 중 하나를 떠올려 보십시오……. 정확히 어떤 사건이었는지는 모르겠지만……. 한밤중에 어느 후작의 서재에 들어가 비밀 서랍을 찾아내기 위해 책상을 뚫어져라 쳐다보기만 했죠…….(『두 미소의 여인』에 나오는 장면 — 저자 주) 그래서 저도 당신이 춤을 추는 동안 이 방을 샅샅이 살펴보는 겁니다……. 뤼팽의 방법을 그대로 따르는 거죠! 그보다 나은 방법은 없으니까요」

「제 방법은 빨리 일을 해치우는 겁니다. 우리에게 주어진 시간은 딱 한 시간입니다」

「탐정 출신이라는 경호원 두 명이 순찰을 도는 건 아닐까요?」

「아뇨, 절대 그럴 리 없습니다. 그리스 갑부가 이 방까지 순찰하라고 지시했다면 경호원들에게도 이 방에 귀중한 물건이 있다고 알려 주는 셈이 되니까요. 제 부하들이 들어와서 경호원을 꼼짝 못하게 할 테니 염려 없습니다」

브레삭은 알렉산드라에게 앉으라고 말하고 그녀에게 허리를 숙여 물었다.

「혼자 있어도 겁나지 않겠죠, 알렉산드라?」

「그럼요」

「뭐, 십 분, 길어 봐야 십오 분이면 될 겁니다. 복잡한 일도 없으니 빨리 끝날 겁니다. 이 친구더러 당신 곁을 지키라고 할까요?」

「아뇨, 괜찮아요……. 어서 가세요……. 전 여기서 쉴게요……」

브레삭은 저택 도면을 세세하게 관찰한 다음 조심스럽게 문을 열었다. 대기실처럼 생긴 복도를 지나자 커다란 두 번째 문이 보였다. 자물쇠에 열쇠가 꽂혀 있는 걸 보니 세리포스는 서재에서 일을 하는 동안 그 문을 잠가 두는 모양이었다. 그 문을 열자 계단이 보였다. 계단 아래쪽의 새장이 희미하게 빛나고 있었다.

그들은 조심조심 계단을 내려갔다.

브레삭은 현관에 켜진 전등 아래서 빅토르에게 도면을 보여 주며 두 경호원이 자고 있는 방을 손가락으로 가리켰다. 세리포스의 방으로 가려면 먼저 경호원들이 자고 있는 방을 통과해야 했다.

그들은 방 입구에 다다랐다.

커다란 빗장 두 개가 보이자 브레삭이 들어 올렸다. 오른쪽에는 경보 장치를 조절하는 손잡이가 보였다. 브레삭이 손잡이를 내렸다. 또 손잡이 옆에는 버튼이 하나 있었는데, 작은 정원에서 마이요 대로를 향해 난 철책 문을 여는 장치였다.

그는 버튼을 누른 다음, 현관 문을 밖으로 살짝 밀고 가볍게 휘파람을 불었다.

그림자 세 개가 보이더니 곧 난폭하게 생긴 공범들이 안으로 들어왔다.

계획은 사전에 협의가 됐기 때문에 브레삭은 그들에게 아무 말도 하지 않았다. 그는 문을 닫고 경보 장치 손잡이를 다시 들어 올렸다. 그런 다음 빅토르에게 낮은 소리로 명령을 내렸다.

「저는 이자들을 데리고 경호원들이 있는 방으로 가 보겠습니다. 당신은 함께 갈 필요가 없으니 이곳에서 망을 봐 주십시오」

브레삭이 공범들과 함께 사라졌다.

빅토르는 혼자 남았으니 마음대로 행동할 수 있었다. 빅토르는 기계 장치 손잡이를 내린 다음, 현관 문을 살짝 열었다. 문은 열린 채로 놔두고 손잡이 옆에 있는 버튼을 누르니 마이요 대로 쪽으로 나 있는 철책 문이 작동했다. 이제 밖에서 저택 입구로 마음대로 드나들 수 있었다. 빅토르가 바라던 대로였다.

그러고 나자 방 안에서 소리가 들렸다. 브레삭이 말한 대로 경호원들을 공격하는 데는 아무 문제가 없는 모양이었다. 두 경호원은 자다가 날벼락을 당해 놀라서 소리 지르지도 못했다. 그들은 재갈을 물리고 결박당하는 신세가 되었다.

브레삭은 세리포스도 같은 방법으로 공격하고 나서 잠시 그의 곁에 머물렀다.

잠시 후, 브레삭은 빅토르에게 돌아와서 말했다.

「저 노인한테선 아무것도 건질 것이 없습니다. 겁을 먹어서 반쯤 죽은 사람이나 다름없습니다. 그런데 3층 서재에 대해 말을 하니까 시선을 돌리더군요. 물건은 그곳에 있는 것이 확실합니다. 어서 올라갑시다」

「당신 부하들도 함께 갑니까?」

「아닙니다. 물건을 찾는 일은 우리 둘이서만 할 겁니다」

브레삭은 부하들에게 가서 방에서 나오지 말고 포로 세 명을 잘 감시하라고 일렀다. 특히 지하에서 자고 있는 가정부들이 깨지 않도록 소리를 내지 말라고 당부했다.

그러고 나서 그들은 알렉산드라에게 올라갔다. 브레삭은 계단 위로 올라가 복도가 시작되는 지점에 있는 육중한 문을 열쇠로 잠갔다. 부하들이 일을 방해하지 못하도록 하기 위해서였다. 경보가 울리면 그들이 달려와 문을 두드릴지도 모르기 때문이다.

알렉산드라는 소파에 앉아 꼼짝도 하지 않았다. 그녀의 얼굴은 백지장처럼 창백했다.

빅토르가 말했다.

「아직 괜찮습니까? 두렵지 않습니까?」

그녀가 흥분된 목소리로 대답했다.

「예. 두려워요. 두려움이 몸 전체에 조금씩 파고들고 있어요」

빅토르가 농담을 던졌다.

「행복한 순간이군요! 그 순간이 길어야 할 텐데요!」

브레삭이 소리쳤다.

「말도 안 됩니다, 두렵다뇨. 자, 알렉산드라, 우린 지금 우리 집에 있는 것과 다름없습니다. 경호원들은 결박당했고 우리 부하들이 그들을 지키고 있으니까요. 만약 경보가 울리더라도 사다리가 있으니 그리로 도망치면 됩니다. 그러니 얌전히 있어야 해요. 경보도 울리지 않을 테고, 서둘러 도망칠 일도 없을 겁니다. 저와 벌이는 일에 우연이란 없습니다」

곧이어 그는 방 안에 있는 물건을 살피기 시작했다.

빅토르가 말했다.

「작은 상자만 찾으면 되는 거군요. 길이는 20~25센티미터 정

208

도……. 그 안에는 천만 프랑의 값어치가 나가는 물건이 들어 있고……. 하지만 그 물건이 어떤 형태인지는 모르고……」

브레삭은 작은 소리로 도면에 그려진 물품 목록을 읽으며 다시 한번 확인했다.

「책상 위에 전화기……. 책 몇 권……. 지불했거나 지불할 영수증철……. 그리스로 왕래한 서신……. 런던으로 왕래한 서신……. 회계 장부……. 아무것도 없군……. 서랍에도 서류와 편지들뿐인데. 비밀 서랍은 없을까요?」

빅토르가 자신 있게 대답했다.

「없습니다」

브레삭은 빅토르의 말을 확인해 보려는 듯 가구들을 손으로 만져 보고, 서랍 안을 확인해 본 뒤에 말했다.

「없군요. 그리스에서부터 보관해 온 기념품 진열장……. 딸의 초상화……. 손녀의 초상화……」

그는 두 초상화를 만져 보고 나서 말했다.

「수작업으로 만든 물건을 넣은 바구니……. 보석 상자……, 상자는 비어 있고, 바닥 아래에도 아무것도 없군……. 그리스와 터키의 풍경을 담은 우표 수집 앨범……. 어린 시절 사진과 우표를 모아 놓은 앨범……. 어린이용 지리책……. 사전……. 그림책……. 경전……. 장난감 상자……. 동전 수집 상자……. 인형이 들어 있는 작은 유리 상자……」

브레삭은 물품 목록을 읊으면서 물건을 하나씩 자세히 살펴보았다. 벽과 가구들도 세세하게 검토했다.

빅토르는 움직이지 않고 건성으로 브레삭의 말을 들으며 그가 만지는 물건들을 바라보다가 말했다.

「새벽 2시입니다. 한 시간 후면 동이 틀 겁니다……. 철수할 방법을 생각해 봐야 하지 않겠습니까?」

앙투안 브레삭이 말했다.

「미쳤군요!」

브레삭은 이번 일이 반드시 성공할 거라고 믿는 모양이었다. 그는 알렉산드라에게 몸을 기울이며 물었다.

「괜찮죠?」

「아뇨, 괜찮지 않아요」

「도대체 뭐가 불안한 겁니까?」

「아무것도……. 아무것도 아니에요……. 그만 가요」

브레삭은 화가 난 듯 손을 내저으며 말했다.

「아, 이런……. 미리 말하지 않았습니까……? 여자들은 집에 나 있어야 하는데……. 특히 당신처럼 신경이 예민한 사람은 말입니다」

그녀가 말했다.

「제가 심하게 고통스러워하면 그냥 떠나는 거죠?」

「아, 그럼요. 맹세하죠. 당신이 원하면 언제든 떠나겠습니다. 하지만 제발 변덕스럽게 굴진 마십시오. 천만 프랑을 훔치러 이곳에 왔고, 또 물건이 어디 있는지도 알고 있는데 빈손으로 가는 것은 너무 어리석은 일 아닙니까? 전 절대 그런 법이 없습니다」

빅토르는 비웃음이 나왔다. 브레삭은 다시 작업을 시작하며 말

210

했다.

「우리에겐 아무것도 아닌 일이지만 여자에겐 견디기 힘든 일일 수도 있죠……. 우리가 가져갈 물건은 생각하지 않고 있을 테니까요」

「공주는 왜 이곳에 온 겁니까?」

「우리가 물건을 훔치는 동안, 또 경찰과 대면했을 때 어떻게 행동하는지 보려는 거죠. 또, 그러는 동안 자기 자신은 어떤 반응을 보이는지 관찰하고요. 하지만 우리는 이 방에 있는 모든 물건 목록을 알고 있으니까 간단하고 우아하게 물건을 집어 가기만 하면 됩니다」

빅토르가 갑자기 일어섰다.

「들어 보십시오」

그들은 귀를 기울였다.

브레삭이 말했다.

「전 아무 소리도 안 들리는데요……」

「아니, 들립니다……. 분명히 소리가 났습니다……」

「공터 쪽에서요? 이상하군요. 철조망에 줄을 연결해 놓았는데……」

「아닙니다. 집 쪽에서 나는 소립니다……」

「그럴 리가 없습니다」

긴 침묵이 흘렀다. 그러는 동안에 브레삭의 일만 방해될 뿐이었다.

그는 실수로 물건을 떨어뜨렸다.

여자가 두려움에 싸여 자리에서 벌떡 일어섰다.

「무슨 일이에요?」

빅토르도 일어서서 말했다.

「들어 보십시오……. 잘 들어 보세요……」

브레삭이 말했다.

「이번엔 또 뭡니까?」

그들은 다 같이 귀를 기울여 보았다. 브레삭이 말했다.

「아무 소리도 안 들립니다」

「아니, 들립니다. 이번에는 확실합니다」

브레삭은 이 이상한 협력자, 아니 부하에게 화가 나기 시작한 모양이었다.

「젠장! 정말 작작 좀 하세요! 그만 좀 하고 나와 함께 물건이나 찾아봅시다」

빅토르는 귀를 기울인 채 움직이지 않았다. 대로에서 차 한 대가 지나갔고 이웃집 안뜰에서 개가 짖어 댔다.

알렉산드라가 말했다.

「저도 들었어요……」

빅토르가 덧붙여 말했다.

「그리고 한 가지 생각하지 못한 점이 있습니다. 이곳으로 오면서 보니 달이 뜨기 시작하더군요. 벽에 걸쳐 놓은 사다리가 달빛에 훤히 드러날 겁니다」

브레삭이 소리쳤다.

「난 그런 일 따윈 신경 쓰지 않……」

하지만 브레삭은 곧 상황을 파악했는지 전깃불을 끄고 창 앞에 걸어 놓은 태피스트리를 떼어 낸 다음, 창 밖으로 몸을 기울였다.

그런데 그 순간, 브레삭의 비명이 들렸다. 무슨 일이 일어난 것일까? 공터에서 뭘 발견했을까? 브레삭은 잠시 후 다시 돌아와 어둠 속에서 조용히 말했다.

「사다리가 없어졌습니다」

빅토르는 거칠게 고함을 지르고 서둘러 창가로 달려갔다. 그의 입에서도 저절로 비명이 나왔다. 빅토르는 창문을 닫고 태피스트 리를 다시 창 앞에 걸어 놓은 다음 말했다.

「사다리가 없어졌습니다」

이해할 수 없는 일이었다. 빅토르는 다시 불을 켜고 끔찍한 말 들만 해 댔다.

「사다리가 발이 달린 것도 아니고……. 누가 치워 놨을까요? 경찰일까요? 그렇다면 우리가 있는 곳을 금방 알아챌 것 아닙니 까? 사다리 끝이 3층에 닿아 있으니까요……. 이 창문으로……」

「그래서요?」

「그러니까 경찰이 이 저택으로 쳐들어와서 우릴 발견할 겁니 다. 공격에 대비해야 합니다. 복도 끝에 있는 두 번째 문은 제대 로 잠겨 있습니까?」

「물론이죠!」

「경찰이 부술 겁니다. 문을 잠가 봐야 무슨 소용입니까? 아 니, 제 말은……. 경찰이 공격해 올 거라는 말입니다. 우리 셋 모 두 이곳에 갇힐 겁니다. 땅굴 안에 갇힌 토끼처럼 말입니다!」

브레삭이 소리쳤다.

「농담도 잘하시는군요! 저 같은 사람이 가만히 앉아서 체포될 거라고 생각하십니까! 제가요!」

「하지만 사다리가 없어지지 않았습니까……!」

「창문으로 뛰어내리면 되죠」

「여긴 3층입니다. 너무 높아요. 당신은 뛰어내릴 수 있을지 몰라도 우리는 못합니다. 게다가……」

「게다가 뭐 말입니까?」

「잘 아시잖습니까? 외부로 연결된 창문은 전부 경보 장치랑 연결되어 있으니…… 한밤중에 경보가 울리면……?」

브레삭은 날카로운 눈으로 빅토르를 쳐다보았다. 왜 이 빌어먹을 인간은 어서 빨리 움직이지 않고 잔뜩 겁만 주려고 하는 걸까?

알렉산드라는 소파에 털썩 주저앉아 양 볼에 손을 대고 있었다. 마음속에서 끓어오르는 두려움을 억누르는 것에만 몰두하는 것 같았다. 그녀는 꼼짝 않고 침묵을 지켰다.

앙투안 브레삭은 조심스럽게 창문 하나를 열었다. 경보는 울리지 않았다. 경보 장치는 덧창에 연결된 것이 분명했다. 그는 창틀을 위에서 아래까지 세심하게 관찰했다. 가늘게 파인 홈까지 샅샅이 들여다보았다.

「자……. 됐습니다! 경보 장치는 감춰 놓았겠지만 전선은 밖으로 연결되어 있죠. 자, 저기 전선을 찾았습니다. 경보기는 1층에 있을 겁니다」

브레삭은 작은 펜치로 줄을 잘랐다. 그러고 나서 덧창의 문짝 네 개에 연결된 쇠막대를 만지작거리더니 고리를 들어 올렸다.

이제 문을 밀기만 하면 되었다.

브레삭은 부드럽게 덧창을 밀었다.

순식간이었다. 방 천장에서 경보가 요란하게 울렸다.

브레삭은 서둘러 덧창과 창문을 닫은 다음, 소리가 바깥으로 퍼져 나가지 않도록 커튼을 쳤다. 하지만 안에서는 경보기가 요동 치며 날카롭고 요란한 소리를 냈다. 경보기 자체가 흔들리는 리듬에 맞춰 소리가 더욱더 커지는 것 같았다.

빅토르가 침착하게 말했다.

「줄은 두 개가 있습니다. 외부로 연결된 줄은 방금 잘랐고, 집 안으로 연결된 줄이 또 하나 있습니다. 저택 안에 있는 사람들도 경보기 소리를 들어야 하니까요」

브레삭이 이를 악물고 말했다.

「바보같이······」

브레삭은 경보가 울리는 방구석으로 탁자를 가져갔다. 그러고는 의자를 탁자 위에 올려놓고 그 위로 올라갔다.

코니스(서양식 건축 벽면에 수평의 띠 모양으로 돌출된 부분. 돌림띠라고도 함──옮긴이)를 따라 줄 하나가 이어져 있었다. 그가 줄을 자르자 성난 듯 울려 대던 경보기가 작동을 멈췄다.

앙투안은 내려와서 다시 탁자를 원위치에 가져다 놓았다.

빅토르가 그에게 말했다.

「이제 위험한 일은 없습니다. 경보기에 연결된 줄을 잘랐으니 이제 창문으로 도망치면 됩니다」

브레삭이 빅토르에게 다가와 팔을 붙들고 말했다.

「저는 제가 원할 때 도망칩니다. 천만 프랑이 든 상자를 찾기 전까지는 도망치지 않을 겁니다」

「그건 불가능합니다! 그 상자를 찾을 수 없을 겁니다」

「왜죠?」

「시간이 없습니다」

브레삭은 빅토르를 잡아 흔들며 말했다.

「지금 무슨 말을 하는 겁니까! 바보 같은 말만 하고 있군요. 사다리는 미끄러져서 옆으로 쓰러진 겁니다. 누가 장난을 치려고 가져갔거나 사다리가 필요해서 가져갔겠죠. 겁먹을 이유는 하나도 없습니다. 경호원들도 결박되어 있고⋯⋯. 제 부하들이 감시하고 있으니까요. 이제 우린 우리 일만 하면 됩니다」

「우리 일은 끝났습니다」

브레삭이 주먹을 내밀었다. 이성을 잃은 모양이었다.

「콱 그냥⋯⋯. 창문으로 집어던질⋯⋯. 젠장. 당신 몫은⋯⋯. 이제 없습니다. 내 일을 방해한 대가입니다!」

브레삭은 갑자기 말을 멈췄다. 밖에서 휘파람 소리가 들렸다⋯⋯. 짧고 가벼운 휘파람 소리가 공터에서부터 들려왔다.

빅토르가 말했다.

「이번엔 들었겠죠?」

「그렇군요⋯⋯. 길에서⋯⋯. 지나가던 사람이⋯⋯」

「아니면 사다리를 치운 사람이 공터에서⋯⋯. 경찰을 불렀을지도 모릅니다」

정말 참을 수 없었다. 이번엔 정말로 위험이 다가왔다. 하지만 그 위험이 어디에서부터 다가오는 것인지, 어떤 종류의 위험인지는 알 수 없었다. 단지 위험이 그들 주위를 맴돈다는 사실만 알 수 있을 뿐이었다. 브레삭은 진짜 위험이 있기나 한 것인지 의구심이 들었다. 알렉산드라는 점점 더 두려워했고, 악마 같은 남자는 분위기를 이상하게 이끌어 그의 화를 돋웠다.

십오 분이 흐르는 동안, 방 안에는 침묵과 무거운 기운만 감돌았다. 알렉산드라는 두려움에 휩싸여 소파에 꼭 달라붙은 채 적이 들어오는지 살피려고 닫힌 문만 뚫어져라 응시했다. 브레삭은 계속해서 물건을 찾으려고 애쓰다가 갑자기 머리가 어지러운지 동작을 멈췄다.

빅토르가 말했다.

「처음부터 엉성한 계획이었습니다」

브레삭은 화가 머리끝까지 치밀어 빅토르의 멱살을 잡았다. 빅토르는 계속해서 똑같은 말만 반복하며 그에게 저항했다.

「엉성한 계획이었다고요……. 우린 어디로 가야 할지도 모르고 있지 않습니까……. 떼거지로 몰려와서 소란만 피우는 꼴이죠……. 전부 뒤죽박죽입니다……!」

브레삭은 욕을 퍼부었다. 알렉산드라가 두 사람 사이로 끼어들지 않았다면 몸싸움이 벌어졌을 것이다.

알렉산드라는 너무 놀라 명령하듯 말했다.

「어서 가요」

그러자 브레삭이 소리쳤다.

「좋습니다. 마음대로 하십시오」

그들은 문 쪽으로 다가갔다. 그때 빅토르가 공격적인 어조로 말했다.

「전 남겠습니다」

「그럴 순 없습니다. 당신도 함께 떠나야 합니다」

「전 남겠습니다. 저는 일을 시작하면 끝장을 보는 사람입니다. 브레삭, 당신이 한 말을 떠올려 보십시오. 〈천만 프랑이 이곳에 있습니다. 그 사실을 알면서 어떻게 빈손으로 갈 수 있겠습니까?

저한테는 그런 법이 없습니다.〉하고 말하지 않았습니까? 저도 마찬가지입니다. 전 끝까지 남아서 찾겠습니다」

브레삭이 다시 빅토르에게 다가왔다.

「당신! 정말 뻔뻔스럽군요! 도대체 이번 일에서 당신이 맡은 역할이 뭡니까?」

「진절머리가 난 남자의 역할을 맡았죠」

「도대체 무슨 의도로 이러는 겁니까?」

「일을 처음부터 다시 시작하려는 겁니다. 다시 한번 말하지만 처음부터 어설픈 계획이었습니다. 준비도 잘못됐고, 실행에 옮기는 일도 잘못됐습니다. 제가 다시 시작할 겁니다」

「미쳤군요. 이 일은 나중에 다시 착수할 겁니다」

「나중엔 너무 늦습니다. 전 지금 당장 다시 시작할 겁니다」

「하지만 어떻게……?」

「당신은 물건을 어떻게 찾아야 할지 모르고 있습니다……. 저도 모릅니다. 하지만 그런 일이라면 전문가가 있죠」

「전문가요?」

「요즘엔 모든 게 전문화되어 있습니다. 전 수색 분야의 일인자를 알고 있습니다. 한 명을 부르겠습니다」

빅토르는 전화기 쪽으로 다가가 수화기를 들었다.

「여보세요……!」

「빌어먹을, 지금 뭐 하는 겁니까?」

「지금은 이 방법밖에 없습니다. 우린 지금 현장에 있습니다. 그러니 그 상황을 이용해서 보물을 찾아 떠나야죠. 여보세요, 전화 연결 부탁합니다. 24-00……」

「누구한테 거는 겁니까?」

「제 친구입니다. 당신 부하들은 멍청하기 짝이 없고, 당신도
그자들을 불신하지 않습니까? 놀랄 준비나 하고 계십시오. 여보
세요…… 24-00…… 번 맞습니까? 아! 맞군요. 접니다, 마르코
스 아비스토. 지금 마이요 대로 98-2번지에 있는 개인 저택 3층
에 있습니다. 지금 이리로 와 주십시오. 저택 안뜰과 문은 모두
열려 있습니다. 자동차 두 대와 네다섯 명을 함께 보내 주십시
오……. 라르모나도 포함해서……. 아래층에 아르센 뤼팽의 공범
세 명이 있는데 저항하려고 할 겁니다……. 3층으로 올라오셔서
노크를 하십시오. 뤼팽이 미라처럼 줄에 꽁꽁 묶여 있을 겁니다」
   빅토르는 잠시 입을 다물었다. 그는 왼손으로 수화기를 들고
있었는데 브레삭이 주먹을 쥐고 달려들자 오른손으로 브라우닝
권총을 잡아 겨누었다.
   빅토르가 소리쳤다.
   「허튼 짓 마라, 뤼팽. 안 그러면 내가 개처럼 흠씬 두들겨 패
줄 테니까」
   그는 계속해서 통화를 했다.
   「잘 아셨습니까, 국장님! 사십오 분 후면 이곳에 도착하실 겁
니다. 제 목소리는 물론 알아들으시겠죠? 확실합니까? 예, 마르
코스 아비스토, 그러니까……. 다시 말해서……」
   그는 잠시 말을 멈추고 브레삭에게 음흉한 미소를 지었다. 그
러고는 알렉산드라에게 고개 숙여 인사를 한 다음 권총을 방구석
으로 던지고 말했다.
   「마약 수사반 빅토르입니다」

뤼팽의 승리

마약 수사반 빅토르! 그 유명한 빅토르는 자신의 뛰어난 통찰력을 이용해 복잡하게 얽힌 사건의 실타래를 조금씩 풀어 갔다. 24시간 만에 노란 봉투를 훔친 범인 세 명을 밝혀 내고! 레스코를 발견하고! 도트레 남작을 궁지에 몰아세워 자살에 이르게까지 만들었으며! 펠릭스 드발의 음모를 파헤친 그는 페루 인 마르코스 아비스토의 모습을 하고 있는 빅토르였다…….

브레삭은 충격적인 사실을 덤덤하게 받아들였다. 그는 빅토르가 수화기를 제자리에 놓는 동안 잠시 생각에 잠겼다가 권총을 빼내 들었다.

알렉산드라는 그가 무슨 행동을 하려는지 눈치 채고 소스라치게 놀라며 그에게 달려들었다.

「안 돼요……. 안 돼요……! 그러지 마세요!」

브레삭은 처음으로 반말을 했다.

「네 말이 옳아. 게다가 어차피 결과도 같을 테니까」

빅토르는 그를 비웃으며 말했다.

「브레삭, 무슨 결과 말이오?」

「우리 싸움의 결과」

빅토르는 시계를 쳐다보며 말했다.

「우리 싸움이야 이미 끝난 거지요……. 2시 30분이니까……. 이제 사십 분 후면 내 상관인 고티에 국장이 부하들을 끌고 와서 뤼팽, 당신 어깨 위에 손을 올려놓을 거요」

「그래, 경찰 끄나풀 양반. 하지만 지금부터 그때까진?」

「그때까지?」

「그 정도면 아주 긴 시간이지」

「정말 그렇게 생각하십니까?」

「너와 마찬가지로 그렇게 생각하지. 지금부터 그때까진, 빅토르 씨……」

브레삭은 다리를 뻗고 편하게 앉은 다음, 넓은 가슴위로 팔짱을 꼈다. 주름이 자글자글하고 둥그스름한 늙은 수사관에 비하면 얼마나 건장하고 단단한 몸인가! 가슴도 훨씬 넓지 않은가!

빅토르도 반말로 말했다.

「지금부터 그때까진 얌전히 있어, 뤼팽……. 그래, 그래, 우스울 거다. 빅토르와 뤼팽의 결투라니. 지금은 나와 단둘이 있으니 안심이 되겠지. 하지만 내가 손가락 하나만 까딱하면 넌 끝장이야. 우습지! 오늘 싸움에서 필요한 것은 근육도, 이두박근도 아냐. 바로 머리라고. 그런데 3주 전부터 지켜보니 넌 두뇌 싸움에 약하더군. 상대도 안 되지! 내가 멀쩡히 살아 있는데 그 유명한 뤼팽을 어쩜 그렇게 허깨비로 만들 수가 있나! 무적 뤼팽을! 천재 뤼팽을 말이야! 아! 네가 여기까지 올 수 있었던 것도 순전히 운이었어. 네가 계속해서 성공하고 이름을 날릴 수 있었던 것은 진짜 적수를 만나지 못했기 때문이지……! 바로 나……! 바로 나 말이야……!」

빅토르는 계속해서 두 마디 말을 되뇌며 자기 가슴팍을 두드려 댔다.

「바로 나! 바로 나!」

앙투안 브레삭은 고개를 끄덕이며 말했다.

「용케도 알아냈군, 경찰관 나리. 네가 알렉산드라를 상대로 벌인 우스꽝스러운 일들을 말해 볼까……. 순서대로 말하지……! 머리핀을 훔치고……. 장물아비의 집에서 보석을 훔치고……, 아주 훌륭했어……! 그리고 케임브리지 호텔에서의 대격돌, 우릴 빼낸 방법하며……. 젠장, 어떻게 그런 어설픈 연기를 믿을 수가 있겠나!」

브레삭은 손에 시계를 들고 계속해서 시계 바늘만 바라보았다.

빅토르가 빈정대며 말했다.

「자네 떨고 있군, 뤼팽!」

「내가?」

「그래, 너! 지금은 아닌 척하고 있지만 멱살을 잡히고도 그럴 수 있을까?」

빅토르는 웃음을 터뜨렸다.

「그래! 좀 전에는 정말로 겁을 먹었지! 내가 바라던 대로야……. 넌 이제 용기도 없다고, 계집애처럼 덜덜 떨고 있지. 난 그런 모습을 알렉산드라에게 보여 줘서 널 비웃게 만들려고 했지! 응! 사라진 사다리는 어떻게 된 거냐고……? 내가 창틀로 올라서면서 발로 밀어 버렸으니 1미터쯤 옆으로 기울어졌겠지…….
아! 그 사실을 알았을 때 네가 당황하는 모습이란! 내가 전화를
할 때도 넌 제지할 생각도 하지 않더군. 지금도 그렇고, 넌 결국
돈 한 푼 손에 쥐지 못하고 문을 나서게 될걸」

빅토르는 발을 구르며 소리쳤다.

「이봐, 애숭이, 반항이라도 좀 해 보지! 자, 네 애인이 쳐다보
고 있잖나! 어디 아픈가? 정신이 멍한 모양이지? 어서, 어디 한마
디라도 해 봐! 손짓이라도 해 보라고!」

브레삭은 조금도 움직이지 않았다. 그는 빅토르의 빈정거리는
말에도 무관심한 모양이었다. 심지어는 그의 말을 듣지도 않는 것
같았다. 브레삭은 알렉산드라에게 몸을 돌려 서 있는 그녀를 바라
보았다. 그런 다음, 빅토르 수사관을 뚫어져라 응시했다.

브레삭은 마지막으로 시계를 쳐다보았다.

「23분 남았군. 나한텐 너무 긴 시간인걸」

빅토르가 말했다.

「물론 긴 시간이지. 계단을 내려가는 데 일 분, 공범들과 함께
저택을 빠져나가는 데 일 분이면 충분하니까」

「일 분이 더 필요해」

「뭐 하려고?」

「네놈을 없애려고!」

「젠장! 볼기라도 때리시려고?」

「아니, 네가 말한 것처럼 저 여자 앞에서 정정당당히 싸우겠
다. 경찰이 오면 네가 상처 입고, 피를 흘리며 묶여 있는 모습을
발견할 테지……」

「목에는 네 명함을 걸고」

「물론, 아르센 뤼팽의 명함이지……. 전통을 중시해야 하지 않겠나? 알렉산드라, 문을 열어」

알렉산드라는 움직이지 않았다. 너무 감정이 격해져서 움직이지 못하는 걸까?

브레삭은 달려가서 문을 열려고 하다가 욕을 퍼부어 댔다.

「제장, 잠겼어!」

빅토르가 웃으며 말했다.

「뭐야! 네가 문을 잠가 놓고, 잊어버렸단 말이냐?」

「열쇠를 내놔」

「열쇠는 두 개가 있지. 이 문 열쇠와 복도 끝에 있는 문 열쇠」

「둘 다 내놔」

「그러면 너무 쉽지 않나? 자네는 계단을 내려가서 마치 자기 집에서 나온 신사인 듯 이곳을 빠져나갈 텐데. 그럴 수야 없지. 자네와 문 사이에는 장애물이 있다는 걸 알아야지. 마약 수사반 빅토르 말일세. 내가 구상하고 만들어 낸 일이니 마지막엔 나와 겨뤄야지, 안 그런가? 너 아니면 나! 뤼팽 아니면 빅토르! 젊은 뤼팽은 친구 세 명과 권총 한 자루, 단도, 공범 아가씨가 있고……. 늙은 빅토르는 무기도 없이 혼자라네! 결투의 증인이자 심판은 아름다운 알렉산드라」

브레삭이 잔뜩 굳은 얼굴로 그에게 다가왔다.

빅토르는 조금도 움직이지 않았다. 말을 할 필요도 없었다. 시간이 급했다. 경찰이 오기 전에 늙은 빅토르를 넘어뜨려 벌을 주고, 열쇠를 빼앗아야 했다.

브레삭은 다시 두 걸음 앞으로 다가갔다.

빅토르가 웃기 시작했다.

「어서 덤벼! 머리가 희끗희끗한 노인네라고 접어주면 안 되네! 자, 어서……!」

브레삭은 한 걸음 더 앞으로 다가서더니 갑자기 적을 향해 뛰어들었다. 그는 몸무게를 실어 한 방에 빅토르를 쓰러뜨렸다. 두 사람은 바닥에 데굴데굴 굴렀고 결투는 야만적이라고 할 정도로 치열하게 전개되었다. 빅토르는 브레삭의 손에서 벗어나려고 했지만 그가 너무 세게 잡아서 빠져나올 수가 없었다.

알렉산드라는 공포에 질려 결투 장면을 지켜봤다. 하지만 전혀 끼어들 생각이 없는지 조금도 움직이지 않았다. 그녀는 두 사람 중에 아무나 이겨도 상관없다고 생각하는 것일까? 그녀는 어느 쪽이든 어서 빨리 싸움이 끝나기만을 바라는 사람 같았다.

싸움은 그리 오래가지 않았다. 신체 조건도 좋고 나이도 젊은 브레삭이 싸움에서 월등히 우세할 것 같았지만 마지막에 일어선 사람은 빅토르였다. 그는 숨을 헐떡거리지도 않았다. 평소와 달리 부드럽게 미소 짓고 있었다. 그러고는 고대 원형경기장에서 적을 쓰러뜨린 격투사처럼 손짓을 했다.

패배자는 기력을 잃고 죽은 듯이 쓰러져 일어나지 못했다.

알렉산드라는 결과에 놀라 어안이 벙벙한 표정이었다. 그녀는 앙투안 브레삭이 실패할 거란 생각은 조금도 하지 않은 모양이었다. 그녀는 브레삭이 바닥에 뻗은 모습을 받아들이기 힘들어했다.

빅토르는 브레삭의 주머니에서 권총과 단도를 꺼내며 말했다.

「걱정하지 마십시오. 제 타격법은 확실합니다……. 정확히 가슴 한가운데를 때렸죠. 조금도 움직일 수 없을 겁니다. 하지만 심각하진 않습니다……. 단지 조금 고통스러운 것뿐이죠. 한 한 시간은 갈 겁니다……. 불쌍한 뤼팽……」

하지만 빅토르의 우려와 달리 그녀는 전혀 걱정하지 않았다. 알렉산드라는 이미 상황 파악을 끝내고, 앞으로 어떤 일이 일어날지, 또 그녀를 다시 한번 당황하게 만든 이 빅토르란 희한한 인물이 무슨 의도를 가지고 있는지를 생각했다.

「저 사람은 어떻게 하실 거죠?」

「뭘 어떻게 합니까? 그냥 놔둬야죠. 십오 분 후면 수갑을 차게 될 겁니다」

「그러지 마세요. 저 사람을 보내 주세요」

「안 됩니다」

「제발요」

「저 사람을 위해서 부탁을 하시면서……. 부인을 위한 부탁은 하지 않으십니까?」

「제 일에 관한 한 아무 부탁도 하지 않을 겁니다. 원하는 대로 하세요」

그녀는 무척 침착했다. 조금 전에 몸을 덜덜 떨며 두려워하던 모습이 비하면 완전히 딴판이었다.

빅토르는 그녀에게 다가가 나지막이 말했다.

「제가 원하는 대로요? 제가 원하는 건 당신이 당장 이곳을 떠나는 겁니다」

「싫어요」

「제 상관이 도착하면 전 당신에 대해서는 한마디도 하지 않을 겁니다. 어서 떠나십시오」

「싫어요. 당신은 경찰과도 상관없이 언제나 하고 싶은 대로 행
동하잖아요. 언제나 당신 편한 대로만 행동하잖아요. 제가 도망
치길 원하시면 앙투안 브레삭을 내보내 주세요. 그렇지 않으면
저도 남겠어요」

빅토르는 화가 나서 소리쳤다.

「저 남자를 사랑합니까?」

「그런 문제가 아니에요. 그를 보내 주세요」

「안 됩니다, 안 돼요」

「그럼 저도 남겠어요」

「어서 떠나십시오!」

「남을 거예요」

「그럼 할 수 없군요. 하지만 무슨 일이 있어도 전 저놈을 그냥
보내지 않을 겁니다. 알겠습니까? 한 달 전부터 저는 이 일에 매
달려 왔습니다! 이 목표 하나에 제 인생을 걸었다고요……. 바로
저자를 잡아서……! 실체를 밝혀 내는 일 말입니다……! 저자를
증오하냐고요? 예, 그럴지도 모르죠. 하지만 그보다는 경멸에 가
깝습니다」

「경멸이요? 왜죠?」

「왜냐고요? 전혀 진실을 눈치 채지 못하신 것 같으니까 말씀드
리죠. 진실은 아주 간단합니다, 하지만!」

브레삭은 창백한 얼굴로 숨을 가쁘게 몰아쉬며 일어섰다. 하지
만 곧 다시 주저앉았다. 그는 실패를 인정하고 도망칠 생각만 하
는 중이었다.

빅토르는 두 손으로 여자의 얼굴을 붙들고 명령조로 말했다.

「절 보지 마십시오……. 그렇게 갈망하는 눈빛으로 절 보지 마
십시오……. 당신이 봐야 할 사람은 제가 아닙니다……. 바로 저
사람이죠……. 당신이 사랑하는 사람, 하지만 그를 사랑한다기보
다는 그의 이력과 대담성 때문에, 항상 넘쳐 나는 재력 때문에 사
랑하는지도 모릅니다. 시선을 피하지 말고 그를 잘 보십시오. 잘
보란 말입니다! 솔직히 말씀하십시오. 그에게 실망했다고……. 이
런 모습을 기대하진 않으셨겠죠? 뤼팽이라면 저런 태도를 보이진
않을 테니까요!」

그는 손가락으로 패배자를 가리키며 비웃었다.

「뤼팽이라면 저런 애송이 같은 행동은 하지 않을 겁니다. 이번
일을 준비하면서 저지른 실수나 당신을 통해 접근한 저의 간계에
휘말려 든 일, 저를 곧바로 뇌이로 데려온 일에 대해서는 언급하
지 않겠습니다. 하지만 오늘, 여기서는 어땠습니까? 두 시간 전
부터 저에게 꼭두각시처럼 휘둘리고 있지 않습니까? 저 모습이
뤼팽입니까? 주판이나 두드려 대는 야채 장수와 다를 바 없죠. 통
찰력도 없고! 번뜩이는 생각도 없습니다! 제가 상황을 마음대로
움직이고 공포심을 심어 주는 동안 멍청이처럼 허둥거리기나 하
지 않았습니까? 저자를 잘 보십시오. 당신의 뤼팽이란 애인은 뤼
팽의 이름을 도용한 가짜입니다. 가슴에 주먹을 한 방 맞고 저렇
게 토할 것처럼 빌빌거리고 있지 않습니까? 실패요? 뤼팽에게 실
패란 없습니다. 진짜 뤼팽은 실패를 인정하지 않습니다」

빅토르는 자리에서 일어섰다. 그런데 갑자기 그의 키가 훨씬
커 보였다.

알렉산드라는 몸을 덜덜 떨며 더듬거렸다.

「지금 무슨 말을 하는 거죠? 저 사람을 뭐라고 비난한 거죠?」

「저자를 비난한 건 당신입니다」

「제가요⋯⋯? 제가요⋯⋯? 이해할 수가 없군요⋯⋯」

「맞습니다. 당신은 진실을 깨닫기 시작했어요⋯⋯. 정말 저자가 당신이 생각했던 만큼 대단한 사람인 것 같습니까? 당신이 사랑한 사람이 저자가 맞습니까? 아니면 다른 대단한⋯⋯ 저 비열한 작자가 아닌 진짜 대가를 사랑한 겁니까?」

그는 자기 가슴을 치며 말했다.

「진짜 대가⋯⋯. 대가는 어떤 모습을 해도 알아볼 수 있습니다. 대가는 어떤 상황이 닥쳐도 대가입니다. 어쩜 그렇게 모르실 수가 있습니까?」

그녀는 여전히 혼란스러워 하며 말했다.

「지금 무슨 말씀을 하시는 거예요? 제가 잘못 알았다면 말해 주세요. 뭐죠? 그럼 저 사람은 누구예요?」

「앙투안 브레삭」

「앙투안 브레삭이 누구죠?」

「앙투안 브레삭, 그 이상도 이하도 아닙니다」

「아니에요. 그의 안에는 또 다른 존재가 있어요! 어떤 인물이죠?」

빅토르는 거칠게 소리쳤다.

「도둑! 도둑일 뿐입니다. 특별한 능력도 없고 비상한 머리도 없는 도둑이니 다 만들어진 남의 공적을 훔칠 수밖에요. 그러다 어느 날, 화사한 미인을 만났겠죠! 그는 연막을 치고⋯⋯. 슬그머니 그녀에게 접근합니다. 그리고 〈전 뤼팽입니다.〉 하고 말합니다. 그녀는 험난한 삶을 살아온 터라 자극적이고 희한한 감정을 추구합니다. 그런데 잘하지도 못하면서 겨우 뤼팽의 흉내만 내는 자를 만난 거죠. 그자는 정체가 드러나면 발뺌을 하면서 당신을 헌신짝처럼 바닥에 던져 버릴 텐데 말입니다」

그녀는 수치심에 얼굴이 붉어졌다.

「아! 이럴 수가……! 확실한가요……?」

「고개를 돌려 저자를 보십시오. 처음부터 말씀드리지 않았습니까? 부인께서도 확실히 알 수 있을 겁니다……」

그녀는 고개를 돌리지 않았다. 현실을 받아들인 것이다. 그리고 그녀의 빛나는 눈동자 속에 또 다른 혼란스런 생각이 파고들기 시작했다. 그 대상은 바로 빅토르였다.

빅토르가 발했다.

「어서 가십시오. 브레삭의 부하들이 부인의 얼굴을 알아볼 테니 밖으로 내보내 줄 겁니다……. 아니면 사다리가 제 손에 닿으면……」

「그렇게 해 봐야 무슨 소용 있겠어요? 기다리는 게 더 좋아요」

「뭘 기다린단 말입니까? 경찰을요?」

「아무래도 상관없어요. 하지만……. 제발……」

「왜 그러십니까?」

「아래층에 있는 세 남자는 아주 거친 사람들이에요……. 경찰이 들이닥치면 싸움이 벌어질 거예요……. 그럼 다치는 사람이 생길 테고……. 그래선 안 돼요……」

빅토르는 여전히 고통스러워하며 발버둥치고 꼼짝도 못하는 브레삭을 바라보았다. 그때 빅토르가 문을 열고 복도 끝까지 가더니 휘파람을 불었다. 세 부하 중 한 명이 서둘러 올라왔다.

「어서 밖으로 나가십시오……. 경찰이 올 겁니다……! 나가면서 정원에 있는 철책 문을 열어 두고 가십시오……」

그런 다음, 그는 다시 서재로 돌아왔다.

브레삭은 움직이지 않았다.

알렉산드라도 그에게 가까이 가지 않았다.

두 사람은 시선도 주고받지 않았다. 서로 모르는 사람들 같았다.

다시 이삼 분이 지났다. 빅토르는 귀를 기울여 보았다.

자동차 엔진 소리가 들려왔다. 자동차 한 대가 저택 앞쪽의 대로에 멈춰 서고, 두 번째 자동차도 도착했다.

알렉산드라는 소파 쿠션에 기대앉아 소파 천을 손톱으로 긁었다. 그녀의 얼굴은 창백했지만 당황하는 모습은 아니었다.

1층에서 목소리가 들렸다. 그리고 다시 침묵이 흘렀다.

빅토르가 속삭였다.

「고티에 국장과 경관들이 방으로 들어갔습니다. 경호원들과 그리스 갑부를 풀어 주고 있을 겁니다」

그 순간, 앙투안 브레삭이 기운을 되찾고 일어서서 빅토르에게 다가왔다. 그의 얼굴은 고통 때문에 심하게 일그러졌다. 별로 겁먹은 표정은 아니었다. 그는 알렉산드라를 가리키며 말했다.

「이 여자는 어떻게 되는 거지?」

「전(前) 뤼팽, 그 문제는 상관 마. 네가 상관할 일이 아냐. 넌 네 일이나 걱정하라고. 브레삭도 가명이겠지?」

「물론」

「우리가 네 진짜 이름을 찾을 수 있을까?」

「불가능해」

「전과는 없나?」

「없어. 비미시를 칼로 찌른 일 말고는 잘못한 일 없어……. 있다고 해도 내가 저지른 일이라는 것을 밝혀 낼 수 없을걸. 증거도 없으니까」

「도둑질은?」

「확실한 증거는 하나도 없어」

「교도소에서 몇 년 썩으면 되겠군」

「몇 년이야, 뭐」

「그럴 만한 가치가 있겠지. 그 다음엔……? 어떻게 먹고 살 텐가?」

「국방부 채권」

「깊이 숨겨 두었나?」

브레삭이 미소를 지으며 말했다.

「도트레가 택시에 숨긴 것보다야 잘 숨겨 두었지. 절대로 찾지 못할걸」

빅토르는 그의 어깨를 두드리며 말했다.

「자, 자네 일은 잘 해결될 걸세. 다행이지. 난 그렇게 나쁜 사람이 아니거든. 자네는 뤼팽이란 이름을 훔쳐서 내 신경을 거슬렀어. 또 훌륭한 인물을 자네 수준으로 평가절하시켰지. 그 점에 한해서는 자넬 용서하지 않을 걸세. 그래서 교도소 신세를 지게 하려는 거야. 하지만 택시 사건에서 보여 준 자네 능력을 봐서, 또 이번 일에 대해서 너무 떠벌리지 않는다면 어느 정도는 형을 감량해 주지」

계단 아래쪽에서 목소리가 들려왔다.

빅토르가 말했다.

「경찰이네. 지금은 현관을 수색하고 있지만 이제 곧 올라올걸세」

그는 갑자기 기분이 좋아졌는지 유연한 몸놀림으로 춤을 추기 시작했다. 머리도 허연 노인이 앙트르샤를 추는 모습이 참으로 우스웠다. 그가 춤을 추며 말했다.

「자, 앙투안, 이게 바로 뤼팽의 스텝이라는 거야! 자네가 조금 전에 보여 준 막춤과는 차원이 다르지! 아! 경찰이 들이닥치기 전에 적과 단둘이 있는 방 안에서 진짜 뤼팽이 정열을 불살라 주지. 경찰한테 어서 말하라고! 〈저자가 뤼팽이오! 마약 수사반 빅토르는 없소. 뤼팽만 있을 뿐이오. 뤼팽과 빅토르는 동일 인물이오. 뤼팽을 체포하고 싶거든 빅토르를 체포하시오.〉하고 말이야」

그는 갑자기 브레삭 앞에 멈춰 서서 말했다.

「자, 자넬 용서해 주지. 아직 자네를 용서할 시간 일 분쯤은 있으니까……. 자네 형을 이 년, 아니 일 년으로 줄여 주겠네. 일 년 후에 자넨 자유의 몸일세. 알겠나?」

브레삭은 어안이 벙벙하여 더듬거리며 말했다.

「당신은 누굽니까?」

「자네 생각이 맞네」

「뭐요? 뭐? 그럼 빅토르가 아니란 말입니까?」

「빅토르 오탱이란 사람은 실존 인물이지. 식민지에서 공무원으로 일하다가 경찰청 수사관 자리에 지원한 상태였는데, 죽고 말았어. 그래서 내가 그의 신분증을 가지고 잠시 경찰 역할을 했던 걸세. 거기에 대해서는 아무 말도 말게. 그냥 자네가 계속 뤼팽인 척하라고. 그게 더 나을 것 같군. 그리고 뇌이에 있는 저택과 알렉산드라에 대해서는 아무 말도 하지 마. 알아들었겠지?」

목소리가 점점 더 가까이 들려왔다. 여러 목소리가 한꺼번에 들려와 잘 분간이 가질 않았다.

빅토르는 고티에 국장의 목소리를 알아차리고 알렉산드라에게 다가가 말했다.

「수건으로 얼굴을 가리십시오. 그리고 아무 걱정 마십시오」

「전 아무것도 걱정하지 않아요」

고티에 국장이 라르모나와 다른 경관 한 명을 데리고 달려왔다. 그는 문지방에 서서 만족스러운 표정으로 방 안에 벌어진 광경을 바라보았다.

그가 밝은 목소리로 말했다.

「빅토르, 다된 거지?」

「예, 다됐습니다, 국장님」

「저자가 뤼팽인가?」

「앙투안 브레삭이란 이름을 사용하고 있습니다」

고티에 국장은 웃으면서 브레삭을 바라보았다. 그러고는 경관에게 그를 경찰차로 데려가라고 명령했다.

고티에가 중얼거렸다.

「이런! 정말 신나는걸. 아르센 뤼팽을 체포하다니! 그 유명한 세계적 인물, 무적무패 아르센을 잡아들이다니! 그자를 교도소에 보내게 되다니! 경찰의 승리로군! 뤼팽답지 않은 일이야. 어쨌든 마약 수사반 빅토르가 아르센 뤼팽을 체포했네. 아! 오늘 날짜를 잘 기억해 둬야겠는걸! 빅토르, 저놈 아주 얌전히 굴었나?」

「예, 어린양처럼 얌전합니다」

「약간 부상을 당한 모양이군」

「조금 맞았습니다. 별것 아닙니다」

고티에 국장은 알렉산드라에게 시선을 돌렸다. 그녀는 몸을 숙이고 손수건을 얼굴을 가린 채였다.

「빅토르, 이 여자는?」

234

「뤼팽의 애인이자 공범입니다」

「극장에 나타났던 여자 말인가? 〈작은 집〉과 보지라르가에서 목격했다는 그 여자?」

「예, 국장님」

「정말 잘했네, 빅토르. 일망타진이군! 나중에 자세히 이야기해 주게. 국방부 채권은 사라진 거겠지? 뤼팽이 안전한 곳에 숨겨 놓았나?」

빅토르는 주머니에서 봉투 하나를 꺼내며 말했다.

「제가 가지고 있습니다」

브레삭은 기가 막혀 쓰러질 지경이었다. 그는 빅토르를 보고 말했다.

「버러지 같은 놈!」

빅토르가 말했다.

「좋아! 이제야 반응을 보이는군! 찾을 수 없을 거라고 말했나? 자네 저택 안에 낡은 관이 하나 있더군…… 거기에 숨겨 놓고 뭐, 절대로 찾을 수 없을 거라고? 어리석긴! 난 그 집에 들어간 첫날 찾아냈다고」

그는 앙투안 브레삭에게 다가가 아무도 듣지 못하게 속삭였다.

「입 닥쳐……. 안 그러면……. 교도소에서 칠팔 년은 썩게 해 줄 테니까……. 출감할 때쯤이면 퇴역 군인의 연금과 담배 가게 하나를 챙겨 주지. 어때, 맘에 드나?」

그때 경관 두 명이 들어왔다. 그들이 그리스 갑부를 풀어 주자 그는 두 경관에게 부축받은 채 팔을 내저으며 소리 질러 댔다.

그는 브레삭을 발견하고 소리쳤다.

「저놈! 저놈이 날 쳤소. 입에 재갈도 물리고! 저놈이오!」

하지만 그는 공포에 질린 듯 갑자기 말을 멈췄다. 경관들이 꼭 부축해 주어야 했다. 그는 기념품 진열장을 가리키며 더듬거렸다.

「저놈들이 천만 프랑을 훔쳐 갔소! 우표 수집 앨범! 가격으로 매길 수도 없는 물건인데! 그걸 팔면 천만 프랑은 족히 된단 말이오. 저 사람이오, 저 사람! 저 사람 몸을 뒤져보시오……! 빌어먹을……! 천만 프랑……!」

경관들이 브레삭의 몸을 수색했지만 그는 아무런 저항도 하지 않았다.

빅토르는 자신에게 따갑게 쏟아지는 두 시선을 느꼈다. 알렉산드라는 손수건을 걷어 내고 고개를 들어 그를 응시했고 브레삭도 놀란 표정으로 그의 얼굴만 바라보았다. 천만 프랑이 사라졌다……. 그렇다면……? 브레삭은 빅토르가 가져간 게 분명하다고 생각했는지 뭐라고 알아들을 수 없는 말만 중얼거렸다. 곧 큰 소리로 외칠 것 같았다. 자신과 알렉산드라를 구하고 빅토르를 고발할 생각으로…….

하지만 빅토르도 날카로운 눈으로 브레삭을 뚫어져라 바라보았다. 브레삭은 곧 빅토르의 시선에 눌려 침묵을 지키고 말았다. 고발하기 전에 생각하고 상황을 잘 파악해야 했다. 하지만 그는 천만 프랑이 어떻게 사라졌는지 이해할 수가 없었다. 그 상자를 찾으려고 한 것은 자기 혼자뿐이었고 자신은 아무것도 발견하지 못했다. 게다가 빅토르는 자리에서 움직인 적도 없다!

빅토르는 고개를 가로저으며 말했다.

「세리포스 씨의 진술은 좀 놀랍군요. 전 처음부터 앙투안 브레삭과 함께 이곳에 왔고, 그가 물건을 찾는 동안 계속해서 감시했습니다. 하지만 브레삭은 그 물건을 찾지 못했습니다」

「하지만……」

「하지만 브레삭의 공범 세 명이 도망쳤으니 찾아봐야겠습니다. 제가 인상착의를 알고 있습니다. 그자들이 돈을 가지고 도망쳤을지 모릅니다. 아니면 세리포스 씨가 말한 앨범을 가지고 갔는지도……」

브레삭은 어깨를 으쓱했다. 그는 세 공범이 방에 들어간 적이 없다는 사실을 잘 알기 때문이었다. 그러나 그는 아무 말도 하지 않았다. 할 말도 없었다. 한쪽에는 검찰이 있고……, 또 다른 쪽에는 빅토르가 있었다. 그는 결국 빅토르의 편에 서기로 했다.

그렇게 해서 새벽 3시 30분에 모든 일이 끝났다. 조사는 잠시 후에 하기로 했다. 고티에 국장은 앙투안 브레삭과 그의 애인에게 서둘러 질의를 하고 싶어 그들을 경찰청으로 데려가기로 결정했다.

뇌이 경찰서로 전화를 걸어 경관 두 명을 불렀다. 저택에는 뇌이 경찰서에서 온 두 경관과 경호원, 세리포스가 남았다.

고티에 국장과 두 수사관은 브레삭을 경찰차에 태웠다. 빅토르는 라르모나와 다른 경관 한 명과 함께 알렉산드라를 후송했다.

마이요 대로를 출발할 때쯤 지평선 너머로 새벽 어스름이 밀려왔다. 신선한 공기가 코를 자극해 왔다.

자동차는 앙리마르탱가를 지나 부아 구역을 통과한 다음, 강변

도로로 접어들었다. 앞서 간 경찰차는 다른 길로 접어들었다.

알렉산드라는 여전히 손수건으로 얼굴을 가리고 자동차 뒷자리에 웅크리고 있었다. 옆 창문이 열려 있어 추운지 몸을 덜덜 떠는 모습을 보고 빅토르가 유리를 올렸다. 그는 경찰청에 거의 다 온 것을 확인하고 운전사에게 차를 세우라고 한 뒤, 라르모나에게 말했다.

「춥군요……. 몸을 좀 녹여야겠습니다. 어떠세요?」

「물론 나야 좋지」

「가서 커피 두 잔만 좀 사다 주십시오. 전 여기 있겠습니다」

알로 향하는 채소차가 포도주 상점 앞에 정차 중이었는데, 차 문이 반쯤 열려 있었다. 라르모나가 차에서 내려 서둘러 달려가자 빅토르가 다른 수사관에게 말했다.

「자네도 뒤따라가서 크루아상도 사 오게. 어서!」

빅토르는 운전석과 뒷좌석 사이의 유리를 밀어젖힌 다음, 팔을 뻗었다. 운전사는 뒤를 돌아보다가 턱에 주먹을 맞고 기절했다. 그러자 빅토르는 인도 반대편 문을 열고, 앞좌석에 올라탄 다음, 기절한 운전사를 붙잡아 도로에 내려놓고 핸들을 잡았다.

도로는 텅 비어 있었다. 그 장면을 본 사람은 아무도 없었다.

그는 재빨리 출발했다.

자동차는 리볼리가를 지나 샹젤리제로, 다시 뇌이로 접어들었다. 마침내 그들은 브레삭의 작은 저택이 있는 룰가로 들어섰다.

「열쇠 가지고 있습니까?」

알렉산드라가 대답했다.

「예」

그녀는 이제 안정을 되찾은 것 같았다.

「이틀 동안은 아무 걱정 없이 지내셔도 됩니다. 그 다음에는 친구 집에 가서 숨어 지내십시오. 나중에 외국으로 떠날 수 있을 겁니다. 안녕히 가십시오」

빅토르는 경찰차를 타고 멀어져 갔다.

그 순간, 경찰청에는 벌써 빅토르가 피의자를 데리고 사라졌다는 소식이 전해졌다.

빅토르의 집을 방문해 보았지만 늙은 하인도 주인과 함께 아침에 짐을 챙겨 경찰차를 타고 떠난 뒤였다.

경찰차는 뱅센 숲 속에서 버려진 채 발견되었다.

도대체 무슨 일이란 말인가?

석간신문에서는 아무런 추측 없이 사건의 전모를 기사에 실었다.

수수께끼가 밝혀진 것은 바로 그 다음 날, 그 유명한 아르센 뤼팽의 메시지를 통해서였다. 그는 아바스 통신을 통해 사건의 전모를 밝힘으로써 전 세계 사람들에게 충격과 즐거움을 선사했다.

메시지의 전문은 다음과 같다.

상세 설명

대중들에게 고한다. 이제 마약 수사반 빅토르의 역할은 끝났다. 최근에 국방부 채권 사건을 맡으면서 그는 아르센 뤼팽을 추적하는 데 주력해 왔다. 검찰과 대중들이 더 이상 아무것도 모르고 속아 넘어가는 것을 방치할 수는 없었기에 빅토르는 아르센 뤼팽이란 뛰어난 인물의 이름을 도용한 앙투안 브레삭의 정체를 밝히려고 했다. 마약 수사반 빅토르는 다시는 이런 일이 일어나지 않도록 하기 위해 이를 악물고 그 일에 뛰어들었다.

이제 빅토르 덕분에 가짜 뤼팽은 철창 신세를 지게 되었으니, 마약 수사반 빅토르는 임무를 마치고 사라질 것이다.

하지만 그는 경찰관으로서 얻은 높은 명망에 조금이라도 오점을 남기고, 양심의 가책을 느끼는 것을 원치 않기에 국방부 채권을 소유하지 않고, 경찰청으로 돌려보낸다.

그리고 천만 프랑 사건. 꼼짝도 하지 않고 의자에 앉아 수수께끼를 푼 사람의 능력과 재치를 파악하기 위해서는 세세한 설명이 필요할 것 같다. 앙투안 브레삭은 세리포스가 처분한 재산 절반에 〈A. L. B. 서류〉란 이름을 붙여 놓았다는 사실을 밝혀 냈다. 브레삭은 이 이름을 〈알바니아(Albanie) 서류〉라고 해석했다. 그는 어느 날 밤 마이요 대로에 위치한 세리포스의 저택 서재에 있는 물품 목록을 큰 소리로 나열했다. 세리포스가 소중히 간직하던 기념품 중에는 〈그림 앨범과 우표 수집 앨범〉도 있었다. 마약 수사반 빅토르는 그 말만 듣고 바로 수수께끼를 파헤친다!

그렇다. 빅토르는 곧바로 앙투안 브레삭의 해석이 잘못되었음을 깨닫는다. A. L. B.란 세 글자는 앨범(album)의 앞 글자였던 것이다. 세리포스의 재산 절반에 해당하는 천만 프랑은 알바니아 서류에 들어 있는 것이 아니라 어린 시절 앨범, 희한한 우표 수집 앨범이었으며, 그 우표의 가치는 천만 프랑에 달한다. 수수께끼를 직감만으로 순식간에 파헤친 능력은 정말로 놀랍지 않은가? 빅토르는 싸움이 전개되고 사람들이 왔다 갔다 하는 혼란한 상황에서 아무도 모르게 우표 수집 앨범을 옷 속에 집어넣는다.

그런 사실만 보더라도 천만 프랑에 대한 권리는 마약 수사반 빅토르가 가지는 게 마땅하지 않은가? 내 생각엔 그렇다. 아니, 빅토르는 그렇게 생각했다. 빅토르는 섬세하고 예민하며 양심적인 인물이다. 따라서 그는 나에게 국방부 채권과 우표 수집 앨범을 넘김으로써 경찰관으로서 손을 더럽히지 않길 바랐다.

나는 고티에 경찰 국장에게 국방부 채권을 보내며 아울러 빅토르 수사관의 감사 인사를 전하는 바이다. 천만 프랑 문제는······ 엄청난 부자인 세리포스가 쓸데없이 우표 따위를 수집해서 뭘 하겠는가! 그 우표는 내가 마지막 1상팀까지 전부 팔아 버릴 것이다. 나는 충실하게 내 임무를 수행할 것이다. 마지막 1상팀까지······.

한마디만 더 하겠다. 마약 수사반 빅토르가 열정적으로 이번 싸움에 뛰어든 이유는 한 여자에게 정중하게······ 아니, 기사도 정신을 발휘하기 위해서였다. 극장에서 처음 본 순간 빠져든 여자, 앙투안 브레삭의 사기에 넘어간 피해자······, 브레삭이 그녀 앞에서 아르센 뤼팽이란 이름을 사용했기에······. 따라서 나는 그녀에게 귀부인으로서, 정직한 여자의 삶을 되돌려주는 게 옳다고 생각했다. 그렇기 때문에 나는 그 여자를 자유롭게 풀어 주었다. 그녀가 안전한 곳에서 휴식을 취하며 이 글을 통해 마약 수사반 빅토르, 그리고 페루 인 마르코스 아비스토와 작별 인사를 나눌 수 있길 바란다. 존경의 마음을 담아······.

───아르센 뤼팽

이 편지가 씌어진 다음 날, 경찰 국장은 국방부 채권 아홉 장을 받았다. 또 동봉된 편지지에는 엘리즈 마송의 살인 사건 범인이 도트레 남작이라는 짧은 글이 적혀 있었다.

하지만 아르센 뤼팽이 직접 팔겠다고 했던 천만 프랑 어치의 우표에 대해서는 아무런 언급도 없었다.

목요일, 오후 2시, 알렉산드라 바실레이에프 공주는 피신처로 삼았던 친구의 집에서 나와 오랫동안 튈르리 공원을 산책한 뒤, 리볼리가로 접어들었다.

그녀는 간편한 옷차림이었지만 여전히 뛰어난 미모로 사람들의 시선을 끌었다. 하지만 그녀는 이제 사람들의 시선을 피하지 않았다. 자신을 감추려고도 하지 않았다. 왜 두려워한단 말인가? 이제 그녀를 의심하거나 그녀를 아는 사람은 아무도 없다. 영국인 비미시도, 앙투안 브레삭도 그녀를 위험에 빠뜨릴 수 없었다.

오후 3시, 그녀는 생자크 광장으로 들어섰다.

낡은 탑 그늘 아래, 한 남자가 벤치에 앉아 있었다.

처음에 그녀는 망설였다. 그 사람일까? 그 남자는 페루 인 마르코스 아비스토도, 마약 수사반 빅토르도 닮지 않았다! 마르코스 아비스토보다 얼마나 젊고 우아해 보이는지! 빅토르 수사관보다 얼마나 날씬하고 부드럽고 잘생긴 남자인지! 그의 젊고 사랑스러운 매력에 그녀는 가슴이 두근거렸다.

그녀는 그 남자를 향해 걸어갔다. 두 사람의 시선이 마주쳤다. 그녀가 잘못 안 게 아니었다. 바로 그였다. 다른 사람 같았지만 그가 분명했다. 그녀는 아무 말 없이 그의 곁에 앉았다.

그들은 그렇게 조용히 앉아 있었다. 수많은 감정이 한꺼번에 몰려와 이들을 하나로 만들기도 했고, 멀어지게도 했다. 두 사람은 감격적인 순간을 깨고 싶지 않았다.

마침내 그가 말했다.

「전 처음 극장에서 그녀를 본 순간부터 결정을 내렸습니다. 제가 이번 사건을 추적하게 된 것도 그런 결정을 따르기 위한 것이었죠. 하지만 그녀에게 다가가기 위해 이중생활을 하면서 정말

많이 힘들었습니다. 얼마나 우스운 일입니까! 그런데 그자가 절
화나게 만들었죠……. 전 그자를 혐오하면서도, 제 마음속에서는
제 이름을 도용한 남자와 함께 있는 그녀에 대한 호기심과 애정
이 커 가는 것을 느꼈습니다……. 그녀에게 화가 나기도 했기만
그 마음 깊숙한 곳에서는 진지하고 열정적인 사랑이 자랐습니다.
그렇지만 그녀에게 다가갈 수가 없었죠. 오늘처럼 말입니다」

그는 말을 멈췄다. 하지만 대답을 기다리는 것 같지는 않았
다……. 아니, 오히려 그녀가 아무 대답도 하지 않기를 바랐다.
그는 자신의 생각과 자기 자신에 대해 이야기한 다음, 그녀에 대
한 이야기를 하기 시작했다. 그녀가 자신의 애정 어린 말에 잠시
라도 거북한 생각이 들게 하지 않으려는 의도였다.

「제가 가장 인상 깊었던 점은…… 무엇보다도 부인께서 본능적
으로 저를 신뢰하고 계시다고 느꼈고, 그때부터 부인의 생각을
조금이나마 알 수 있었습니다. 부인께서 저를 신뢰한다고 느끼면
서 전 제 자신이 부끄러워졌습니다. 무슨 이유에서인지는 모르겠
지만 부인께서 제게 다가왔습니다. 부인 자신도 그 이유를 몰랐
죠……. 이유가 있다면……. 부인의 마음속 깊숙한 곳에서 보호
를 필요로 했기 때문일 겁니다. 다른 사람한테서는 보호를 받지
못했으니까요……. 부인께서는 순간적인 위험을 통해 강한 자극
을 느끼고 싶어했습니다. 하지만 부인 마음속에서 그런 감정은
점점 더 불안으로 바뀌었고, 그러다가 더 이상 참을 수 없는 지
경에 이르게 된 겁니다. 하지만 제 곁에 있는 동안에는 안정을 되
찾았습니다. 어느 날 밤, 부인께서는 그동안 공포심을 추구하던
마음보다 더욱 강한 욕구를 느꼈습니다. 스스로를 변호하고 싶어
하는 욕구였죠. 그리고 빅토르 수사관이 부인은 무죄라고 확실히

의사 표명을 하자 부인께서는 공포에서 벗어나 안정을 찾고 고통도 떨쳤습니다. 그리고 빅토르 수사관이 실제로 어떤 인물인지 알게 된 순간부터 부인은 교도소에 가지 않으리란 사실을 깨달은 겁니다. 그래서 부인께선 아무 걱정 없이 경찰이 오기를 기다렸죠. 그리고 웃으면서 경찰차에 올라탔습니다. 두려움으로 가득 찼던 마음에는 이제 기쁨만 남아 있었습니다…….. 제가 느끼는 것과 똑같은 기쁨을 느꼈습니다, 안 그렇습니까? 갑자기 떠오른 감정이었지만 부인께서는 그 감정에 굴복하고 말았습니다…….. 안 그렇습니까? 제가 잘못 안 게 아니겠죠? 부인의 마음을 바로 알아맞힌 거죠?」

그녀는 이의를 달지 않았다. 하지만 수긍하지도 않았다. 그렇지만 그녀의 아름다운 얼굴이 얼마나 편안해 보였는지…….

저녁때까지 그들은 그렇게 나란히 앉아 있었다. 해가 떨어지고 나자 알렉산드라는 그를 따라 걸음을 옮겼다……. 어디로 가는지도 모르는 채…….

그들은 행복했다.

알렉산드라는 안정을 되찾았다. 하지만 완전히 정상적인 생활로 돌아갈 거라고 장담할 수는 없었다. 또 그녀는 평범하지 않은 남자에게 완전히 마음을 열지 않으려 할지도 모른다. 그러나 그는 규칙을 벗어난 생활 가운데에서도, 일탈을 꿈꾸는 와중에도, 범행을 시도하는 중에도 언제나 사랑스러우며, 재미있고 충실한 그녀의 동반자였다. 괴상한 약속을 충실히 이행하는 동반자였다.

그는 브레삭에게 한 약속을 지키려고 노력했다. 8개월 후, 브레삭은 일 드레 형무소에서 출소했다.

또, 그는 브레삭에게 한 약속대로 영국인 비미시도 석방시켜 주었다.

어느 날, 그는 가르슈로 갔다. 남녀 한 쌍이 결혼식을 마치고 부드럽게 포옹을 한 채 시청에서 걸어 나오고 있었다. 부정한 부인과 이혼을 하고 자유의 몸이 된 귀스타브 제롬, 그리고 과부가 된 가브리엘 도트레였다. 그녀는 새로운 사랑에 가슴 설레며 귀스타브의 품에 안겨 있었다.

그들이 웨딩 카에 몸을 실으려고 할 때, 한 신사가 다가왔다. 그는 신부에게 몸을 기울이고 아름다운 흰색 꽃을 내밀며 말했다.

「절 알아보시겠습니까, 부인? 빅토르입니다. 기억하시겠죠……? 마약 수사반 빅토르, 다시 말해 아르센 뤼팽이죠……. 귀스타브 제롬이 부인께 남긴 아름다운 기억의 진상을 밝혀 내서 부인께 행복을 선사한 사람입니다. 부인께 경의를 표하며 아울러 행복하시길 빕니다……」

그날 저녁, 그 신사는 알렉산드라 공주에게 말했다.

「저는 제 자신에게 만족합니다. 가끔씩 어쩔 수 없이 저지르는 잘못을 만회하기 위해서라도 기회가 있을 때마다 선행을 베풀죠. 알렉산드라, 가브리엘 부인은 절대로 마약 수사반 빅토르의 이름을 잊지 못할 겁니다. 덕분에 끔찍한 도트레를 저 세상으로 보내고 그 자리에 대신 매력적인 귀스타브를 앉힐 수 있었던 겁니다. 그렇게 돼서 저도 얼마나 기쁜지 모릅니다……!」

옮긴이 | 양진성

한국외국어대 통번역 대학원 한불과 재학 중. 옮긴 책으로는 아르센 뤼팽 전집 『서른 개의 관』, 『시계 종이 여덟 번 울릴 때』, 『초록 눈의 아가씨』 등이 있다.

아르센 뤼팽 전집 20

마약 수사원 빅토르

1판 1쇄 펴냄 2003년 10월 23일
1판 5쇄 펴냄 2014년 9월 22일

지은이 | 모리스 르블랑
옮긴이 | 양진성
발행인 | 김세희
펴낸곳 | 황금가지

출판등록 | 2009. 10. 8 (제2009-000273호)
주소 | 135-887 서울 강남구 신사동 506 강남출판문화센터 5층
전화 | 영업부 515-2000 편집부 3446-8774 팩시밀리 515-2007
홈페이지 | www.goldenbough.co.kr

© 황금가지, 2003. Printed in Seoul, Korea

ISBN 978-89-8273-437-3 04860 (20권)
ISBN 978-89-8273-417-5 (set)

㈜민음인은 민음사 출판 그룹의 자회사입니다.
황금가지는 ㈜민음인의 픽션 전문 출간 브랜드입니다.